옛시 속에 숨은 인문학

일러두기

- 번역은 원문에 충실하되, 독자의 이해를 위해 풀어 쓰고 재미를 담았다.
- 인명을 포함한 단어의 한자 병기는 각 편별로 최초 1회 병기를 원칙으로 했다. 단, 주요 인물이 아닌 인물에 대해서는 병기를 생략했고, 시 하단의 인명은 예외적으로 항상 병기했다.
- 인명 외에도 정확한 의미 전달을 위해 한자 병기가 필요한 경우에는 병기했다.
- 생몰연대 및 국적 정보는 시 하단의 작가 정보에만 병기했다.
- 평역에서 시에 나온 단어를 인용할 때는 독자의 편의를 위해 파란 글씨로 표기했다.
- 시가 길고 개별 절구마다 평역이 길어지는 경우 2~4행씩 끊어서 실었으며, 이 경우 시 하단의 제목에 '일부'로 표기해 두었다.
- 본문에 전집이나 총서, 단행본 등은《 》로, 개별 작품이나 편명 등은〈 〉로 표기했다. 단, 각 편별로 최초 1회만 표기하고, 이후는 생략했다.

옛시의 상상력 코드를 풀다

빈섬 이상국 지음

슬로래빗
Slow Rabbit

서문

시를 읽는다는 것, 더구나 오랜 시간이 지난 옛시를 읽는다는 건 참 쓸모없는 일처럼 느껴질지 모른다. 그 난해한 것, 그 공허한 것, 그 실없는 중얼거림을 왜 읽느냐고 말할지 모른다. 그건 시를 읽는 즐거움을 잃어버린 시맹詩盲 세대의 편견과 어리석음이라고, 나는 생각한다. 시는 인간 별종의 취향이 아니라, 노래와 춤이 언어로 스며들어 인간의 영혼을 꿈틀거리게 해 온 초강력 엔진 같은 것이다. 시를 읽는 습관만 키워도 수천 년 역사의 인문학적 향연을 무시로 접할 수 있으며, 1등급 상상력과 통찰력, 그리고 역사적 안목을 '무한리필'로 섭취할 수 있다. 물론 그것보다 더 중요한 건, '감동'이라는 특미이다.

나는 옛시를 옛시로 읽지 않는다.

나는 그 시를 읊는 사람이 되고 그 시가 읊은 대상이 되고 그 시를 읊는 사람의 나이와 심경과 상황 속으로 들어가고자 한다. 그와 함께 시를 읊는 상태로 빙의한다. 그와 함께 놀고 생각하며 기뻐하고 괴로워한다. 그러면서 그의 문학과 그의 역사적 실존과 그의 철학과 그의 감수성을 공유한다. 그런 놀이의 결과물을 이렇게 정리해서 책으로 낸 까닭은 나와 함께 저 옛시의 행간들을 노닐자는 유혹을 하고 싶어서이다. 시가 어렵고 낯설고 멀다는 그 통념을 시원하게 깨고 싶어서이다. 나와 함께 시 속에 숨은 상상력 코드를 풀어 가며 그 욕망의 꿈틀거림을 맛보며 격하고 걸쭉한 사랑과 전쟁까지를 함께 맛보자는 얘기다.

내가 이 땅의 이야기쟁이를 자처하게 된 건,
옛시들 때문이었다.

옛사람들이 남긴 시를 읽다가, 그 속에 숨어 있는 생생한 스토리를 발견했다. 시에는 그 삶 속에서 일어난 사실이 숨어 있었고, 시인의 생각과 관점과 성찰과 반성이 들어 있었다. 또 그 시를 쓴 시대의 세상이 숨김없이 드러나 있었고, 그 세상에 대한 애환과 풍자, 그 세상을 받아들이는 철학과 관조와 신념도 거침없이 펼쳐져 있었다. 시를 쓰는 이의 치열한 역발상과 관찰력, 그리고 언어 탐색도 유감없이 발휘되어 있었다. 그야말로 문사철文史哲이 어우러진 인문학 콘서트 현장이었다.

시 속에는, '삶의 미시적 역사'가 녹아 있었고, 생각하는 사람의 깊은 속내와 감동하는 사람의 눈과 귀가 그대로 살아 있었다. 시를 읽는다는 건, 시간을 이동하여 이 생생한 실재實在에 접속하는 시간 여행이었다. 언어들을 가만히 들여다보노라면, 문득 떨리는 감동의 순간이 황홀한 실시간 동영상으로 버퍼링되어 재현되었다.

우린 왜 이 놀라운 경험을 놓치고 살았던가.

백 권의 역사서를 읽고, 천 권의 소설을 읽고, 만 권의 에세이를 독파한다 해도 결코 만나지 못할 스토리와 인문학이 시 속에 고스란히 들어 있다. 읽다가 재미없다면 바로 책을 덮기 바란다. 내가 원하는 건 완독이 아니라 '즐독'이다. 읽고 나서 수백 편의 잊지 못할 영화를 감상한 기분이 들어야 이 책의 목표를 이룬 것이다.

고문古文을 전공한 아내와 함께 행간 속에서 낄낄거리고 싶다.

2015년 4월7일 새벽 향상재에서 빈섬

차 례

02
역사의 현장, 시의 생생함

03

철학의 향기, 시의 그윽함

04
감정의 터치, 시의 공감력

01

문학의 꽃, 시의 역 발 상

눈에 보이지 않는 꽃잎을 그리다

_ 맹호연

시는 무엇인가. 시는 다 표현하지 않는 것이라 할 수 있다. 왜 다 표현하지 않는가. 시는 언어가 아니라 언어 바깥에 있는 무엇이기 때문이라 생각한다. 그럼 어디에 있는가. 말해지지 않은 침묵에 있다. 정말 중요한 것들, 정말 아름다운 것들, 정말 놀라운 것들, 정말 못 보던 것들은 그 속에 숨어 있다.

왜 언어를 쓰면서도 언어에 담지 않는가. 언어는 시를 담지 못한다. 언어보다 시가 더 크기 때문이며 언어보다 시가 더 세밀하기 때문이다. 성긴 것으로 정밀한 것을 담지 못하기 때문이다. 언어는 다만 '달을 가리키는 손가락'일 뿐이기 때문이다.

맹호연孟浩然의 〈봄 새벽〉을 읽으면 참 쉽다 싶다. 그저 순순히 읽힌다.

春眠不覺曉
춘 면 불 각 효
處處聞啼鳥
처 처 문 제 조
夜來風雨聲
야 래 풍 우 성
花落知多少
화 락 지 다 소

봄 잠이라 새벽이 오는 걸 못 느꼈더니
곳곳에 새소리 들리네
밤에 비바람 소리 들렸으니
꽃잎이 다소 떨어졌음을 알겠네

봄 새벽

춘효(春曉) _ 맹호연(孟浩然, 689-740, 당나라)

봄날 새벽에 일어나 문득 읊은 시라는 걸 알겠다. 그러나 운을 띄웠듯 시는 표현된 것 속에 숨은 여백을 읽는 게 더 맛있다. 우선 하나를 찾아볼까. 새벽이 오는 걸 못 느꼈다면 잠을 깊이 잤다는 얘기다. 그런데, 세 번째 행에서 밤에 비바람 부는 소리를 들었다니 약간 모순되는 듯하다. 그 맥락의 모순을 해결하려면 이렇게 풀어야겠다. 맹호연은 밤늦게까지 잠들지 못했다. 비바람 소리를 들으며 마음을 졸였던 듯하다. 아니면 잠을 자긴 했지만 빗소리는 다 들렸을지도 모르겠다. 이명처럼 들려온 그 소리는 꿈속에서도 그를 걱정하게 한다. 무슨 걱정을 했을까. 창밖에 좋이 피어난 꽃들이 다 지지 않을까 하는 걱정이다.

또 다른 걸 읽어 볼까. 눈에 의지하지 않는 서경敍景[1]의 솜씨이다. 맹호연은 잠에서 깨어나 창을 열지도 않았다. 그는 귀로 풍경을 그린다. 이 시의 맛은 거기에 있다. 봄 새벽 뜨락의 풍경을 청각으로 완전하게 담는다. 새소리가 하나 들리는 것이 아니고 '곳곳'에서 들린다. 새벽에 꽃가지에 앉은 새들이 파닥거리며 날아가는 것이 처처處處 두 글자에 그림처럼 잡힌다.

화락지다소花落知多少는 지화락다소知花落多少가 본래 어순일 것이다. '지知'란 귀로 읽는 일이다. 지난밤에 비바람이 많이 불었을 때 그의 귀는 낙화하는 꽃잎의 숫자를 세고 있었다. 마음이 아팠을지도 모르겠다. 꽃잎이 다 떨어지기 전에 누군가 온다고 말하였는지도 모르겠다. 가는 봄날을 잡고 싶었을지도 모르겠다. 바람의 세기를 측량하고 빗줄기의 힘을 재면서 그의 마음은 밤새 간을 졸이며 꽃잎을 붙들고 있었다. 그러니 다 안다. 그게 지知, 한 글자이다.

더 좋은 건 다소多少라는 말이다. 우리말에도 '다소'라는 말이 있지만 여기서는 '약간'이라고 풀면 재미없다. 많게? 혹은 적게? 바로 이 뜻이다. 맹호연의 귀는 이미 그 낙화를 견적 냈지만 그래도 귀가 본 풍경이지 눈이 본 풍경은 아니다. 마음은 덜 떨어졌기를 바라기에 소少에 기울지만, 현실은 더 떨어져 다多에 가까울지 모른다. 이 마음의 저울추가 왔다 갔다 하는 그 기분을 읽을 수 있어야, 이 시의 살갑고 안타까운 맛이 살아난다. 자, 이제 맹호연의 귀에 들린 풍경을 다 봤으니, 당신이 문자의 창을 열어 진짜 풍경을 바라볼 차례이다. 저 아픈 꽃잎들 보이는가?

---

1 자연의 경치를 글로 나타냄.

사람과 귀신의 섹스팬터지
_ 이하

중당中唐의 시인 이하李賀는 스물네 살에 머리가 백발이 되었고 스물여섯에 돌아갔다. 몰락한 왕족의 후예로 변방의 말단 관리였던 아버지의 이름에 든 진晉 자가, 진사시험에 든 진進 자와 발음이 같아 불효가 된다는 얘기가 있자, 시험을 포기하고 백수의 길을 걸었다. 죽을 때 그는 어머니에게 이렇게 말했다 한다. "옥황상제가 백옥루를 지어 놓고 저더러 낙성식의 글을 지어 달라고 합니다." 그는 기쁜 표정으로 눈을 감았고, 울던 어머니도 미소를 지었다 한다.

이하는 짧은 생애 동안 1200년 전의 시인이라고 믿기 어려울 만큼 모던한 감성을 보여 주는 시들을 남겼는데, 최근 그를 새롭게 조명하는 붐이 일고 있다. 그를 컬트시인 혹은 판타지의 원조라고 부르며 그의 시들을 암송하는 팬들이 생겨나고 있다. '이하 신드롬'이라 할 만하다.

이하의 시를 읽기 전에 《고악부古樂府[1]》의 〈소소소가蘇小小歌〉를 먼저 읽을 필요가 있다. 시인 이하는 이 시의 로맨티시즘에 탐닉하던 젊은 남자였다.

妾乘油壁車 첩 승 유 벽 거	이 몸은 유벽거 타고요
郎騎青驄馬 낭 기 청 총 마	임께선 청총마 타고요
何處結同心 하 처 결 동 심	어디서 사랑을 나눌까요
西陵松栢下 서 릉 송 백 하	서릉의 소나무 아래지요

쑤샤오샤오의 노래

소소소가(蘇小小歌) _ 소소소(蘇小小, 생몰연대 미상, 남제)

이름도 귀여운, 소소소蘇小小는 남제南齊 때 전당에 살았던 아름다운 기생이었다. 이신李紳이란 사람은 기생 소소소의 묘에 비바람이 불면 간혹 노랫소리가 들려온다고 적고 있다.

시인 이하는 항주의 서호西湖 북쪽 고산孤山에 있는 소소소의 무덤을 찾아간다. 그 무덤 앞에서 환상을 본다. 임제林悌[2]는 황진이의 무덤에 찾아가 술을 따랐지만, 이하는 전우주적 스케일로 팬터지를 그려 낸다. 그게 〈소소소묘蘇小小墓〉이다.

---

1 중국 고대로부터 진 · 수 시대까지의 한시를 수록한 책.

2 조선 중기 문신으로 평안도사로 부임하는 길에 황진이의 무덤을 찾아 시를 읊고 제사 지냈다가 부임도 하기 전에 파직당했다.

幽蘭露 如啼眼 유 란 로 여 제 안	그윽한 난의 이슬, 우는 눈 같네
無物結同心 무 물 결 동 심	마음을 맺을 물건 없지만
煙花不堪剪 연 화 불 감 전	구름 꽃을 자를 수야 없지
草如茵 松如蓋 초 여 인 송 여 개	풀은 깔개 같고 솔은 덮개 같고
風爲裳 水爲佩 풍 위 상 수 위 패	바람은 치마이고 물방울은 패옥(佩玉)이니
油壁車 夕相待 유 벽 거 석 상 대	유벽거 수레 저물도록 그대 기다리네
冷翠燭 勞光彩 냉 취 촉 노 광 채	도깨비불, 헛것이 빛나네
西陵下 風吹雨 서 릉 하 풍 취 우	서릉 아래서 바람이 비를 부는데

전당기생 쑤샤오샤오의 무덤에서

소소소묘(蘇小小墓) _ 이하(李賀, 790-816, 당나라)

유란로幽蘭露의 유란은 안개 으슴푸레한 곳에 피어난 난초도 되고 저녁 무렵이라 검츠레해진 난엽도 되리라. 원래 유란은 거문고 곡조의 하나라고 한다. 이하는 난초의 이슬을 바라보면서, 저 음악적 '필'을 받았을 것이다. 이슬은 곧 소소소의 눈물 같아 보인다. 한 여자가 여기 눈물방울로 돌아와 있다. 이하는 소소소가 튕기는 거문고 소리와 그녀의 우는 눈을 발견하자, 죽음과 삶을 넘는 연애를 하기 시작한다. 고악부의 '하처결동심何處結同心'을 떠올리며, 우린 대체 어디서 사랑을 나눌까 두리번거린다. 그런데 사랑을 나눌 게 아무것도 없지 않은가. 마침 노을이 꽃처럼 곱긴 하지만 그걸 잘라서 펼 순 없지 않은가.

이 결동심 혹은 동심결을 신물信物을 주고받는 사랑의 맹세로 읽을 수 있지만, 고악부에서처럼 마음을 맺는 결합이라고 그냥 푸는 게 어떨까 한다. 점잖게 말해서 마음을 맺는 결합이지, 실은 그냥 섹스다. 비록 죽었지만 너무나 아름다운 기생을 만난 젊은 사내가 다시 후일을 기약하고 반지 따위를 교환하는 일은 좀 한가해 보이지 않는가. 지금 당장 운우지정雲雨之情[1]을 펼치지 않을 수 없다. 따라서 모텔은 제대로 완비되어 있지 않지만 급한 대로 주위의 사물들을 끌어와 일을 벌이자는 기분으로 읽는 게 더 실감이 난다.

우선 무덤 주위에 있는 사물들을 가져오자. 풀들은 푹신한 요가 아닌가. 솔잎은 지붕처럼 가리개로 쓰거나 혹은 이불처럼 덮어도 되겠군. 풀잎 위 솔잎 아래 이제 하얀 남녀가 요동을 치고 있으리라. '이하-소소소' 포르노 버전이다. 그래, 외로웠지? 우는 소소소의 뺨을 매만지는 이하의 손길. 바람이 치마다. 펄럭거리며 벗겨져 나간다. 나뭇잎 끝 물방울이 패옥이라. 허리춤에 차고 있던 구슬들도 흘러내린다. 무슨 일이 일어났는지 모르겠으나, 젊은 이하의 가슴이 벌떡벌떡 뛴다.

이하와 소소소가 이러고 있을 동안, 그녀를 태우고 천상으로 돌아갈 유벽거油壁車[2]는 저녁 늦게까지 대기하고 있다. 시간이 흐르고 있다. 아까 난초가 으슴푸레해지던 노을빛은 이제, 저녁의 어둠을 데려오고 있다. 그래도 이하의 자유연상은 멈추지 않는다. 더욱 어두워져 주위에는 도깨비불이 번쩍거리는데, 그 또한 귀신과 인간의 상열지사를 멈추게 하지는 못한다.

---

1 구름 또는 비와 나누는 정이라는 뜻으로, 남녀의 정교를 이르는 말.

2 푸른 기름으로 안벽을 곱게 칠한 화려한 여인용 수레.

풍취우風吹雨. 서릉 아래 바람이 비를 분다는 마지막 표현은, 아까 그 고악부를 주목하라. 사랑을 나누는 곳은 바로 서릉의 소나무 아래다. 그 '천연 모텔' 아니 '묘墓텔'에서 바람이 비를 분다. 바람은 귀신이다. 운우雲雨의 상징에 따르자면 비는 섹스이다. 바람이 비를 분다. 당연히 빗줄기가 흔들린다. 다시 보자. 귀신이 남자를 흔들고 있다. 이거 혹여……, 요즘으로 치면 투표권 나온 지도 얼마 안 된 나이에 이 심오한 비밀을 어떻게?

댓잎 소리 거문고
_ 오진

葉葉如聞風有聲 엽 엽 여 문 풍 유 성	잎새잎새 바람의 소리 듣고 있는 듯
盡消塵俗思全淸 진 소 진 속 사 전 청	티끌세상 씻어 내니 뜻이 아주 맑구나
夜深夢遶湘江曲 야 심 몽 요 상 강 곡	깊은 밤 꿈에 상강의 노래 떠도니
二十五絃秋月明 이 십 오 현 추 월 명	이십오 현 거문고에 가을 달이 밝다

대나무

죽(竹) _ 오진(吳鎭, 1280-1354, 원나라)

오진吳鎭은 원나라 말의 뛰어난 화가로, 묵죽墨竹[1]의 고수였다. 묵죽은 세 개의 대나무가 하나가 된 그림이라고 한다. 눈에 들어온 대나무 '안중지죽眼中之竹'과 가슴에 들어온 대나무 '흉중지죽胸中之竹', 그림 속에 들어

---

1 먹으로 그린 대나무.

오진, 묵죽도

앉은 대나무 '화중지죽畵中之竹'이 그것이다. 평생 대나무를 붓으로 그려 온 사람의 눈과 귀와 가슴은, 언어로는 과연 어떻게 그릴까. 그것이 이 시를 읽는 묘미이다.

엽엽여문葉葉如聞은 댓잎을 살피는 화가의 세심하고 끈질긴 눈이 발견한 통찰이다. 댓잎과 댓잎들이 저마다 다른 바람결에 다른 방식으로 움직이는 것. 그것을 발견하는 것이 핵심이다. 같은 곳에서 같은 방식으로 부는 바람이라고 우리는 생각하지만, 그것을 받아들여 흔들림으로 표현해내는 댓잎은 그 미묘한 각각의 차이들을 알고 있는 것이다. 풍유성風有聲은 '바람에 소리가 있다.'라고 풀어도 아름답지만, 그냥 성지풍聲之風, '바람의 소리'로 읽어도 뜻을 다치지 않는다. 댓잎이 저마다 각자 다른 바람소리를 듣는 것처럼, 다른 방식으로 흔들리는구나. 대나무 그림을 그릴 때 잎새 하나하나를 표현하며 그 속에 바람 소리를 넣는 화가의 마음이, 이 일곱 자에 드러나 있다. 댓잎들이 귀를 열고 바람 소리를 듣는 것처럼, 잎의 각도와 동세와 빛의 기울기들을 표현해야 묵죽이다.

티끌세상[1]을 씻어 내는 것은, 대나무가 아니라 바람이다. 늘 바람을 맞아 흔들리는 존재이니, 아무리 세상의 티끌이 앉는다 해도 곧 씻어져 나갈 수밖에 없겠구나. 우리는 굳세고 강건한 것만을 대단하다고 생각하지만, 이렇게 여리고 부드럽고 끝없이 흔들리면서도 줄기차게 붙어 있는 잎이, 실은 더욱 뜻이 맑다고 시인은 말해 준다. 바람에 흔들리는 것에 대한 역

---

1 정신에 고통을 주는 복잡하고 어수선한 세상.

설이다. 바람에 흔들리며 소리를 내는 것은 또한 시인의 모습이기도 하다. 댓잎 소리가 그토록 맑은 것은, 흔들림의 불안과 괴로움이 가져다준 선물이 아니던가.

시인은 저녁 늦게까지 댓잎 소리를 들으며 잠이 든다. 그런데 꿈에까지 그 소리가 따라온다. 그 죽엽송竹葉誦은 문득, 고대 중국의 아름답고 슬픈 사랑의 스토리텔링으로 바뀌어져 있다. 아황과 여영의 이야기이다. 요임금의 두 딸이었던 두 여인은 나란히 순임금에게 시집을 간다. 아황은 왕후가 되고 여영은 왕비가 된다. 순임금이 죽었을 때 두 아내는 상강湘江의 대숲 길을 슬피 울며 헤매다가, 마침내 강에 빠져 죽는다. 그 울음소리를 댓잎으로 흔들리며 읽어 낸 상강의 대나무들은 두 여인이 죽은 뒤, 스스로의 줄기와 잎에 울음소리를 새겨 얼룩 대나무斑竹가 된다. 기원전 2205년의 일이다. 아황과 여영의 슬픈 연가를 풀어낸 댓잎의 노래가 상강곡湘江曲이다.

원나라 오진이 댓잎 소리에서 무려 3천 년 전의 아황과 여영을 만나는 것은 하나의 대상에 대한 깊은 음미와 사랑스러운 시선이 숨어 있다. 이십오 현二十五絃 거문고는 중국의 고대 악기를 말하는 것이지만, 아마도 댓잎들이 서걱이는 소리를 표현한 것이라고 푸는 것이 더 자연스러울지 모르겠다. 아황과 여영이 죽던 날 밤, 머리를 풀고 강가의 대숲에 앉아 마음을 뜯듯 뜯었던 그 현絃의 청아하고 슬픈 음색이 이 화가의 꿈속에 떠돌 때, 상강을 비추던 처연하고 환한 달이 함께 떠올라, 그가 잠자는 내내 서럽게도 밝았을 것이다. 그 마음으로 오진의 댓잎을 한번 들여다보면, 더욱 맛있으리라.

4행시에 제5행이 숨어 있다
_ 왕지환

白日依山盡 백 일 의 산 진	하얀 해는 산으로 뉘엿뉘엿 지는데
黃河入海流 황 하 입 해 류	황하는 바다의 파도 속으로 흘러드네
欲窮千里目 욕 궁 천 리 목	천 리 밖을 보고 싶은 마음에
更上一層樓 갱 상 일 층 루	누각을 한 층 더 올라가 보네

참새와 황새의 누각에 올라

등관작루(登鸛雀楼) _ 왕지환(王之渙, 688-742, 당나라)

그녀는 북악스카이웨이에 있는 전망대에 올라가 보고 싶어 했다. 북한산 기슭에 있는 집의 창은 늘 산정山頂에 동그마니 앉은 그 건물을 보여 주고 있기에, 어느 사이엔가 그리움을 키운 까닭이다. 먼 길도 아니건만 거기 가자고 채근한 지 꽤 되었는데도 웬일인지 가지 못했다. 어느 추운 날에 불현듯 생각이 나서, 전망대로 향했다. 자동차로 10분 거리. 하지만 이쪽 산에서 저쪽 산으로 옮겨 서는 게 신기했다. 집에서 본 장난감 같던 전망대가 실은 우람한 다층 건물이었다. 거기서 보는 내 삶의 둥지는 그야말로 보일 듯 말 듯하다. 좀 더 멀리까지 보려고 그녀는 한 층, 또 한 층을 오른다. 오를수록 허리 아래로 부는 바람이 매웠지만, 눈의 호기심이 벌 받는 듯한 몸을 이겼다.

당나라의 시인인 왕지환王之渙도 꼭 그런 경험을 했다. 그가 오른 곳은 관작루鸛雀楼란 곳이다. 전망대도 높은 곳이지만 관작루도 어지간히 높은 곳에 있는 걸 알겠다. 이름부터가 그렇지 않은가. 황새와 참새의 누각이라니. 키 작은 새와 키 큰 새를 병치시킨 작명의 재치를 느껴 보라. 낮은 층은 참새 층이고 높은 층은 황새 층이다. 시인은 이름의 이런 기발한 착안을 시안詩眼으로 삼았다. 참새 층에서 보니 하얀 해가 산등성이에 슬며시 기대듯 사라지는 모습이 보인다. 굳이 백일白日이라 한 것은 아래의 황하黃河, 노란 강과 대비시켜서 맛을 내고 싶어서였으리라. 의산依山이란 말이 멋지다. 해가 막 산에 닿는 걸, 산에 기댄다고 표현했다. 기대는 듯하더니, 조금씩 조금씩 사라진다. 그게 의산진依山盡이리라.

한층 더 올라가니 황하가 보인다. 그런데 그 황하의 강줄기가 바다에 합류하는 장관이 펼쳐진다. 이런 풍경은 높은 곳이 아니면 보기 어렵다. 옛사람들의 상상력은 자주 강을 용으로 봤다. 거대한 황룡이 꿈틀거리며 그 어미의 젖품 같은 바다로 뛰어드는 모습을 보는 건 시인을 흥분시킬 만하다. 이 풍경을 상상해 보니, 아까 해가 산속으로 슬그머니 안겨 드는 것과 닮았다. 흰 새처럼 내려앉은 해가 봉긋한 젖무덤 같은 산에 기대는 것이나, 황룡 같은 강이 바다의 너른 품을 찾는 것이나 다 평화롭고 고즈넉하다. 색감 또한 화려하다. 해는 희고, 산은 초록이다. 해는 지면서 슬그머니 붉어질 터이나 시는 그걸 굳이 말하지 않았다. 강은 노랗고 바다는 푸르다. 노랗고 푸른 것이 서로 합수合水하는 지점의 오묘한 빛의 소용돌이에 대해선 상상에 맡기고 굳이 말하지 않았다. 가히 빛의 향연이다.

겨우 2층 올라왔는데, 분위기는 '업' 됐다. 이제 호기심쟁이 왕지환은 참새의 눈만 뜨고 있을 수가 없다. 이만큼 보고 나니 그는 세상 끝까지 다 보고 싶다. 마음의 꼿발을 들고 욕심의 키를 돋운다. 그러니 황새 마음이 아닌가. 시인은 설레는 가슴을 쿵덕이며 황새 층으로 한 층 더 올라간다. 거기선 뭘 보았을까.

하하, 그걸 다 말해 주면, 그게 어디 시이겠는가. 참새들의 층을 감상하였으니, 최고의 뷰VIEW인 황새 층은 여러분 독자들이 상상의 눈을 뜨고 보시라. 참새 층은 세상에 아직 땅을 딛고 있는 것이라면 황새 층은 비로소 시詩의 경지로 승화하는 것이다. 황새의 발아래 오밀조밀 펼쳐지는 천하를 내려다보는 즐거움이 이 시의 제 5행에 있다!

죽은 양귀비가 해당화 그늘에 누운 시
_ 이산해

16세기 조선의 천재였던 아계鵝溪 이산해李山海는 토정 이지함의 조카이다. 그의 시는 여인의 살결처럼 야들 보들하다. 섬세하고 예뻐서 시를 한번 들으면 그 이미지가 생생하기 짝이 없다.

晩潮初長沒汀洲 만 조 초 장 몰 정 주	초저녁의 밀물이 길어지니 모랫바닥이 잠겨 들고
島嶼微茫霧未收 도 서 미 망 무 미 수	섬과 섬은 희미해지며 안개는 걷히지 않는다
白雨滿船歸棹急 백 우 만 선 귀 도 급	소나기가 가득 찬 배 돌아오는 길 젓는 노가 급하다
數村門掩豆花秋 수 촌 문 엄 두 화 추	시골의 몇몇 문은 잠겼는데 콩 울타리마다 꽃핀 가을

우연히

즉사(卽事)_이산해(李山海, 1538-1609, 조선)

밀물이 슬금슬금 길어지더니 모래톱이 잠겨 사라지는 걸 지켜본다. 이것을 바라보기 위해선 시간이 필요하다. 오랫동안 응시하는 시인의 모습을 볼 수 있어야, 이 시의 고즈넉한 소멸이 눈에 붙잡힌다. 물이 많아지면서 우연雨煙[1]이 짙어지고 저녁 땅거미가 슬슬 깔리면서 섬이 더욱 희미해진다. 섬을 둘러싼 안개들이 꼼짝 않는다. 여기까지가 비교적 먼 풍경이다. 갯마을의 아름다운 풍경이다. 그림으로 치자면 옅은 먹으로 죽죽 펼쳐 부드럽게 칠한 배경들이다.

거기에 좀 더 또렷하고 구체적인 것들이 들어앉는다. 마을로 돌아오는 배가 한 척 보이는데, 마침 쏟아지는 소나기에 노 젓기가 바쁘다. 유장한 풍경 속에 허위허위 노를 젓는 어느 사공의 바쁜 마음이, 반전을 이룬다. 사공의 마음이 향한 곳은 마을이다. 시인은 미리 눈을 주어 그곳을 살핀다. 몇 채의 집이 있는데, 저녁때인지라 이미 문을 닫아걸었다. 닫힌 문 옆 담장 울타리에 콩꽃이 피어, 돌아올 사람을 기다리고 있을 뿐이다. 이 시의 눈은 두화豆花에 있다. 밀물과 모래톱과 배는, 이 작은 콩꽃으로 시선을 가져오기 위해 그려 낸 변죽 같은 것이다. 그 콩꽃에 머문 가을의 아름다움. 이 앙증맞은 것에 머문 시인의 시선이, 바로 시를 피어오르게 하는 발화점이다.

이산해보다 90년 뒤에 태어난 비평가 남용익南龍翼이 이렇게 논평했다. "죽은 양귀비가 해당화 아래에 누운 듯하다고 어떤 이가 농담할 만큼 그

---

1 비와 안개.

의 시는 그림처럼 아름답다."

자하紫霞 신위申緯는 아예 시로 지었다.

詩到鵝溪軟媚求 시도아계연미구	아계 시의 경지는 보드랍고 예쁜 것을 구하여
江村門掩豆花秋 강촌문엄두화추	강 마을의 닫힌 사립문에 콩꽃이 핀 가을을 노래했네
死楊妃臥海棠下 사양비와해당하	죽은 양귀비가 해당화 그늘에 누워 있는 것 같이 고요하고 아름다워
勝似說玄宗白頭 승사설현종백두	현종 이야기를 늘어놓는 흰 머리의 궁녀보다 낫네

제목 미상(경수당전고 중에서) _ 신위(申緯, 1769-1847, 조선)

맨 마지막 구절은 설명이 필요하리라. 저 구절은 당나라 시인 원진元稹의 시에서 딴 것이다. 원진은 황제가 잠시 머물렀던 옛 행궁을 지나며 시를 읊었다.

寥落故行宮 요락고행궁	쓸쓸하고 퇴락한 옛 행궁에
宮花寂寞紅 궁화적막홍	궁궐화가 홀로 적막하게 붉구나
白頭宮女在 백두궁녀재	흰 머리의 궁녀가 하나 있어서
閒坐說玄宗 한좌설현종	무료히 앉아 현종이 머물던 이야기를 늘어놓네

옛 행궁

고행궁(故行宮) _ 원진(元稹, 779-831, 당나라)

이 시 또한 적막하고 쓸쓸한 풍경을 담고 있는데, 신위는 이산해 시의 고아한 정취가 이 시보다 낫다는 것이다. 물론 이에 대해선 건해 차이가 있으리라. 여하튼, 비 오는 저녁 갯마을의 울타리에 핀 콩꽃이 후두둑거리며 비에 흔들리는 모습이, 잠시 눈앞에 아른거린다.

두보의 눈길로 반딧불이를 보다
_ 두보

얼마 전 반딧불이를 보았을 때 그 기이한 감명을 글로 쓰고자 하였으나 잘 되지 않았다. 그러다가 두보杜甫의 절창絕唱[1]을 읽으니, 내가 절로 작아진다. 가만히 소리 죽이고 그의 행행行行을 반딧불이처럼 날아다닌다.

幸因腐草出 행 인 부 초 출	어쩌다 썩은 풀에서 생겨나
敢近太陽飛 감 근 태 양 비	감히 태양 가까이 날겠는가
未足臨書卷 미 족 임 서 권	책 가까이 두기에도 모자라지만
時能點客衣 시 능 점 객 의	때로 나그네의 옷에 한 점 빛을 비출 순 있네

반딧불

형화(螢火, 일부) _ 두보(杜甫, 712-770, 당나라)

두보는 반딧불이의 광량光量을 드라마틱하게 그려 낸다. 캄캄한 썩은 풀 속에서 태어났으니 거기서 빛이 난다는 것만도 놀라운 일이다. 물론 햇빛 근처에서야 아예 빛도 아닐 것이고, 진나라 선비 차윤車胤이 그것으로 공부했다지만, 사실 그 빛을 이용해서 독서를 하기에는 턱없이 어둡다. 하지만 오늘 지금, 내 옷에 붙어 작은 빛을 만들고 있지 않은가. 두보는 그 빛을 보면서 생각의 조도照度를 올리고, 깜박이는 생각들을 추스르고 있지 않은가. 떠도는 사람의 옷에 붙은 한 점의 빛. 그것은 두보가 만난 팩트이기도 하지만, 두보의 삶과 언어와 생각들에 대한 애잔한 은유다.

사실, 태양 빛의 비유나 차윤의 형설지공은 그때야 참신한 생각이었는지 몰라도 지금은 좀 상투적인 느낌이 있다. 그러나 두보의 독창성은 저 점객의點客衣에 있다. 태양 빛과 독서는 이성과 지혜다. 하지만 반딧불이는 시인의 가슴 한편에 깜박이며 돋아 오르는 작고 흐린 빛일 뿐이다. 이 이미지가 사람을 사로잡는다. 감성은, 자주 이성이 놓치는 거기에 머문다. 자기 옷에 앉은 반딧불이를 바라보는 시인의 숨죽인 떨림. 그에게 반딧불이는 곧 그의 시詩다. 누군가의 가슴에 다시 날아가 앉아 작은 빛을 비출, 바로 그 감성의 파동이다. 다시 시를 보자.

隨風隔幔小 (수 풍 격 만 소) 워낙 작아서 휘장을 지나가는 바람에도 휩쓸리고
帶雨傍林微 (대 우 방 림 미) 워낙 가늘어서 숲을 비끼는 비에도 가려지네
十月淸霜重 (시 월 청 상 중) 시월이 되어 맑은 서리 되게 내리면
飄零何處歸 (표 령 하 처 귀) 떠도는 넋이여 어디로 돌아가려는가

1 뛰어나게 잘 지은 시.

어김없이 현상의 무상을 바라보는 두보안杜甫眼이 등장한다. 격만隔幔은 휘장을 사이에 둔 것을 말한다. 얼마나 작은지 휘장이 막아서 가늘어진 바람에도 휩쓸리고 만다. 또 얼마나 희미한지 나무들 사이로 힘없이 흘러내리는 빗줄기로도 가려진다. 지금도 이러한데, 곧 시월 무서리 내리면 저 어여쁜 빛의 영혼은 대체 어디로 갈까. 시월 무서리 이전의 한시적 깜박임이어서, 저 반딧불이는 아름답다. 세상을 호령하거나 광명을 자랑삼는 빛이 아니라, 작은 풍우에도 내몰리는 여리고 쓸쓸한 빛이어서 더 귀하다. 두보의 눈길을 따라, 반딧불이 하나 허공을 날아다니는 풍경을 황홀히 본다.

바람난 살구꽃에 관한 리포트

_ 섭소옹

應憐屐齒印蒼苔 응 련 극 치 인 창 태	이끼에 찍히는 신발 자국이 슬프네
小扣柴扉久不開 소 구 시 비 구 불 개	가만히 문 두드렸는데 영 열리지 않네
春色滿園關不住 춘 색 만 원 관 부 주	봄빛, 뜰에 꽉 차 빗장 안에 머물지 못했던가
一枝紅杏出牆來 일 지 홍 행 출 장 래	붉은 살구꽃 한 가지, 담 너머로 나왔네

뜨락에 갔으나 못 만나고

유원불치(遊園不値) _ 섭소옹(攝蘇雍, 생몰연대 미상, 송나라)

허허. 뜨락에 놀러 갔다. 마음속에 돋는 봄기운을 못 견뎌서 갔던 걸음이다. 전에도 갔던 길, 그저 마음 내키면 가 보는 길. 그런데 말이다. 사실 오랫동안 가 보지 못했다. 이런저런 소문이 있고, 자잘한 불화가 겹친 뒤로 내 발길이 감히 거기로 가지 못했다. 그런데 봄이 되니 생각이 났다. 보고 싶어 환장할 지경이었던 거지. 그래서, 마치 귀신에 끌리듯 슬그머니 그 그립던 뜰에 닿았다.

치値는 '값을 하다.'라는 뜻인데, 내가 갔으니 헛걸음을 하지 않으려면 그 값을 해야 할 것이다. 그러나 헛걸음이다. 이쪽의 기댓값과 저쪽의 실제값이 만나지 못했다. 치値라는 말에는 '만나다.'라는 뜻도 있다. 그의 뜨락에 놀러 갔으나 그를 만나지는 못했다. 그런데 제목에는 '그'가 생략되어 있다. 유원불치遊園不値. 뜨락에 놀러 갔는데 만나지 못하다. 왜 그럴까. 그의 집에 '그'가 비어 있는데 시라고 그를 함부로 데려와 앉힐 수 있겠나.

극치屐齒는 신발 아래에 있는 무늬들이다. 이끼 가득한 길을 걸으니 신발 무늬가 자꾸 찍히는데 마음에 슬픔이 일어난다. 그게 응련극치인창태應憐屐齒印蒼苔이다. 오랜만에 그 친구의 뜨락에 놀러 가는데, 오랫동안 사람이 걸어가지 않은 길이라 이끼가 잔뜩 끼었다. 내 발자국이 자꾸 도장처럼 또렷이 찍힌다. 그게 어찌나 슬픈지. 친구와 내가 그간 소원했던 것이 여지없이 드러나지 않는가. 뒤늦게 가 보는 걸음이라 몰래 갔으면 좋겠는데, 그게 되지 않는다. 아무도 여길 오지 않았다는 뜻이니, 그 또한 미안하고 허전하다.

소구小扣는 살그머니 두드리는 일이다. 북한에선 이걸 '손기척'이라 한단다. 그러니까 노크를 하는 것인데, 혹여 갑작스러운 방문이라 놀랄까 주저하는 마음으로 기척을 보낸다. 사립문을 아무리 두드려도 당연히 아무 반응이 없다. 문이 열릴 리 없다. 문밖에서 서성이며 혹시나 하고 발자국 소리를 기다린다. 그러나 친구는 없다. 어디론가 떠났을까. 이끼를 보니 잠깐 외출을 한 건 아닌 것 같다. 혹시 안에 틀어박혀 귀를 막은 것일까. 소구시비구불개小扣柴扉久不開.

인간의 일이야 덧없고 표변하기 십상이지만 자연은 늘 무덤덤하게 사람을 맞는다. 때로 그 무심함이 생기처럼 느껴지기도 한다. 봄빛이 뜨락에 가득 차서 어쩔 줄 모른다. 주인이야 뜨락의 모든 목숨들에게 단단히 빗장을 쳐 놓은 셈이지만, 그 안의 꽃과 나무와 풀은 이제 바람이 나기 직전이다. 사람의 슬픔에 걸맞게 빗장 안에서 놀면 좋겠지만, 그만 그러지 못한다. 오 마이 갓. 춘색만원관부주春色滿園關不住.

가장 몸이 단 것은 살구꽃 한 가지이다. 붉은 꽃을 매단 이 어여쁜 여자는 월장을 하고 만다. 주인님도 안 오시고 봄날은 가고 이 몸은 탱탱해져 가니 어쩌겠는가. 담 넘어 찾아온 객을 맞으러 나가고 말았다. 그게 일지홍행출장래一枝紅杏出牆來일 텐데, 문득 그리운 친구 대신 살구꽃의 교태를 보는 시인의 마음엔 슬픔만 더 커진다. 사람 대신 무심한 화용花容[1]이 그를 맞으니, 그립던 생각만 더 힘겹다.

---

1 꽃처럼 아름다운 여자의 얼굴.

예술과 자연의 역발상

_ 왕면

중국의 예술과 시문을 말할 때, 자주 원나라를 까먹어 버리지만, 구리산에서 매화 수천 그루를 심고 자신을 '매화옥주梅花屋主'로 칭한, 왕면王冕을 잊는 것은 실례에 가깝다. 아니 왕면을 잊었더라도, 그가 남긴 〈묵매도墨梅圖[1]〉 시 한 편을 잊는 것은 확실히 결례이다. 매화를 사랑한다는 건, 추운 날을 이기고 핀 꽃을 사랑하는 것만이 아니다. 옛사람들이 굳이 먹을 찍어 붉고 흰 매화를 모두 무채색의 꽃망울로 그린 것은 단지 채색 물감이 부족해서만이 아니다.

매화에는 오래 견딘 마음의 은은한 자기 절제가 빛난다. 꽃향기를 미친 듯이 뿜어내, 아직 추위에 정신 못 차리는 호랑나비를 부를 심산이 아니라, 그저 담담하고 정결하게 자기를 피워 올릴 뿐이다. 이 염결廉潔[2]이 옛사람들의 애모를 돋웠으리라. 우선 그의 시나 읽고 가자.

我家洗硯池邊樹 아 가 세 연 지 변 수	우리 집의 벼루를 씻는 연못가의 나무
朵朵花開淡墨痕 타 타 화 개 염 묵 흔	송이송이 꽃이 벙그니 옅은 먹의 자취가 있다
不要人誇好顏色 불 요 인 과 호 안 색	사람들에게 예쁜 얼굴빛을 자랑할 필요 있겠는가
只留清氣滿乾坤 지 류 청 기 만 건 곤	다만 맑은 기운이 머무르며
	하늘과 땅에 가득 차는 것을

매화

묵매도(墨梅圖) _ 왕면(王冕, 1287-1359, 원나라)

원나라에도 고품격의 시인이 있음을 알린 이 한 편의 시. 그는 종이 위에 그림을 그리는 것을 넘어, 자연으로 들어가 조물주처럼 묵매도를 그린다. 연못에 벼루를 씻으니 그 먹물들이 조금씩 번져 물이 검어질 것이고, 그 검어진 물을 매화나무가 조금씩 빨아들여 꽃을 피우니, 희거나 붉어야 할 매화가 색깔이 살짝 어두워졌다. 그러니 이건 왕면이 매화나무 자체를 3차원 공간에 생명으로 그려 낸 것이 아닌가. 이 생각을 해낸 다음, 그 수천 그루 매화옥의 주인은 얼마나 가슴이 뛰었을까. 방에서 실컷 묵매도를 그리고 난 뒤, 그 남은 먹물을 연못에 씻었으니, 저 매화나무는 왕면이 그토록 생생하게 피우고자 했던 매화의 화기畵氣를 그대로 받으며, 자신의 가지 위에 묵매를 피워 올렸을 것이다. 저 매화는 조물주의 것인가, 왕면의 것인가.

1 먹으로 그린 매화 그림.

2 청렴하고 결백함.

그는 말한다. 매화가 아름다운 것은 그 안색이 예뻐서만이 아니다. 굳이 그 예쁜 얼굴을 돋워 사람들을 혹하게 할 필요도 없다. 그 개결介潔[1] 한 빛과 청아한 향기만으로도 하늘과 땅을 이미 사로잡지 않는가. 먼 데서 향기를 듣고 말에서 내려 홀린 듯 달려오는 마니아들이 있지 않은가.

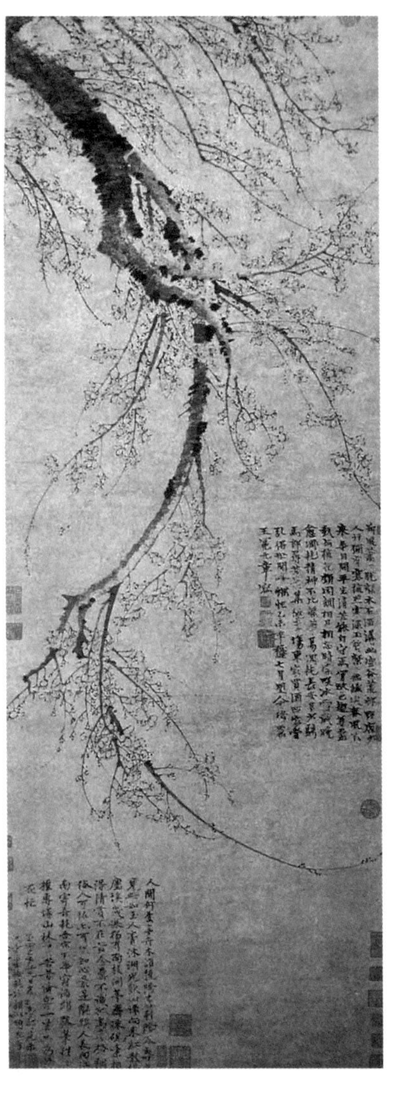

왕면, 묵매도

그러니 시인이 매화 빛의 조도照度를 조금 낮춘 것을 용서하라. 내가 그대에게 묵매의 정취를 준 것이라고 생각해다오. 시를 읽으며 코끝이 괜히 맑아지는 느낌을 받는 건 나뿐일까. 술 생각이 난다. 그가 종이 위에 그린 묵매도를 감상하며, 쿵덕이는 마음을 달래자.

늦은 사랑이 왔다

가장 늦은 사랑이 첫사랑이다

봄여름 가을

꽃 시절 다 놓치고

언 땅 위에서 붉어졌다

봄을 봄이라 하지만

꽃물을 길어 올리는 건

겨울이다

인색한 몇 올의

빛을 붙들어 온몸을 태운

한 그리움의

실성(失性)

그리워할 누군가가 있는가

지금 그리워해도 되는가

너는 묻지 않았으니

스스로 터져 봄날이 되는 사랑아

얼어붙은 하늘에 뾰루퉁 내민

붉은 입맞춤

가장 이른 사랑이 내게로 왔다

'매화'_빈섬

---

1 성품이 깨끗하고 굳음.

내년까지 살지도 못할 거면서
_ 이달

隣家小兒來撲棗 인 가 소 아 래 박 조	이웃집 꼬마가 와서 대추를 따네
老翁出門驅小兒 노 옹 출 문 구 소 아	늙은이가 문을 나와 꼬마를 내쫓네
小兒還向老翁道 소 아 환 향 노 옹 도	꼬마가 홱 돌아서며 늙은이에게 하는 말
不及明年棗熟時 불 급 명 년 조 숙 시	내년 대추 익을 때까지 살지도 못할 거면서

대추 따기를 노래함

박조요(撲棗謠) _ 이달(李達, 1539-1609, 조선)

이달李達은 호가 손곡蓀谷으로 1500년대 말 조선 시대를 살다간 리얼리스트다. 이 시를 읽으면 뜻밖의 반전에 웃음이 솟는다. 물론 그 웃음은 씁쓸하다. 어린 시절 우리 집 앞에도 큰 대추나무가 있었다. 대추가 붉게 익을 무렵 그 나무에 올라가, 아래서 손 벌리고 있는 조무래기 아이들을 향해 몇 알씩을 던져 주는 권세는 얼마나 흐뭇했던가. 몇 알을 더 얻기 위해 아이들은 내게 비굴한 웃음을 짓기도 하고, 때론 겁을 주기도 했다. 나의 대추 인심은 가을 무렵 동네 아이들의 권력 판도에도 영향을 미쳤던 기억이 난다. 너 대추 안 준다. 그게, 가장 약발 좋은 협박이었으니까.

손곡의 눈에 붙들린 저 늙은이도 인심이 다소 고약한 편인 모양이다. 몇 알 따먹는다고 큰일 날 일도 아니건만 저렇게 그악스럽게 아이를 내쫓는 늙은이가, 동네엔 꼭 있었다. 검츠레하고 야윈 쭈그렁 얼굴에 심술보가 대추알보다 크게 붙어야 한다. 그냥 쫓는 게 아니라 대빗자루를 들고 아예 아이를 쓸어 내며 내쫓는다. 아이들은 달아나는 시늉을 한다. 늙은이는 물론 몇 발자국 따라가지 못한다. 숨이 차기 때문이다. 그때쯤 아이들은 홱 돌아보며, 메롱, 욕지기를 퍼붓는다. 그 대추 먹고 오래 살 줄 아니? 내년 가을이면 죽어 없어질 것이면서.

이 시의 매력은 노옹과 소아의 배치이다. 첫 행에선 소아가 나타난다. 대추나무 아래로. 둘째 행에선 노옹과 소아가 긴장 속에 배치된다. 셋째 행은 도망가는 소아와 숨을 헐떡이고 멈춰 선 노옹이 보인다. 넷째 행에는 노옹이 사라지고, 내년 풍경이 떠오르며 대추만 익는다. 생생한 현실 풍경을 칼 베듯 싹 베는 풍자 한 마디가 여운을 가득 뿌리며 대추나무를 감돈다. 물론 아이의 버릇 없음을 고발하기 위한 시는 아니리라. 푸른 하늘 아래, 붉은 대추가 익어 가는 나무. 쫓고 쫓기는 늙은이와 아이. 고적한 마을에 벌어지는 모처럼의 '동영상'에 시인의 눈길이 따라갔으리라. 추억 코드를 건드리는 그 맛이 이 시의 매력일 터이다.

마지막 행의 여운은, 한번 피식 웃고 나면 그만일 법도 하지만, 곰곰이 생각하면, 가볍지 않다.《파리대왕》이라는 영국소설을 보셨는가. 한 무리의 아이들이 어느 무인도에 표류한다. 거기서 차츰 편이 갈리고 조직이 생기기 시작한다. 아이들의 조직은 점점 광기를 띠고 흉포해지면서 왕따가 된 아이를 죽이기 위해 날뛴다. 미친 듯한 추격전을 벌이고 있을 때 섬으로 구조대원이 찾아온다. 그 구조대원은, 죽기 살기로 뛰고 있는 아이들에게 묻는다. "너희들 뭐하니?" 이 질문이, 대추나무 꼬마의 한 마디를 닮았다. 삶의 본질과 자신의 정체성을 잃어버린 채, 현실적인 충동과 욕망에 휩싸여 사는 인간에게, 저 바늘같이 찌르는 일침은, 잔뜩 치솟았던 긴장을 일시에 허탈하게 한다. 그 질문에 대한 대답은 이거다. "내가 왜 이러지?"

저 노인에게도 그런 생각이 들지 않았을까. 악바리로 살아온 인생이라 그런 얘길 들을 여유로운 귀가 없었을지도 모르겠다. 그러나 우린 늘, 호박잎에 들어앉아 진저리를 치는 꿀벌처럼 미친 듯이 현상에 파묻혀 산다. 그게 모든 진실이며 삶의 전부인 것처럼 매달린다. 그러나, 대추나무처럼 몇백 년 살지도 못할 목숨이란 걸, 가끔씩만이라도 환기한다면 좀 자중할 수 있고 인자해질 수도 있지 않을까. 아이를 쫓는 늙은이, 혹은 늙은이를 욕하는 아이는, 사실 시간의 축도縮圖이기도 하다. 그렇게 키우고, 그렇게 밀어내며 세상이 운영되는 것 아니던가. 대추나무 아래의 덧없는 풍경 하나에, 들어 있을 건 다 들어 있다.

최고의 화장품 광고 카피
_ 이규보

고려 시인 이규보李奎報에 대해선 유감이 두 가지 있다. 첫째는 개인적인 것인데, 그가 쓴 《동국이상국집東國李相國集》이 늘 나를 놀리는 소재가 되었다는 점이다. 최근 신문사의 모 데스크도 술자리에서 "우리 에디터의 탄생을 예고하는 여러 가지 역사적인 예언이 있었는데……." 어쩌고 하면서 이 책을 거론하였다. 저 책에 나오는 '이상국李相國'은 이씨 성을 가진 재상이란 의미일 뿐인데, 그렇게 너스레를 엮는 것이다. 저 위대한 예언서는 '동국대 근처에서 이상국이 하나의 집을 이루고 살 것'을 참언한 것이라나 뭐라나. 우리 신문사가 동국대 근처에 있긴 하다. 내 향상재 연구실도 거기에 있고. 그러니, 솔직히 틀린 건 아니다. 하지만, 그가 그런 걸 깊이 생각해서 한 말은 아닐 것이다.

둘째는 좀 큰 얘기인데, 이 분이 최씨 무인정권 밑에서 충성을 하고 벼슬을 하면서 잘 먹고 잘살았다는 점이다. 이런 삶의 방식에 대해 문학평론가 김현은 시대의 아부꾼이라며 맹렬한 비판을 쏟아 낸 바 있다. 물론 이규보를 옹호하는 쪽에서는, "어떤 사람이든 기회를 만나면 재능을 발휘하며 살고 싶지 않겠는가."라고 말하기도 한다. 사실 최씨 정권은 기존의 권력을 제거하는 과정에서 '머리'가 좀 되는 사람들을 다 날려 버렸기에, 국가를 움직일 브레인이 거의 없었다. 문치文治가 필요한 시점에 이규보가 나타났으니, 정말 반가웠을 것이다.

어쨌건, 이규보는 스스로 백운거사白雲居士[1]를 자처하며 장자莊子에 심취했던 지식인이었다. 그가 쓴 매화는, 중국에 사신으로 가서 만난 꽃에 대해 헌정한 이 방면 시의 절정이다.

庾嶺侵寒拆凍脣 유 령 침 한 탁 동 순	매화령에 파고든 추위, 언 입술을 콕콕 쪼지만
不將紅粉損天眞 부 장 홍 분 손 천 진	붉은 연지 하얀 분의 원래 빛깔을 덜지 못하리
莫教驚落羌兒笛 막 교 경 락 강 아 적	낙매화 피리 소리에 놀라 떨어지진 말아라
好待來隨驛使塵 호 대 래 수 역 사 진	가만히 말을 탄 이 사람이 내는 먼지를 따라오너라
帶雪更粧千點雪 대 설 경 장 천 점 설	천 송이의 백설꽃 위에 다시 백설을 두른 꽃이여
先春偸作一番春 선 춘 투 작 일 번 춘	봄이 오기 전에 한 번의 봄을 훔쳐내는 꽃이여
玉肌尙有淸香在 옥 기 상 유 청 향 재	옥빛 살결엔 아직 맑은 향기 떠도니
竊藥姮娥月裏身 절 약 항 아 월 이 신	불사의 약을 훔친 항아, 달 속의 그녀가 온 건가

매화(梅花) _ 이규보(李奎報, 1168-1241, 고려)

시 첫 구절에 나오는 유령庾嶺은 중국 강서성江西省의 산 이름으로, 매화가 많이 나서 매화령 대유령大庾嶺이라고도 부른다. 이 구절에서 가슴을 치는 대목은 탁동순拆凍脣이다. 아직 동장군이 기승을 부려 갓 피어난 꽃잎의 입술이 얼어 버렸다. 거기에 찬바람이 딱따구리가 부리로 쪼듯 콕콕 찌른다. 그게 탁동순이다.

아무리 바람이 기승을 부려도 붉은 매화 미스 홍紅과 흰 매화 미스 백白의 천연 100% 화장을 조금도 지우지 못했다. 그게 부장홍분손천진不將紅粉損天眞이다.

강아적羌兒笛, 강아의 피리는 '낙매화곡落梅花曲, 매화 지는 노래'을 말하는데, 이 피리 소리를 들으면 매화가 떨어지니 너희들은 조심하란 얘기다. 진짜 피리 소리를 말하는 건 아닌 것 같고, 찬바람 회오리바람 소리를 은유한 것이리라.

바람 소리에 놀라지 말고 역참으로 가는 이 고려 사신의 뒤를 졸졸 잘 따라오라는 얘기가 호대래수역사진好待來隨驛使塵이다. 매화가 어떻게 따라오겠는가. 다만 추우면 내 뒤에 숨어 진짜 봄이 올 때까지 좀 견디라는 뜻이리라.

대설경장천점설帶雪更粧千點雪은 이 시의 눈眼이다. 백매화의 꽃송이가 이미 백설같이 흰데, 그 백설 천 송이 위에 진짜 백설이 내렸으니 오죽하겠는가.

---

1 흰 구름 선비.

선춘투작일번춘先春偸作一番春, 아직 봄이 되긴 멀었는데 저 꽃 손을 내밀어 봄을 훔치는 꽃. 여기에서 이규보의 위대한 시혼이 꿈틀거린다. 시詩 또한 현실을 살아야 하는 인간이 현실 바깥으로 손을 내밀어 신神의 노래를 훔치는 것이 아니던가.

옥 같은 살결과 맑은 향기는, 절대로 늙지 않는 약을 훔쳐 먹은 뒤 달로 도망쳤던 그 항아姮娥가 돌아온 것임이 틀림없다. 왜 이 땅의 화장품들은 이런 기막힌 옛 센스를 광고 카피나 스토리텔링에 써먹지 않는가. 이규보나 미스 홍, 미스 백에겐 개런티를 한 푼도 주지 않아도 되는데 말이다.

찡그린 꽃을 노래하다

_ 허균

개나리를 바라보는 것은 언제나 놀라움이다. 그것들, 엄동에 모두 죽은 꼬챙이처럼 서 있지만 눈 비비고 보면 거기 볼록볼록 올라온 태기胎氣가 이미 만만찮다. 바람아 불어라. 추위야 멋대로 해 봐라. 추울수록 더 단단한 눈을 꼭꼭 다져가며 꽃은 속으로 활활 타오른다. 장갑 끼어도 얼어 가는 손 비비며 호호 더운 숨 내놓는 나의 엄살에 비하면 저 작고 보잘것없어 보이는 나무의 목숨은 훨씬 강하고 위대하다. 곧 다시 저 나무들은 숫처녀처럼 보오얀 꽃들을 세상에 가득 내놓고야 말 것이다.

허균許筠은 소설가로 많이 알려져 있지만 빼어난 시인이기도 하다. 누이 난설헌과 함께 당대의 명시인 손곡蓀谷 이달李達에게 정통으로 시 수업을 받았다.

二月長安未覺春 이 월 장 안 미 각 춘	2월의 서울엔 봄이 덜 깼는데
墻頭忽有小挑嚬 장 두 홀 유 소 도 빈	담 머리에 홀연히 핀 소도화가 찡그리네
嫣然却向詩翁笑 언 연 각 향 시 옹 소	너무 고와 돌아선 시인은 빙긋 웃는데
如在天涯見故人 여 재 천 애 견 고 인	하늘벼랑 옛사람 본 것 같구나

작은 복숭아꽃

소도(小挑) _ 허균(許筠, 1569-1618, 조선)

이 시가 높은 평판을 받는 이유는 두 번째 행의 '찡그릴 빈嚬' 자 때문이다. 이 글자는 서시西施[1]의 고사에서 나왔다. 서시가 임을 그리워하며 늘 살풋 얼굴을 찡그리고 있는데 그 모양이 그녀의 미색을 더욱 돋보이게 하여 뭇 사내들의 칭찬이 자자하였다. 그래서 옆집의 못난이들도 그 흉내를 내어 찡그리고 다녔다. 보다 못한 사내들이 설득이야 했겠지만 유행은 한동안 수그러들 줄 몰랐다고 한다. 그 '빈' 자를 허균은 꽃을 형용하는 데 교묘히 데려왔다. 꽃이 찡그리고 있다고 말하는 시인 봤는가?

보라, 처음 그 수줍은 처녀막을 뚫고 꽃이 피어오르는 모습을. 그건 고통이다. 생산의 고통, 개화의 고통, 성숙의 고통. 작은 화판을 밀어 올려 태양을 향해 벙그는 그 순간. 우린 왜 성급히 웃음부터 발견했던가. 그 아름다움은 고통이기에 더욱 환하게 미지未知로 열려 있다. 서시가 찡그려 더욱 고운 아름다움을, 허균은 소도화에서 느낀 것이다. 천만 번 곱고 아름답다고 말해 봤자 저 한 글자, 찡그림을 맞서지 못한다. 아픈 듯 피어난 소도화.

언연嫣然이란 수줍은 여인의 고운 자태를 형용하는 말이다. 바라보기만 해도 마음이 조마조마하고 온갖 황홀감이 저절로 이는 풋풋한 첫사랑의 향기를 기억하는가. 시인은 숨이 터억, 막혔으리라. 마치 자신의 몸을 당기는 듯한 꽃의 자태를 보는 순간 자기의 입가에서 비로소 벙그는 화사한 꽃을 발견했으리라. 그것이 시옹소詩翁笑이다. 옛사람이란 누구일까. 서시를 가리킬 수도 있고, 그가 사랑했던 이매창[2]을 가리킬 수도 있으리라. 꽃 위에 어른거렸을 이미지가 더욱 아프고 곱다.

이 동적이고 긴박하고 절묘한 시를 쓴 사람이 허균이란 사실은, 우리가 오래된 선입견들에 묶여 바라보지 못했던 한 절정의 감성을 느끼게 한다. 하늘을 이지 못할 만고의 역적이 되어 몸이 갈갈이 찢겨 죽은 허균은 저 소도화의 여리고 감미로운 생명의 첫 개화에 눈부셔하는 시인이었다. 개나리꽃 움을 바라보는 내 눈이 갑자기 깨달음에 빛난다. 허균의 눈으로 나도 꽃을 바라볼 수 있을까?

---

1 월나라의 유명한 미인.

2 조선 중기 여류 시인이자 기녀.

표현이 남을 놀라게 하지 못하면
_ 두보

당대 이백에 비하면 너무 조심스럽고 세심하고 유정하여, 호방한 기운이 모자라던 두보杜甫가, 모처럼 강 위에서 뗏목을 타고 출렁거리는 가운데 그 기세에 힘입어 지었다는 시가 있다.

爲人性癖耽佳句
위 인 성 벽 탐 가 구

나 같은 위인의 버릇은
아름다운 구절을 탐하는 것이니

語不驚人死不休
어 불 경 인 사 불 휴

낱말이 남을 놀라게 하지 않으면
죽어도 멈추지 않았거니

老去詩篇渾漫興
노 거 시 편 혼 만 흥

늙어갈수록 시 짓는 일이
흐리멍텅하고 질펀한 흥겨움이라

春來花鳥莫深愁
춘 래 화 조 막 심 수

봄이 와서 꽃이 피고 새가 울어도
깊은 시름 따윈 필요 없어

新添水檻供垂釣 신 첨 수 함 공 수 조	물가에 난간을 덧대어 낚싯대 드리우고
故著浮槎替入舟 고 착 부 사 체 입 주	일부러 뗏목을 붙여 띄워 배 삼아 바꿔 들어오네
焉得思如陶謝手 언 득 사 여 도 사 수	어찌하면 도연명 사령운의 솜씨 같은 생각을 얻게 하여
令渠述作與同遊 영 거 술 작 여 동 유	그대에게 짓게 해 놓고 더불어 함께 놀아 볼꼬

강 위에서 바닷물 기세와 같은 물을 만나 잠깐 짧게 짓다

강상치수여해세료단술(江上值水如海勢聊短述) _ 두보(杜甫, 712-770, 당나라)

나라는 사람이 원래 멋진 표현이나 찾으려 애쓰는 위인이고 낱말 하나를 써도 남이 깜짝 놀라지 않으면 분해서 죽지도 못하고 새 낱말을 찾으려고 고민하는 까탈스런 삶을 살아왔지만, 나이가 들고 보니 그따위 것 모두 우습다. 시라는 것이 압축과 생략과 비수匕首라지만, 뭐 꼭 그래야 할 필요는 있는가. 흥이 돋는 대로 마구 흥청망청 쓴다고 누가 잡아가는가. 봄이 와서 꽃 피고 새 울면 고민하고 시름하면서 꼭 그걸 읊어야 하는가. 그냥 놔둬라.

대신 물가 정자에 난간을 만들어 낚싯대나 드리우고, 그 일이 심심하면 지금처럼 뗏목 하나 그 앞에 띄워 놓고 마치 배로 갈아탄 것처럼 폼이나 잡아도 좋지 않은가. 이렇게 출렁거리니 기분이 도도해지는데, 어이 자네에게 도연명 곱하기 사령운의 솜씨를 팍팍 넣어 줄 테니까, 한번 지어 보게나. 나는 그걸 들으며 함께 즐길 테니까.

이 시는 두보답지 않은 게 맛이다. 시 짓는답시고 머리 쥐어짜고 주름살 만들어 가며 고심하는 인생 살아오긴 했지만, 이젠 뭐 그럴 것도 없다.

기분 좋으면 그대로 읊고 잘 지으려고 애쓰지 않는다. 대신 낚시나 하고 뱃놀이나 하리라. 나보고 시인이라며 지으라고 하지 말고, 자네가 지어. 내가 팍팍 밀어줄 테니. 그러면서도 사실 두보 자신이 시를 쓰고 있긴 하지만, 말투 하나는 시 따위는 초월한 사람 같지 않은가.

그런데 이 시가 유명해진 것은 어불경인사불휴語不驚人死不休 때문이다. 두보가, 젊은 시절 너무 팍팍하게 살았다고 탄식했던 그 대목 말이다. 시를 쓸 때 내가 쓴 표현을 보고 사람들이 경탄하지 않으면, 절대로 그대로 놔두지 않는다는 그 치열과 엄격을 후세에선 배우고 싶어 했다. 죽어도 시 짓기를 멈추지 않겠다는 사불휴死不休의 정신. 혹자는 글씨를 쓰면서도 이런 정신을 새겨, 내가 쓴 작품을 보고 사람들이 놀라지 않으면 죽어도 서예 연습을 멈추지 않겠다 하고, 음악 하는 이는, 나의 연주를 듣고 사람들이 놀라지 않으면, 거문고를 뜯다가, 피아노를 치다가 혹은 바이올린을 켜다가 죽겠다고 하고, 건축도 춤도 문장도 그러하겠다 하였다.

제불경인사불휴題不驚人死不休. 나 또한 편집쟁이로서, 내 제목을 보고 아무도 놀라지 않으면 내 죽어서라도 이 제목 고민을 멈추지 않을 것이라는 다짐을 하고 있지 않은가. 두보는 부질없다지만, 그 경지를 지나와야 부질없다는 저 탄식이 씨가 먹히는 것이지, 그 경지를 생략하고 뭘 말할 수 있겠는가.

욕하기의 즐거움

_ 소동파와 소소매

소소매蘇小妹는 중국 송나라의 대문호 소동파蘇東坡 소식蘇軾의 여동생이다. 소식은 그의 부친 소순, 동생 소철과 함께 3소蘇로 일컬어지던 시인이자 문장가이자 대학자이자 화가이다. 그런 그에게 여동생이 있었는지에 관해서는 아무도 확신을 가지고 말할 수 없는 수수께끼다. 있었더라도 그녀의 이름이 소매小妹였을 리는 없다. 누가 이름을 '여동생'이라고 짓겠는가. 뒷사람들이, 잃어버린 이름 대신 소동파의 여동생이라는 관계 호칭을 고유명사처럼 썼을 것이다. 한 시대를 풍미하던 문인 집안이었으니 동파의 동생이 있었다면 그녀 또한 집안 내력인 천재성天才性을 지녔을 가능성이 높다. 이런 개연성에 의지하여 후세의 어떤 기발한 사람이 우스개 삼아 없는 동생을 만들어 냈을까? 그러나 그렇게 보기에는 그녀의 시들이 워낙 재치 있는 데다가 기행奇行 또한 현실감이 넘쳐서 고개가 갸웃거려진다. 어쨌든 이 놀라운 여인을 추적해 보자.

소소매의 이야기가 나오는 것은 포옹노인抱甕老人이라는 사람이 쓴 책 《금고기관今古奇觀》이다. 중국에선 이 책이 요즘 식으로 말하면 베스트셀러였던 모양이다. 민간에서는 이 책에 나오는 이야기 한 자루씩은 모두가 다 꿰고 있었고 특히 소소매의 이야기는 할아버지가 손자 손녀에게 전해주는 구전口傳의 레퍼토리였다.

소소매가 친근감을 주는 것은 그녀가 별로 잘생기지 않았다는 사실 때문이었을까. 생김새만큼 불평등한 것이 어디 있으랴? 누군들 잘생기고 싶지 않았을 사람이 어디 있겠는가. 그런데 태어나 보니 이 모양 이 꼴이더란 말이지. 그런데 나 스스로도 이렇게 생겨 억울하기 짝이 없는데 세상 곳곳 가는 곳마다 못생긴 걸 죄 중에서도 가장 치명적인 괘씸죄로 치니, 참으로 견디기 힘든 일이다. 못생긴 얼굴 가죽을 덮어쓰고 이 세상을 살아가는 일의 지루함과 대책 없음. 그건 그런 경우를 당해 보지 않은 사람은 절대로 알 수 없는 일이다. 특히나 태어나 보니 잘 생겨 있어서 어디서나 대접받고 왕자 공주처럼 떠받들리는 그런 사람을, 못생긴 존재의 눈으로 바라보는 일은, 정말 꼴사납고 밸 뒤틀리는 일이라 할 만하다. 그런데 소소매는 못생긴 여자다. 거기다 그녀는 아주 뛰어난 재능과 재치를 지닌 사람이 아닌가.

단언하건대, 소동파의 아버지인 소순은 인물이 별로였을 것이다. 그건 동파를 보면 안다. 대문호를 추앙하고 그리워하는 많은 사람들이 그를 그려 남겨 놓았지만 그의 인물을 미남으로 그려 놓은 사람은 별로 없다. 소동파는 이문세를 닮았다. 동파가 화를 낼 일인지 문세가 화를 낼 일인지 아니면 말이 화낼 일인지 모르지만, 동파의 얼굴은 가로에 비해 세로가 유난히 발달되어 있는 '마馬 님상相'이었다. 소동파의 얼굴을 보고 싶으면 만화가 변영우 씨가 그린 《만화로 배운 한시》(동아출판사)라는 책을 권하고 싶다. 변씨는 소씨 집안의 특징인 앞짱구와 하관이 뾰족한 턱을 절묘하게 표현해 놨다. 다만 동파는 얼굴에 털이 많은 사람이었는데 그게 좀 부족한 게 아쉽다.

천 년 전의 사람을 네가 보지도 않고 어떻게 그렇게 확신에 차서 얘기할 수 있느냐? 혹시 너 스스로의 오랜 열등감이 이런 기회를 틈타 기승을 부리고 있는 것이 아닌가? 이렇게 묻는다면 난 절대 그렇지 않음을 입증할 증거자료를 첨부하리라.

소소매는 오빠를 놀리는 시를 한 수 읊는다.

一叢衰草出唇間 일 총 쇠 초 출 순 간	한 무더기 마른 풀 사이로 입술이 툭 튀어나오네
鬚髮連鬍耳杳然 수 발 연 염 이 묘 연	턱수염과 머리칼이 구레나룻으로 이어져, 귀가 어디 가 버렸는지 알 수 없네
口角幾回無覓處 구 각 기 회 무 멱 처	입처럼 생긴 놈을 찾으려고 몇 번이나 돌아다녔지만 아무 데도 없구나
忽聞毛裡有聲傳 홀 문 모 리 유 성 전	갑자기 털 속에서 목소리가 들리네

"푸히히." 이 시를 읽고 절로 웃음이 났다. 소매의 유머감각이 보통을 넘기 때문이다. 제 오라비를 이렇게 놀리다니. 점잖고 인품이 한 대야인, 대문호의 세숫대야를 이렇게 리얼하게 표현하다니. 자세히 읽어 보자.

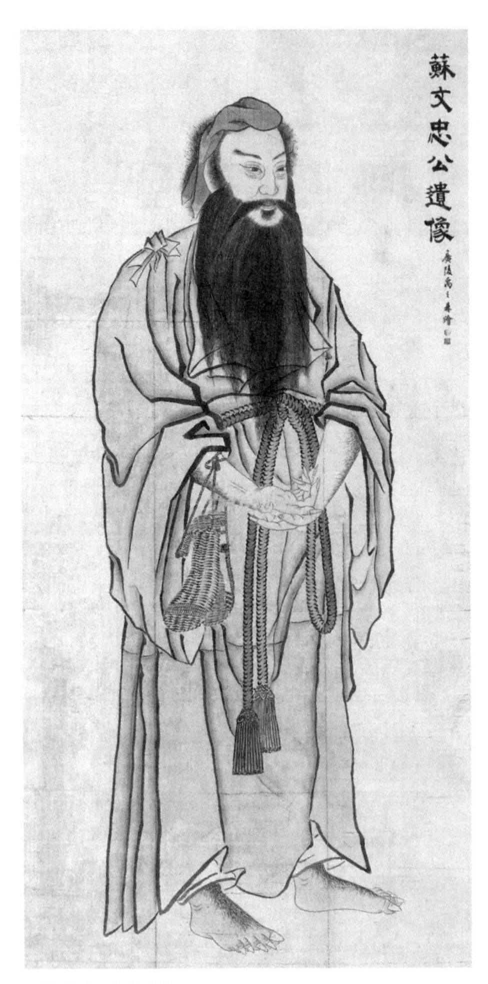

소동파상, 작가미상

일총一叢은 빽빽하게 난 한 더미의 풀의 모양을 말한다. 쇠초衰草는 시든 풀이다. 출순出唇이라 할 때의 '唇'은 독음이 두 개인 한자로 보통은 '놀랄 진' 자로 쓰이지만, 여기선 '입술 순' 자로 쓰였다. 이 문장은 바로 읽으면 해석이 잘 안 되고 뒤집어야 뜻이 들어온다. 출순간일총쇠초. '한 무더기 마른 풀 사이로 입술이 툭 튀어나오네.' 마른 풀이란 입술 주위에 난 꼬들꼬들 말린 수염을 의미하리라.

두 번째 행의 수鬚와 발髮과 염髥은 각각 턱수염, 머리카락, 구레나룻을 가리킨다. 그런 것이 경계가 없을 정도로 이어져 있다는 것을 표현한다. '턱수염과 머리칼이 구레나룻으로 이어져, 귀가 어디 가 버렸는지 알 수 없네.' 이런 뜻이다.

세 번째 행은 첫 번째 행과 대응한다. 아까 입술이 마른 풀 속에 튀어나왔단 얘기를 기억하리라. 구각口角이란 새처럼 톡 튀어나온 부리를 말한다. 입을 장난스럽게 표현한 말이다. '입처럼 생긴 놈을 찾으려고 몇 번이나 돌아다녔지만 아무 데도 없구나.'

두 번째 행과 네 번째 행은 각각 귀와 청각이란 점에서 어울린다. 그렇게 입을 찾아다녀도 없더니 '갑자기 털 속에서 목소리가 들리네.'

살피건대 이 시는, 입술이 마른 풀 속에서 튀어나온다는 부분과 아무리 찾아도 털 때문에 보이지 않는다는 부분이 약간 어색한 감이 있다. 또 수염 때문에 귀가 사라져 버렸다는 대목은 재미있지만 수염과 입에 관해 표현하는 전체적인 맥락을 약간 어수선하게 하는 감이 있다. 그러나 마지막 행의 기발한 반전은 웃음을 자아낸다. 깔끔하고 완성미가 돋보인다고는 말할 수 없겠으나, 인신공격으로서는 아마 역사상 가장 수준 높은 유머 감각이 아닐까 싶을 정도다.

동파가 누구인가? 짓궂은 여동생이 자신의 콤플렉스를 있는 대로 건드리는데 문자 속 꽉 닫고 참고만 있었으랴? 소소매가 희시戱詩를 읊자마자 그 털 속의 입이 꿈지럭거리기 시작한다.

未出庭前三五步 미 출 정 전 삼 오 보	뜰앞을 서너 걸음 나서기도 전에
額頭先到畵堂前 액 두 선 도 화 당 전	이마 꼭지가 먼저 화당에 닿네

무슨 얘기냐? 소소매는 이마가 왕년 청순 배우 임예진처럼 발달되어 튀어나왔던 모양이다. 중후장대한 앞짱구란 얘기다. 그걸 놀리는 시다. 마빡의 슬픔을 아무리 오빠이기로서니 이렇게 리얼하게 표현하다니. 아무리 튀어나왔기로 몇 걸음 걷자마자 뜰 저쪽에 있는 불화 모신 곳에 쾅 부딪친단 말인가. 그러나 이런 모욕적인 내용을 듣고서도 소소매는 유들유들하다. 그래, 한번 해 보자는 심산이다.

天平地闊路三千 천 평 지 활 로 삼 천	하늘처럼 넓고 땅처럼 광활하니 길은 삼천 개나 되는구나
遙望雙眉雲漢間 요 망 쌍 미 운 한 간	두 눈썹 서로 멀리 바라보니 은하수를 사이에 둔 듯하구나
去歲一滴相思淚 거 세 일 적 상 사 루	해를 보내며 한 방울 흘린 그리운 눈물은
至今流不到腮邊 지 금 유 불 도 시 변	흘러흘러 아직까지 뺨 주위에도 도달하지 못했구나

요컨대, 얼굴이 광장같이 넙데데하다는 얘기다. 중국인 특유의 과장법과 기지가 번득거린다. 눈썹과 눈썹 사이가 은하계보다 더 넓다는 상상력과 지난겨울에 흘린 눈물이 이 여름에도 뺨에 도착하지 못했다는 익살은 이 시대에 써먹어도 참신한 표현이 아닐까 싶다. 저 깜찍한 동생의 눈물 타령에 동파도 맞짱 뜬다.

幾回試淚深難到 몇 번이고 울고 싶었지만 내려가기 어렵구나
기 회 시 루 심 난 도
留得汪汪兩道泉 두 갈래 샘물이 퐁퐁 솟다가 머무르네
유 득 왕 왕 양 도 천

얼마나 광대뼈와 눈 밑 살이 현란했으면 눈물이 다 내려가다가 멈춰 버리나? 오빠의 흠은 넓은 것이지만 여동생의 약점은 우락부락한 것이다. 같이 울어도 동파의 얼굴엔 길어서 덜 내려가고 소매의 얼굴엔 장애물이 많아 못 내려가는 것이다. 남매는 이렇게 서로를 힐난하며 낄낄거렸으리라. 점잖이고 교양이고 그런 건 간데없다. 그저 인간 본성의 장난기와 낙천주의가 가득 스며들어 있다. 이것이 시인들의 끼 아닐까? 욕설조차도 향기나는 저 두 사람의 경지가 부럽고 예쁘다.

입에서 입으로 전해진 찬란함 #1

가시리

가시리 가시리잇고 바리고 가시리잇고

날러는 엇디 살라 하고 바리고 가시리잇고

잡사와 두어리마나난 션하면 아니 올셰라

셜온 님 보내압노니 가시난 닷 도셔 오쇼셔

가시리, 고려가요 _ 작자 미상

양주동 선생의 〈가시리 평설〉을 읽고 그 물 흐르는 상상력과 섬세한 시선에 넋이 나갔던 건 중학교 시절쯤 되리라. 그 시절의 낡은 노트 하나에는 짧지 않은 그 글의 일부가 납작납작한 글씨로 옮겨져 있다. 이걸 쓰면서 나는 이 나라의 언어에 얼마나 놀라워하며 즐거워했던가. 길거리에 버려진 곰살맞은 근 천 년 전의 시를 되읽어 이렇듯 신명과 감동의 크기를 늘려 놓은 양주동 선생이야말로 국보급 비평가라는 자화자찬이 아깝거나 얄궂지 않다.

고려가요 〈가시리〉는 이렇게 내 마음에 들어왔다. 그런 뒤 어느 대학가

요제에서 가수 이명우의 노래로 구체적인 득음을 한다. 목청만 떠는 노래가 아니라 언어 하나하나 소릿값 하나하나가 고통스럽게 떨려 나오던 그의 노래는 가시리를 여인의 애이불비哀而不悲[1]가 아닌, 사내의 참담한 절규로 바꿔 놓았다. 얇은 비닐 끈처럼 팔락이며 행간을 넘어가는 그 아슬아슬하고 조마조마한 맛은 사라졌지만 대신 나 같은 사내도 토해 낼 수 있는 웅숭깊은 속내 얘기로 가시리를 옮겨 왔다. 이명우를 흉내 낸 그 옹알이 같은 발성법으로 나는 시도 때도 없이 이 노래를 불러 댔다. 그리하여 내 청춘의 한 시대는 가시리의 굽이를 따라 아픔과 절망을 꾹꾹 누르며 넘어온 것이리라.

양주동이 숨이 꼴깍 넘어갈 듯 황홀한 문장으로 훑던, 그리고 이명우가 목젖이 울리는 신명을 참고 콧속으로 좁은 소리 길을 내어 토막말 하나하나를 구슬처럼 꿰어 올리던, 가시리의 절정의 대목은 '션하면 아니 올셰라.'였다. 이 구절은 가시리 중에서도 가장 긴급한 감동의 전보電報가 되어 지금도 무시로 내 감성의 우체통으로 날아든다.

가시리 가시리잇고 바리고 가시리잇고
날러는 엇디 살라 하고 바리고 가시리잇고
가실래요? 정말 가시는 거예요?
나는 어찌 살라고 그냥 가시는 겁니까?

---

1 슬프지만 겉으로는 슬픔을 나타내지 아니함.

이런 도리질이야 누군들 못하랴? 아니 굳이 기발하고 고운 말을 꾸며내어 떠나가는 사람을 잡는 대사야말로 삶의 진정성으로 접근하지 못하는 연극적인 문자에 불과할지 모른다. 그러니 참된 언어는 직설이다. 한치 에두름도 없는 직설들이었다. 가실래요? 정말 가시는 거예요? 나는 어찌 살라고 그냥 가시는 겁니까? 가시는 사람의 이유를 묻고 있지 않다. 붙잡는 내가 그걸 들어서 해결해 줄 수 없음을 잘 알고 있다. 어쩌면 그는 가야 하는 게 맞다. 그렇다고 가십니까? 여기에는 당신의 이유를 묻는 게 아니라 헤어질 수 없는 나의 이유를 살피라고 말한다. 헤어지는 무렵의 당황과 다급함 속에서 곰곰이 당신의 이유를 살피는 일이란 가당치 않다. 대신 나를 말할 뿐이다. 당신이 그렇게 사랑한다 말했던, 곱고 귀엽다 말했던 그 나의 처지를 돌아봐 달라.

가시리의 애원은 그래서 무능하고 간절해서 처음엔 덤덤해 보이던 푸념들이 깊이 곱씹으면 곱씹을수록 먹먹해 온다. '가시리'라는 의문형의 반복은 감정의 예열豫熱이기도 하지만 그보다는 도저히 믿기지 않는 사실을, 스스로의 인식 안에서 밀어내 버리고자 하는 안간힘을 보여 주는 주술적인 췌사贅辭[1]이기도 하다.

그러나 여기서 그쳤다면 가시리는 그저 넋두리일 뿐이다. 턱 하니 막혀 오는 슬픔 앞에서 대책 없이 가시리만 연발하는 그것이야말로 더도 덜도 아닌 삶의 진경이긴 하지만, 그래도 그것만으로 한 시대 한 민중의 심장을 울리고 다음 세대로 넘어오는 저력을 담아내진 못한다. 아마도 다음의 구절, 시적인 상승으로 밀어 올린 저 아름다운 구절이 아니라면, 가시리는 고려에서 조선을 넘지 못했을 것이다. 몇 시대의 가슴을 꿰뚫고 다시 내 넋 속으로 진입하진 못했을 것이다. 그래서 이 대목은 어쩌면 문자의 국보이다. 퍼내도 퍼내도 마르지 않는 감성의 창고이다.

잡사와 두어리마나난 션하면 아니 올셰라

붙잡아서 내 곁에 두고 싶지만 서운하면 아니 올세라.

전행前行에서 중얼거렸던 가시리는 화자의 입안에서 맴도는 넋두리였기에 저 떠나가는 사람의 귓전에는 애당초 전달되지도 못했음이 틀림없다. 따지듯 덤벼드는 말투였다면 뒤의 이런 표현이 따라올 수가 절대로 없기 때문이다. 당신이 가 버리면 나는 못 산다. 그걸 알지 않는가. 그래도 당신이 간다니 나는 어찌해야 하는가. 이런 절망적인 결론을 이미 껴안고 있지만 나는 당신을 붙잡지 못한다. 왜 그런가. 내가 당신을 붙잡는 일은, 당신의 뜻을 거스르는 일이다. 이 헤어짐이 괴롭다 하여 내가 당신의 삶과 선택에 보낸 전적인 지지를 철회할 수는 없다. 헤어짐이 내게 가당치 않은 것이라 하여 이전에 내가 당신에게 보냈던 그리움과 사랑을 덜어내어 이날 당신을 붙잡는 완력으로 쓸 순 없단 얘기다. 조금만 속되게 생각하면, 그 붙잡는 일조차 사랑의 애절함이 아니겠는가 하고 웃을 수도 있겠지만 그건 편리한 시속의 논리일 뿐이다. 어찌 당신을 붙들어 당신을 화나게 하겠는가. 당신을 소유하고자 하는 내 욕심을 드러내어 당신을 내 뜻에 귀속시키고자 하겠는가. 당신이 나를 사랑하는 것은 오로지 당신의 선택이며

---

1 쓸데없는 군더더기 말.

나는 그저 내 있는 힘을 다해 사랑할 뿐이리라. 그러니 붙잡고 싶어도 붙잡지 못할 수밖에 없는 것이다. 그러면서 덧붙인다. 션하면 아니 올셰라.

중학시절의 나는, '션하면'이란 저 한마디에 뿅 갔다. '서운하다.'라는 말이, 저 시절엔 저렇게 어눌하면서도 애절하고 가슴을 서늘하게 하는 소릿값을 지니고 있었구나. 션하다. 요즘 말로 하면 시원하다는 말과 닮아 있는 저 말. 그래서 그 말에 감도는 묘한 바람 소리가 있다. 이 노래가 나온 이후에도 수천수만의 연사戀詞들이 우리를 울려 왔지만 이 말 한마디의 전율을 넘지 못했다고 나는 감히 말한다. 사랑한다는 일이, 이 션함을 벗어나 있는 것이 있었던가. 상대를 서운하지 않게 하는 일. 사랑이 이 정의를 넘어선 적이 있었던가. 오로지 당신을 외롭지 않게 하고 서럽지 않게 하고 노엽지 않게 하고 우울하지 않게 하고 힘 빠지지 않게 하는 모든 배려. 당신을 션하지 않게 하는 일. 그 일은 사랑보다 더 넓고 깊고 아득하고 오래 울린다. 우린 사랑한다면서 그리워한다면서 당신 없이 못산다면서 실은 자기애에 빠져 상대를 끝없이 서운하게 하지 않았던가. 사랑이란 이름으로 상대를 괴롭혀 온 어리석음과 그 후일담인 뉘우침들로 자기에게 주어진 보배 같은 인연을 발로 차 버리지 않았던가. 사랑은 상대를 서운하게 하지 않는 조심스러움. 그 깊고 절절한 배려가 스스로의 가슴에서 끝없이 솟아나는 상태, 그 이상도 이하도 아니리라. 가시리는 그걸 말해 준다. 이제 결딴이 나고 있는 사랑 앞에서조차도, 그는 말한다. 션하면 아니 올셰라.

당신을 보내긴 하지만, 그것은 당신의 뜻을 기리고 귀히 여겨 그냥 참고 견디는 것입니다. 내 욕심을 차리고 내 집착을 드러내 당신을 불편하게 하고 싶지는 않습니다. 이런 바보 멍청이 같은 관대함과 무욕으로 상대방을 떠나보내고 있는 것이다. 그러나 '아니 올셰라.'에서 드러낸 저 간절하고 놀라운 희망의 싹수를 보라. 보내는 사람은 그러나 절대로 이별을 믿지 않는다. 가신다고 말씀하지만 정말 가실 리가 없다는 믿음을 여기 '션하면.'이란 서늘한 문자 뒤에다 가만히 감춰 놓았다. 당신은 분명 돌아오실 텐데 혹시 지금 내가 서운하게 해 드리면 그때의 결심에 누가 될까 봐, 지금 가시는 길을 붙잡지 못한단 얘기다. 어수룩하고 그저 맹목적이기만 할 듯 보였던 사람이었는데 실은 이런 한 수 위의 계산법을 지니고 있었다. 그 계산법은 물론 사랑에 대한 불변의 믿음에 바탕을 둔 것이다.

우리의 이별은 어떠했던가. 이왕 막가는 관계, 이왕 버린 몸들이니 그저 못했던 분풀이나 실컷 하고 다시 못 볼 인연의 멱살을 붙들고 악다구니로 제 잇속을 드러내진 않았던가. 헤어짐은 흔히 분노와 미움으로 도배질하여 도대체 저 '웬수'와 어떻게 그동안 살아왔는지가 의아해질 정도로 관계를 헝클어 버리는 데 주력하진 않았던가. 이런 막된 이별들이야말로, 우리가 사랑을 할 줄 모르는 굼벵이 같은 버러지임을 고백하는 증거가 아닐까. 가망 없는 사랑 앞에서, 그전에 기껏 온 마음을 풀어 쌓아 놓았던 사랑의 가건물마저 후닥닥 철거해 버리는 이 성급함과 빠른 포기야말로, 결국은 우리가 사랑을 경영할 수도 감당할 수도 없는 천박한 존재라는 사실을 보여 주는 명쾌한 증거가 아닐 수 없으리라. 가시리는 이런 천박한 풍조 앞에 경이로운 사랑의 전범典範을 드러내 보여 준다. 션하면 아니 올셰라. 가장 상대가 못 미더운 이 순간에 드러내는 저 무한한 믿음. 가장 상대가 나를 서운하게 하는 이 순간에, 혹여 내가 드러낸 감정이 상대를 서운하게 할까를 걱정하고 있는 마음. 사랑에 대해 어떤 강조 어법도 쓰지 않고 다만 '혹시'라는 앞말을 넣으면 선명해지는 저 '션하면 아니 올셰라.'의 여덟 글자의 가정법으로 절대적인 사랑의 윤곽을 환하게 드러낸다.

돌아보면 내 사랑의 끝은 모두 션함들이 서로 격렬하게 오간 뒤 정말 돌아오지 않는 인연이 되어 버리는 똑같은 어리석음의 반복이었다. 션하다는 건, 아직도 내가 그에게 기대를 지니고 있는 일일진대, 그렇다면 사랑의 미열微熱이 채 다 식지 않았다는 얘기일 수도 있지 않은가. 션함이야말로 관계의 희망을 말해 주는 체온계일 수도 있는데 왜 우린 션함을 들어 그렇게 급히 끊고 맺고 정리하는 일에 치중했을까. 그것은 어쩌면 상대의 션함을 살피는 사랑의 첫 마음을 잃어버리고 자기 속의 이기와 탐욕을 사랑의 션함으로 둔갑시켜 남을 미워하는 기폭제로 활용한 게 아니었던가. 그러니 그 션함은 진짜 사랑을 식게 하는 깊은 상처가 되어 삶에서 몇 번 오지도 않을 사랑의 귀한 순간들에 재 뿌리고 침 뱉어 오지 않았던가. 그리하여 션해서 오지 않는 사랑들로 내 마음은 하루하루 황무지가 되어 왔던 것이 아니었던가.

셜온 님 보내압노니 가시난 닷 도셔 오쇼셔
서러운 임 보내드리니 가자마자 다시 오소서

'서러운 임'이란, 내가 보내서 서럽기도 하지만 하나의 사랑을 완전히 누리지 못하고 떠나는 저 당사자도 서러울 것이라는 내 자부가 깔려 있기도 하다. 아등바등할 줄 몰라서가 아니라, 한판 붙어 화끈하게 끝장낼 줄 몰라서가 아니라, 악다구니를 쓰며 '너 죽고 나 살자.'를 할 줄 몰라서가 아니라, 다만 당신의 뜻이 없이 내 마음대로 사랑할 수 있는 것은 아니기에 헤어져 있는 날들의 지옥을 생각하면 이미 끔찍하지만 그래도 당신을 보내 드리는 것이니, 당신은 이런 나의 마음을 헤아려 그저 뜻 없이 발길만 돌리는 것이 아니라 마음마저 발길을 돌려 돌아오시기를 바란다는 절절한 호소를 담아낸다.

그렇지 않은가. 이미 마음은 끝장나 버렸는데 식은 몸뚱이를 껴안고 사랑을 복원하려고 애쓴들 그게 사랑이겠는가. 떠나가는 사람을 협박하여 내 곁에 둔다고 그게 사랑의 지속이겠는가. 애당초 사랑이란 존재의 몸이 그저 공존하는 모양새가 아니라 진정한 소통과 감정의 긴밀을 깔고 있는 마음의 얼개가 아니던가. 그러니 사랑을 회복하는 방법은 어렵더라도 떠나가는 그의 뜻을 다시 돌려오는 수밖에 없다.

양주동 선생은 마지막 행의 '가시난 닷'을 인상 깊게 해석해서 어린 나를 감동하게 했다. 지금 가시는 모양을 보아하니 너무도 급하고 힘찬 걸음으로 뿌리치고 떠나가시는데, 그런 힘찬 활보로 다시 돌아오라는 여성적인 투정과 야유를 담고 있다는 설명이다. 기발하고 그럴듯해서 여인의 샐쭉거리는 입술이 떠오르며 이 이별의 모양새가 더욱 실감나는구나 싶었다.

그러나 이제 와서 '가시난 닷'을 살펴보니, 저렇게 자신의 깊은 슬픔을 억제하며 임을 보내는 사람이 과연 막판에 와서 자신의 유장한 호흡을 깨고 그렇게 야물딱지고 밉살스런 독설을 뱉어 냈을까 싶다. 물론 절망적인 순간에도 한 가닥 우스개를 내놓을 줄 알던 우리 옛사람들의 여유일 수도 있으리라. 하지만 '가시난 닷 도셔 오쇼셔.'는 가시는 것도 당신의 뜻이고 돌아오는 것도 당신의 뜻이니 부디 당신의 뜻을 새롭게 가다듬어 나를 찾아오시라는 당부로 본다면, 사랑을 훑어보고 있는 이 여인의 넓고 깊은 뜻이 잘 살아난다. 당신의 마음이 한순간 변해서 가실 수도 있듯이 다시 그 마음이 변해서 돌아올 수도 있으니 그것을 기다리고 있겠다는 이 결언은 션하지 않게 임을 보내 드리는 여인의 지혜이며 속내의 핵심이다.

내가 가시리 여인이 되어 보면 떠나가는 임의 거자필반去者必返[1]을 간절히 믿는 일이 그리 쉽지 않다는 걸 깨닫는다. 우선 떠나가는 자를 욕하고 싶은 충동이 너무 크고, 그리하여 쭈그러진 자신의 자존심을 살려 내는 일에 치중하고 싶어지고, 유행가 가사들에 힘입어 잊어버리는 걸 아름다운 일인 양 자꾸 최면을 걸고, 또 떠난 사랑에 대해서 지레짐작으로 회생불가를 선언해 버리고는 사랑을 부인하는 어리석음에 몰두하기 십상이었다.

내가 가시리 남자가 되어 보면 남아 있는 임의 애이불비를 진정한 사랑의 기표로 읽어 내는 일이 세상에 흔하지 않은 일임을 깨닫는다. 사랑은 육체가 아니라 마음이며, 그리하여 이별이란 육체의 나뉨이 아니라 마음의 갈라짐이라는 당연한 이치를 슬그머니 잊어버리고는, 아직 유효한 사랑의 맥락을 서둘러 뇌사로 인정해 버리고는 돌아서서 또 다른 갈증으로 두리번거리는 우행을 반복해 왔음을 깨닫는다.

'션하면 아니 올셰라.'는 그리하여 이런 날들의 내게 사랑의 때 묻지 않은 원뜻을 보푸라기 하나 털지 않고 고스란히 되보여 주는 아프고 결연한 화두이다.

1 떠난 자는 반드시 돌아온다.

02

역사의 현장, 시의 생생함

난설헌을 읽는다

_ 허초희

난설헌蘭雪軒을 읽는다. 강릉 초당리에 있는 외할아버지댁에서 허엽의 셋째 딸로 태어났다. 어머니 김 씨는 후처로, 그 슬하에 허봉, 허균이 더 있었다. 아버지 허엽이 서울에서 벼슬을 하는 동안 난설헌은 한양성 건천동, 지금의 명보극장 앞에서 살았다. 난설헌 당시 이 동네는 34가구가 살았는데, 조선의 스타들이 줄줄이 나오는 명당이었다. 조선 초에는 김종서, 정인지, 이계동이 이 마을에서 같은 시절에 배출되었고, 이후 양성지, 김수온, 노수신, 허엽이 나왔고, 유성룡, 이순신, 원균, 허봉이 다시 한 시대에 건천동에서 어린 시절을 보낸 뒤 문무에서 이름을 떨쳤다.

건천동의 소녀 난설헌은 대개의 조선 여인들이 무명無名 속에서 피었다 간 것과는 달리 이름을 후세에 남기고 있다. 난설헌의 이름은 초희楚姬이다. 어린 시절의 호명인 자를 가지고 있기도 하다. 경번景樊이 그것이다. 우리는 이제 난설헌을 허초희라고 불러야 한다. 저 이름 두 글자를 남길 수 있었던 천재와 피눈물의 생生이 바로 그녀의 정체성이기 때문이다. 초희 두 글자는 한 여인이 익명의 바다에서 탈출하여 마침내 우리 앞에 당당한 실명實名을 꺼내 든 승리의 전리품 같은 것이다.

항우의 여인 우희虞姬를 연상케 하는 초희는, 기실 남편을 잘못 만나 죽음에 이르는 운명의 궤도 빼고는 둘 사이의 관계를 느끼기 어렵다. 남편 김성립은 항우에 비교하기엔 어림없는 인물이었고 그것 때문에 초희는 내내 고통을 받았다. 한편, 어린 날의 이름, 경번은 그녀의 생을 함축하는 날렵한 말맛을 지니고 있다. '볕 경景, 울타리 번樊' 경번은 햇살이 막 비치는 뜨락 울타리 안이다. 울타리 안은 바로 조선 여자가 평생 뱅뱅 돌며 살도록 금 그어진 운명의 무대이다. 규방이라고 하는 그 폐쇄 공간 말이다. 그런데, 그 울타리 안에 우주의 신호인 태양이 광케이블을 연결하는 형국이다. 갇혀 있을망정 우주와 호흡하는 스케일은, 허초희와 닮지 않았던가.

허초희는 조선의 문신이자 시인 최경창崔慶昌이 권력 다툼 속에서 잘 적응하지 못하고 멀리 여진족과 대치한 함경도로 쫓겨나던 1573년 아니면 그 이듬해 봄 무렵에 시 하나를 읊었다. 초희의 당시 나이는 많아 봤자 열 살에서 열한 살, 지금으로 치면 초등학교 4, 5학년 정도 되는 소녀이다. 그녀가 읊는다.

近者崔白輩 근 자 최 백 배	최근 최 씨와 백 씨 등의 사람들이
攻詩軌盛唐 공 시 궤 성 당	시를 공격적으로 써서 당나라 전성기의 경지에 이르렀다

寥寥大雅音 쓸쓸하던 대아의 소리
요 요 대 아 음
得此復鏗鏘 이 사람들을 만나니
득 차 복 갱 장
다시 금은 구슬이 부딪치는 소리를 낸다

흥겨워 전하노니 5

견흥(遣興) 5(일부) _ 허초희(許楚姬, 1563-1589, 조선)

이런 정도의 얘기를 읊으려면 상당한 수련과 내공이 있어야 한다. 우선 최백배崔白輩에 주목하자. 옛사람들은 스타들을 한 무리로 묶는 걸 좋아했다. 뛰어난 한 사람이 아니라, 당대의 3대 시인, 양대 산맥, 5걸, 7대 영웅, 여덟 은둔자…… 이런 식으로 말이다. 당시에는 '최백' 두 사람을 엮어 말하는 유행이 있었을 것이다. 열한 살 소녀가 최백을 안다면, 그 명성이 얼마나 자자했을지는 짐작이 간다. 지금 지식인 스타 중에서 '성'만 불러서 이름을 짐작할 수 있는 사람이 누가 있을까? 내가 알기론 없다. 서씨? 미당이 생각나는가? 황씨? 황순원이나 황석영이 생각나는가? 아니면 양김? 김현과 김주연이 생각나는가? 아니다. 문인으로선 역부족이고, 시대를 아로새긴 정치인 김대중과 김영삼 정도 되어야 겨우 이름으로 묶어진다. 양김을 요즘 사람들이 이해하듯 당시엔 최백을 이해했다는 얘기다.

최백은 최경창과 백광훈白光勳을 일컫는다. 최경창은 1539년생이니 초희보다 24살이 많고, 백광훈은 1537년생이니 22살이 많다. 여기에 이달李達이 함께 해서 '삼당시인'으로 꼽혔는데, 이달은 허초희의 스승이기도 하다. 초희는 스승으로부터 최경창, 백광훈의 이야기와 그들의 시를 많이 들었을 것이다. 10대 소녀의 가슴 속에는 세 시인이 가슴 속에 깊이 새겨졌을 것이다. 그중에서도 가장 키가 크고 골격이 좋고 얼굴은 핼쑥하며 반항기가 좀 있어 보이는 '제임스 딘' 같은 최경창이 멋져 보였을 것이다. 저 산골짝 마을의 기생 홍낭이 삼당시인 가운데 오직 최경창의 시를 좔좔 외고 있었던 까닭도 거기에 있을 것이다. 이 남자는 당시 여인들의 감성을 일깨우는 아이콘이었다.

이들 시인이 이토록 호평을 받은 까닭은 송시宋詩의 기풍에 천착하던 당시 흐름을 일신하고 당시唐詩의 감성적 절제와 내적 깊이를 재발굴해냈기 때문이다. 옛 귀신들을 잔뜩 실어 맥락을 어렵게만 하고 스토리 얼개를 복잡하게 하여 스스로 무겁게 만드는 송시는, 지적인 사람들의 현학에는 도움이 되었으나, 감성의 2%가 모자랐다. 언어의 본령과 시의 여운과 자연과 인생을 꿰뚫는 통찰은 역시 당시가 아니던가. 이두李杜, 즉 이백과 두보의 본령에서 깃든 낭만적 사유는 임진왜란 직전의 조선에 신풍으로 출렁였다. 최경창은 그 무렵의 스타 시인이다. 첫 두 줄은 그 얘기를 하고 있다. 공攻과 궤軌의 맛을 읽어야 한다. 시를 관성적으로 쓰지 않고, 벤처 정신으로 뒤엎는 것이 '공'이다. 그리하여 그것으로 하나의 흐름을 만들어내는 것이 바로 '궤'이다. 이 대목은 한 천재 문학소녀가 대시인들에게 바치는 오마주이기도 하다.

갱장鏗鏘은 금속 구슬들이 부딪쳐서 영롱한 소리를 내는 그 청각효과의 묘사이다. 대아大雅는 시경의 일부를 가리키는 말로, 시의 원형原型을 의미하기도 한다. 진짜 시의 본령이 후세 사람들이 외면하는 바람에 쓸쓸하게 뜨락을 구르는 구슬처럼 버려져 있었는데, 최경창 같은 분이 나타나서 그 구슬을 꿰서 저렁저렁 소리를 내게 하였도다. 이런 얘기다.

계속해서 읽어 보자.

下僚困光祿 하 료 곤 광 록	낮은 벼슬이란 임금의 빛을 덜 쬐는 바람에
邊郡愁積薪 변 군 수 적 신	변두리 마을 풀더미 속에서 우거지상을 하고 있구나
年位共零落 연 위 공 영 락	시절과 벼슬이 함께 비처럼 떨어지니
始信詩窮人 시 신 시 궁 인	시가 사람을 곤경에 빠뜨린다는 말을 비로소 믿겠구나

태양 빛이라는 것도 높이 솟은 나무에 내려앉기 쉽지 저 아래 가지에 가린 음지까지 비출 수는 없는 일이다. 임금의 은혜가 아무리 하해와 같아도 맨날 그늘에 있는 놈은 맨날 그 지경을 벗지 못한다. 그게 하료곤광록下僚困光祿이다. 이 소녀의 혜안을 보라. 시인이란 건 가끔 정치인들이 문화적 생색이나 내려고 주는 자리에 불편하게 앉아 있는, 꿔다 놓은 보릿자루일 뿐, 진짜 나라를 위한 일에는 쓰는 일이 드물다. 최경창은 인격이 높고 시로는 이름났지만 세상 처신은 그리 잘하지 못했던 듯하다. 오히려 명성 때문에 경계를 하는 적들만 잔뜩 늘려 놨을지도 모른다. 게다가 문제가 있을 때 참지 못하고 입바른 소리를 하여 눈치 없이 곧기만 한 사람으로 찍혔으리라. 함경도까지 날아가는 것이 괜히 간 것이겠는가. 허초희는 그걸 훤히 들여다본다. 날아가는 최경창의 쓸쓸한 등을 보면서 이 시를 썼다. 함경도 최전방 풀더미 속에서 푹푹 한숨 쉬는 당대 최고의 시인. 물론 그 와중에 홍낭을 만나 삼삼한 러브스토리를 펼치고 있을 것을 허초희는 꿈에도 몰랐으리라. 그건 '19금'용이니 어린 소녀는 에비!

사람들은 보통 나이가 들수록 벼슬이 올라가게 되어 있다. 호봉이 올라가고 지위도 올라간다. 조선에도 그게 상식이었다. 그런데 연年이 영락零落한다고 하는 말은 이 시대의 철학을 암시하는 말이다. 우리는 젊은 시절을 분수령으로 보고, 처음에는 그 고점을 향해 올라가다가 절정을 지난 뒤 다시 내려오는 것으로 삶을 이해하고 있다. 그런데 조선 시대에는 태어나면서부터 바로 죽음이라는 내리막으로 내려간다는 인식을 하고 있지 않았나 한다. 수명이 짧기도 하였거니와 삶의 환경이 불확실하던 시대의 철학일 수도 있다. 태어나자마자 내려가는 삶은 야망보다 보신保身과 영달이 중요해진다. 영락하는 삶 속에서 벼슬은 그래도 올라가야 하는데, 빗방울이 여기저기서 떨어지듯이 함께 떨어지니, 이건 참 대책 없는 일이다. 모든 사람이 그렇다는 건 아니고, 최경창의 경우가 그렇다는 얘기다.

그걸 보면서 소녀가 고개를 끄덕인다. 세상 이치에 하나의 도를 깨우친 것이다. 우리 스승님 이달 어른이 시궁인詩窮人을 말씀하셨는데 그게 이것이로구나. 시가 사람을 '개고생'시키고, 참 군색하게 만드는 걸 알겠구나. 그렇게 탄식하는 것이다. 요즘도 시집 팔아서 먹고사는 시인이 몇 있겠는가. 많은 시인들은 분필을 부러뜨려가며 침을 튀기는 강의로 밥값을 벌고 신문 잡지에 드문드문 기고를 해서 찻값을 벌고 집 앞에 부추밭을 갈아 반찬을 하는 그게 사는 진상이 아니던가. 시인들이 벼슬하는 얘기는 오히려 조선 시대가 더 자연스러웠을지 모른다. 여하튼 시의 꿈을 먹고사는 기특한 시인 지망생 소녀가 본 이 풍경의 진술은, 당대 시인들의 눈시울을 적셨을 법하다. 시궁인, 세 글자가 가슴에 바늘땀처럼 새겨졌으리라. 아프다.

뻐꾸기는 어떻게 우는가
_ 황정견

〈뻐꾸기 몸으로 울었다〉는 얄궂은 영화 제목이 있었던가. 뻐꾹뻐꾹 우는 새는 수컷 뻐꾸기다. 암컷은 그저 삐삐삐삐 운다고 한다. 봄날 산속에서 듣는 뻐꾸기 소리는 아무리 무딘 귀로 들어도 슬픔이 생겨날 만큼 청아하고 애절하다. 그래서인지 그 뻐꾹 소리는 뭔가 의미가 있는 '인간의 말' 같다. 북송의 황정견黃庭堅은 뻐꾸기 노래에 대답하는 시를 써서 이름을 날렸다. 우선 아름다운 전원풍경을 그린다.

南村北村雨一犁 남 촌 북 촌 우 일 려	남쪽 마을 북쪽 마을 비가 내리니 모두가 쟁기질하네
新婦餉姑翁哺兒 신 부 향 고 옹 포 아	며느리는 시어머니에게 밥을 나르고 할아버지는 아이 밥을 먹이네

새소리에 장난삼아 대답하다
희화답금어(戲和答禽語, 일부) _ 황정견(黃庭堅, 1045-1105, 송나라)

비 갠 뒤 무른 땅에 쟁기질하는 일가족. 그리고 새참을 먹는 시간인 모양이다. 약간 이상한 건, 모두 다 나왔는데 남편이 없다. 노약자들만 모여서 일하고 있는 풍경. 뭔가 심상찮다. 어쨌거나 아름다운 풍경이지만 살이가 몹시 힘겹겠다는 생각이 든다. 그런데 그때 새가 운다.

田中啼鳥自四時 전 중 제 조 자 사 시	밭 가운데서 때때로 새가 우네
催人脫袴著新衣 최 인 탈 고 착 신 의	사람들아 바지 벗고 새 옷 갈아입어라

밭에서 우는 저 새가 바로 뻐꾸기다. 중국 사람들은 저 새의 울음이 '퉈췌푸과脫却布袴'로 들리는 모양이다. '바지 벗어 버려!'란 뜻이다. 우리 새 중에 '홀딱 벗고'라고 우는 '검은등뻐꾸기'가 있더니, 중국에선 저렇게 들나 보다. 황정견은 새의 울음을 탈고착신의脫袴著新衣로 번역했다. 봄비에 젖은 옷들 모두 벗어 버리고 새 옷을 입으란 얘기는 새가 하는 말이 아니라, 사람이 하는 말 같긴 하다.

著新替舊亦不惡 착 신 체 구 역 불 악	새 옷 입고 헌 옷 버리는 것이야 나쁘지 않지만
去年租重無袴著 거 년 조 중 무 고 착	작년 세금 무거워 입을 바지가 없다네

뻐꾸기의 철없는 소리에 황정견이 대답해 준다. 누가 그거 모르나? 새 옷 갈아입으면 좋은 줄 누가 모르나? 하지만 세금 내고 나니 바지 살 돈이 없는 걸 어떻게 해? 이 시의 제목은 〈새소리에 장난삼아 대답하다〉이지만, 실은 장난삼아 말한 게 아니다. '바지 벗어 버려!'로 우는 뻐꾸기를 빌려, 당시 왕안석의 개혁을 비판하는 노래다. 과중한 세금과 부역에 시달리는

백성의 '개혁' 고통을 본 시인 황정견은, 빼꾸기 울음에 대답하는 척하고, 권력의 중심을 향해 비수를 날렸다. 저 시로 하여 왕안석은 빼꾸기처럼 속 없는 구호를 내뱉는 자가 되었다. '어이, 쌀 떨어지면 빵 먹지?'라고 말하는 개혁이라면, '바지 벗어 버려!'와 별반 다르지 않다. 시는 빼꾸기 말 속에도 있다.

불멸의 그리움

_ 두보

절도사 엄무嚴武는 두보杜甫의 재능을 예뻐하여 그를 막하幕下로 두고 완화초당을 지어 주었다. 그러나 성격이 부드럽지 않았던 두보는, 엄무를 모욕하기도 하고, 다른 사람들과 충돌하기도 했다. 그는 문득 자리를 박차고 나와 여기저기를 전전한다. 기주는 그 방랑의 발끝에 걸린 곳이다. 어느 가을밤 55세의 두보는 기주에서 장안을 바라보며 이 시를 읊는다.

露下天高秋氣淸 노 하 천 고 추 기 청	이슬 지는 하늘 높이 가을 기운 맑아서
空山獨夜旅魂驚 공 산 독 야 여 혼 경	빈 산에 홀로 있는 밤 나그네 마음이 놀라네
疎燈自照孤帆宿 소 등 자 조 고 범 숙	외로운 등 하나가 비추는 외로운 돛배는 잠들고
新月猶懸雙杵鳴 신 월 유 현 쌍 저 명	새로 달이 걸리니 쌍절구 소리가 우네

밤

야(夜, 일부) _ 두보(杜甫, 712-770, 당나라)

노하천고露下天高는 하下와 고高의 상반된 말맛을 살려, 시인의 움직이는 눈길을 드러낸다. 이슬이 이마에 내리는 것을 느낀 두보는, 문득 고개를 들어 하늘을 올려다봤으리라. 하늘이 참 높구나, 하는 생각이 들면서 그 넓은 허공에서 쏟아져 내리는 맑은 가을 기운을 호흡한다. 그러니까 고개를 들고 밤하늘을 바라보면서 심호흡을 하는 어떤 사람이, 노하천고추기청露下天高秋氣淸의 숨은 주어이다. 두보는 슬픔과 외로움을 표현할 때, 유독 아름답고 맑고 고운 풍경들을 데려온다. 슬픔과 외로움이 지독해지는 것은, 저 아름답고 맑고 고운 것들의 대비 속에서이다.

이 맑은 가을밤 또한 보통 때라면 더없이 기꺼운 풍경이리라. 그러나 그는 빈산에서 혼자 밤을 지새우는 나그네이다. 마을 사람도 없는 산속, 게다가 더불어 잠을 청할 동무도 없는 나그네. 그러니, 아름다운 것들을 더욱 처량해지게 만들 뿐이다. '가을 하늘 참 맑구나.'라는 말 속에 들어 있는 시인의 심호흡을 눈치채야, 그다음 구절의 여혼경旅魂驚에 고개 끄덕일 수 있게 된다. 나그네의 넋이 놀랄 일이란 게 무엇일까. 갑자기 외롭다고 놀라겠는가. 맑은 가을 공기를 마신 시인이 부르르 떠는 전율 정도여야 하지 않겠는가. 저 높은 하늘과 맑은 공기를 느끼지 못했을 때는 몰랐는데 새삼 혼자로구나 하는 걸 깨달으니, 한기寒氣가 몰려오지 않았을까.

그다음 데려오는 두 개의 빛은 아름답고 묘하다. 하나는 배 위를 비추는 희미한 등불이다. 묶인 배 위에서 일렁이는 빛이니 그 쓸쓸한 기운이 절로 묻어 나온다. 배란, 어딘가로 떠나기 위해 준비하고 있는 것이 아니던가. 가고 싶은 어딘가를 갈 수 없는 자신의 처지 또한 그 등불 아래 일렁인다. 배는 잠들었는데 등불은 잠들지 못하고 있는 상황 또한 시인의 마음과 겹친다. 성긴 불빛과 이제 막 돋아난 희부연 달빛은 같은 계열이다.

신월유현쌍저명新月猶懸雙杵鳴에서 쌍저雙杵를 두 사람이 치는 다듬이 소리로 보는 이가 있으나, 나는 달 속의 토끼가 찧는 절굿공이가 아닐까 한다. 앞 행에서 이미 공산독야空山獨夜를 얘기해 놓고, 여기 와서 인가人家의 다듬이 소리가 나오는 게 이상하고, 또 그럴 경우 '건다.' '매단다.'는 뜻의 현懸을 풀어가기가 어렵다. 달이 돋아 오르는데 보니 그 안에 토끼가 절구 찧는 소리가 울려 나온다. 외로운 사람에게는 두 마리 토끼의 다정한 노동이 예사롭지 않아 보인다. 또 절구 속에서 만들어지고 있는 음식 또한 그립지 않을 리 없으리라. 나도 저런 시절이 있었건만, 거기서 벗어나 외로워지니 그것이 얼마나 흐뭇한 일이었다는 걸 알겠다. 그런 기분이 아닐까.

南菊再逢人臥病 남 국 재 봉 인 와 병	남녘선 국화를 다시 만나 사람이 병에 눕고
北書不至雁無情 북 서 부 지 안 무 정	북녘 편지는 오지 않으니 기러기가 무정하다
步簷倚杖看牛斗 보 첨 의 장 간 우 두	지팡이 짚고 처마 아래 걸으며 북두성을 보는데
銀漢遙應接鳳城 은 한 요 응 접 봉 성	은하수 멀리 흘러 궁궐에 닿네

풍경에서 돋아 오른 마음의 일렁임이 커졌다. 두보는 이제 자신의 처지를 구체적으로 보여 줘야 할 때가 됐다. 남쪽 국화와 북쪽 편지는 절묘하게 맞서 있다. 국화는 이제 그만 봤으면 했던 꽃이었다. 가을이 오기 전에 기주를 떠나 장안으로 돌아가고 싶었는데, 그만 국화가 피고 말았다. 반갑

지 않은 꽃이 나를 만나러 오니, 오히려 병이 나 눕게 됐다. 북쪽의 편지는 어떻게 되었는가. 기러기가 왔으니 오라는 기별을 함께 물고 왔어야 하는데 저 혼자 끼룩거리니 참으로 야속하다. 가을에 피는 국화, 가을에 오는 기러기. 그 둘이 다 사람을 환장하게 한다. 국화는 내 병을 돋운 사연이요, 기러기는 내 화를 돋운 내력이다. 하지만 그것들이 무슨 죄가 있겠는가.

이렇게 서글픈 풍경과 먹먹한 상황을 풀어헤쳐 놓은 뒤, 드디어 두보 자신이 등장한다. 마음을 가누기 어려운지라 지팡이를 짚었다. 처마 아래를 서성이며 북두성을 멍하니 바라본다. 북두성에서 눈을 옮겨 은하수를 본다. 밤하늘에 펼쳐진 흰 강물이 멀리, 북쪽으로 흐르는 게 아닌가. 그 끝에, 내가 가고 싶은 곳이 있는데……. 무슨 일을 해도, 결과는 늘 같은 그리움으로 되돌아갈 뿐이다. 하늘과 산과 배와 국화와 기러기와 북두성과 은하수를 동원한, 이 기막힌 그리움 하나로 두보는 천 년간 뭇 가슴을 흔들었다.

어느 늙은 당직자의 슬픔

_ 왕유

冬宵寒且永 동 소 한 차 영	겨울밤이 차고 길다
夜漏宮中發 야 루 궁 중 발	궁궐에서 야근을 하라고 불렀다
草白靄繁霜 초 백 애 번 상	겹쳐 내린 서리에 마른 풀빛은 더욱 희고
木衰澄淸月 목 쇠 징 청 월	맑은 달빛에 나무는 더욱 야위어 보인다

겨울밤 느낌을 쓰다

동야서회(冬夜書懷, 일부) _ 왕유(王維, 699-759, 당나라)

동야서회는, '겨울밤 느낌을 쓰다.'라는 의미다. 아마도 왕유王維는 궁궐 야간 당직을 하러 들어가, 이 시를 썼을 것이다. 그와 함께 당직을 서는 기분이 되어 그 느낌을 따라가 본다.

겨울밤이 차갑고 길다. 겨울밤은 당연히 차갑고 겨울밤은 당연히 길지만, 그것이 더욱 차갑고 길게 느껴지는 까닭은, 불편한 당직을 서고 있기 때문이다. 왕실의 인정을 받아 승승장구하는 인재 대접을 받으며 여기 앉아 있는 것이 아니라, 그저 마지못해 안 자르고 놓아둔 그런 퇴물에게 준 왕의 선심이다.

노인의 일자리를 생각할 때, 우린 자주 저 불편한 기분을 간과한다. 그에게 무슨 일이든 주어지기만 하면 감사해 하지 않겠는가 하는 생각만 하게 된다. 하지만 인재로서 그를 대접하는 것이 아니라, 대접하기 위해 일자리를 만드는 것은, 당장은 사회적 불편을 더는 것처럼 보이지만 그를 제대로 행복하게 하기는 어렵다. 노인이 잘할 수 있는 일자리, 그 사람이 제대로 일할 수 있는 자리를 보다 다양하게 개발하는 일이, 이 문제와 관련해 근본적인 행복지수를 높이는 길이 아니겠는가.

야루夜漏는 밤 시각을 가리키기도 하고, 밤 시각을 알리는 북소리를 가리키기도 한다. 이 시에서 야루궁중발夜漏宮中發은 야근당직, 야근을 하라고 궁궐에서 불렀다는 의미다. 이 시구가 먼저 나왔다면, 어떤 기분이 개입되지 않았을지도 모른다. 하지만 '춥고 길다.'는 표현이 앞서 있었기에, 이 야근의 마뜩잖음을 느끼게 된다.

서리가 잔뜩 끼어서 풀이 더 하얗고, 그리고 달이 너무 밝아 나무가 야윈 게 더 또렷하다. 왕유가 천재인 것은 여기에서 나타난다. 겨울이라 풀이 말라서 안 그래도 하얀데, 서리까지 끼어서 더 하얗다. 나무도 잎이 없어 야위었는데, 달이 너무 밝으니 앙상한 게 더 앙상하다. 날카로운 관찰

력도 인상적이지만, 그냥 보이는 대로 적어 나간 것도 아니다. 이 초목이 뭘 말하는 것인가. 이 4행까지가, 상황과 외부 풍경을 그리며 마음을 돋우는 부분이다.

麗服映頹顔 여 복 영 퇴 안	고운 옷은 쭈그렁 얼굴을 비추고
朱燈照華髮 주 등 조 화 발	붉은 등은 흰머리를 꽃처럼 비춘다
漢家方尙少 한 가 방 상 소	왕실에선 요즘 젊은 사람들만 뽑는다 하던데
顧影慙朝謁 고 영 참 조 알	그림자 돌아보니 조정에 드는 일이 부끄럽다

고운 옷이 쭈그렁 얼굴을 비춘다. 여기서 반전이 온다. 궁궐로 가는 길인지라 비단옷을 갖춰 입었다. 그 번들거리는 옷이 얼핏얼핏 내 늙은 얼굴을 비춰 준다. 고운 옷과 쭈그렁 얼굴의 대비도 기가 막히지만, 그 옷에 보기 싫은 내 얼굴이 비치는 일은 정말 압권이다. 궁궐로 당직을 서러 가니 '아직 젊구나.' 하는 기분을 유지하려고 하는데, 저놈의 비단옷이 산통 깨는 것이다. 얼굴과 따로 노는 옷은, 이 옷이 이미 내게 맞지 않는다는 의미 아니겠는가. 한숨이 절로 나온다.

붉은 등이 빛나는 머리카락을 비춘다. 뚜껑이 없는 것일망정 가마를 타고 가고 있을 것이다. 등불을 들었는데, 내 삐져나온 머리카락에 불빛이 비쳐 꽃처럼 핀다. 이게 무슨 말이냐 하면, 검은 머리가 아니라 흰 머리란 얘기다. 그러니 붉은 등불의 빛깔이 염색되어 붉은 꽃처럼 아른거리는 것이다. 검은 머리였다면 등불이 비치지도 않았으리라. 진짜 꽃 같은 머리카락이 아니라, 불빛이 만들어 준 가짜 꽃. 이게 바로 내 신세가 아닌가. 비단

자락에 어른거리는 내 얼굴, 불빛에 붉게 빛나는 내 머리카락. 이런 내가, 궁궐에 당직을 서러 가는 것이 참 얄궂다. 하지만, 이 시가 단순히 늙음에 대한 한탄이었다면 내가 이렇게 환장하지 않았으리라. 왕유는 이제 말하고 싶은 걸 말한다.

한가漢家라고 한 것은 한족 후예의 가문, 즉 당나라 왕실을 가리키는 말이다. 왕실에서 젊은 사람을 높이는 방침을 세웠다. 즉 인재 등용에서 청년을 우대한다는 얘기다. 왕실에서 이런 방침을 세운 것은, 나름의 구도가 있었을 것이지만, 늙은 왕유의 입장에서 보면, '그런데 왜 나를 벼슬자리에 놓아두고 있나?' 하는 기분이 들었을 것이다. 왕실의 인재 등용 정책에 적극적인 반기를 들지는 않지만, 불편한 기분은 여실히 드러난다.

등불에 비친 내 모습 돌아보니, 조정에 알현하는 일이 부끄럽다. 내 모습은 등불에 비친 자신의 그림자일 수도 있지만, 아까 말한 저 쭈그렁 얼굴과 흰 머리카락일 수도 있다. 젊은 층을 선호하는 이 조정에, 이런 모습으로 나타난다는 것이 참담하다. 왕유는 여기서 몇 가지 복선을 활용하는데, 그 중에 하나가 '아지랑이 애靄'와 '알현할 알謁'이다. 비슷한 글자로 이미, 조정으로 가는 일의 버거움을 암시해 놓고 있다. 또 서리 낀 흰 풀과 왕유의 머리카락, 달빛에 비친 야윈 나무와 불빛에 어린 왕유의 홀쭉한 얼굴 또한 정교하게 중첩된다. 늙은 관료의 처연한 자의식과 차가운 겨울밤의 메마른 풍경이 뒤엉키면서, 삶의 잊지 못할 뒷모습을 쓰리도록 생생하게 그려 냈다.

이 리얼리즘의 붓질은, 기분 나쁘게도 나이가 들어갈수록 공감도가 높아진다. 보고 싶지 않은 자기 모습이 저 비단옷에 비쳐 또렷해지며 번들거린다.

언론 탄압에 분개하다

_ 맹호연

휴대폰과 인터넷 메신저가 사람과 사람 사이를 딱풀처럼 붙여 놓는다 해도, 그것이 관계를 깊게 만드는 건 아니다. 기계는 사람의 말과 사람의 표정을 데려다줄 순 있지만, 그 사람의 마음까지 피어나게 할 수 있는 건 아니다. 그런 것들이 없던 시절에는, 그리우면 마음을 끓여 우선 그리워하고 그러다 안되면 편지 속에 그 마음을 동봉하여 보내고 그리하여 느리고 느린 답장을 기다리며 그러다 안되면 천 리 길 달려가 만났다. 빈방에서 하릴없이 그리워하는 마음, 속 터지도록 느리게 오는 편지를 기다리는 마음, 그리고 천 리 길 걸어가며 보고 싶은 사람 생각하고 또 생각하는 마음, 그 마음의 발전이 생략된 요즘의 관계들은 얼마나 부실한가. 마음이 끓기 전에 입과 눈이 끓고 입과 눈이 끓기도 전에 휴대폰과 인터넷이 끓으니, 예열 없는 사랑과 준비 없는 우정들이 세상에 지천이다.

洛陽訪才子 낙양방재자 — 낙양으로 재기 넘치는 그를 만나러 갔더니
江嶺作流人 강령작유인 — 강령에 유배 간 죄인이 되었다 하네
聞說梅花早 문설매화조 — 듣자니 매화가 일찍 피는 곳이라던데
何如此地春 하여차지춘 — 어떤가, 이곳 낙양의 봄은

낙양으로 원습유를 보러 갔으나 만나지 못하고

낙양방원습유불우(洛陽訪袁拾遺不遇) _ 맹호연(孟浩然, 689-740, 당나라)

옛시들은 유난히 방문불우訪問不遇의 모티브를 많이 담고 있다. 사람이 보고 싶어서 찾아간 천 리 길, 문득 허망하게 발길을 돌리려니, 그 사람에 대한 잔상이 키운 시 한 자락이 어찌 돋아나지 않았겠는가. 맹호연孟浩然의 이 시는 그런 가운데, 아주 담박하고 여운이 긴 시다.

서울로 가서 출세한 똑똑한 친구를 만나러 갔다. 굳이 재자才子라고 밝힌 걸 살필 만하다. 시인은 원袁씨 성을 가진 이 사람이 군주의 총애를 받아 잘 살고 있을 거라고 생각했으리라. 재능이 출중한 사람이니 당연히 그럴 것이다. 그런데 와서 보니, 그 친구가 귀양을 떠났다지 않는가. 맹호연은 깜짝 놀랐다. 어떻게 그럴 수가 있는가. 강령江嶺의 뜻을 풀면 강과 산 고개이다. 험한 준령 사이로 강이 감아 도는 그런 마을이다. 중국의 강서와 호남의 지방을 그렇게 부른다고 한다. 유인流人은 유배를 간 사람을 말하지만, 뜻을 풀면 흘러가는 사람이다. 태양이 비치는 큰 강인 낙양洛陽에서, 험한 준령 사이로 굽이치는 샛강으로 한 사람이 흘러가 버렸다.

맹호연은 허망한 마음을 달래며 시를 썼다. 유배 간 그곳에는 매화가 일찍 핀다 하니, 친구는 꽃을 즐기고 있는가. 사실은 이 친구가 세상의 매

화가 아니던가. 그대가 거기로 갔으니, 그곳에 매화가 일찍 핀다는 말이 거짓이 아니로군. 그렇게 친구에게 위로를 보내지만, 마음이 흐뭇해진 건 아니다. 맹호연은 문득 낙양의 봄을 돌아본다. 매화를 귀양 보낸 이곳은 어떤가. 봄이 왔으되 이게 어디 봄인가. 여기엔 그런 조처를 한 군주와 권간權奸들에 대한 분노와 미움이 얼핏 깔려 있다. 맹호연의 표현들이 워낙 조심스럽긴 하지만, 매화조梅花早는 당시의 정치적 봄날을 심문하는 날렵한 풍자가 아닐까 한다.

내가 그렇게 생각하는 까닭은, 습유拾遺에 있다. 맹호연이 찾아간 원습유는 원씨 성을 가진 습유 벼슬을 한 사람이다. 습유는 습유보과拾遺補過의 준말로, 왕의 잘못을 지적하고 바로잡는 옛 시절의 언론직이다. 이 땅에도 습유라는 벼슬이 있었고, 이 직책은 나중에 정언正言이란 명칭으로 바뀌기도 한다. 습유보과는 왕이 떨어뜨려 놓친 것을 주워서 허물을 깁는 일이다. 대저 권력에게 바른말을 하는 일이란 고금동서 어디서나 아슬아슬하고 조마조마한 일일 수밖에 없다. 이 재능 있는 원袁 기자는 기탄없이 왕에게 직언을 간했을 것이다. 그러다가 미움을 받게 되고, 결국엔 귀양까지 가게 되었으리라. 맹호연은 원습유가 잘린 낙양을 보고, 언론 탄압을 감지하고 이 소신 있는 인재를 아까워한 것이다. 세상을 위한 바른말들이 두려움 없이 유통되는 언론 환경이야말로 시대의 봄날을 알리는 매화 향기 같은 것이 아니던가. 어떤가, 지금 서울은.

지족사 마당을 거닐며

_ 서경덕

自卑延平島 자 비 연 평 도	발밑에는 연평도
高尙普賢峯 고 상 보 현 봉	머리맡엔 보현봉
山水吾有取 산 수 오 유 취	산과 물, 내가 있어 가지니
沈吟倚短笻 침 음 의 단 공	지팡이 기대어 나직이 읊다

지족사에서

지족사(知足寺) _ 서경덕(徐敬德, 1489-1546, 조선)

간결하고 담백한 5언 절구에 오래 머문 까닭은, 지족사와 관련된 황진이 스캔들 때문이기는 하다. 시를 가만히 읽으면 지족사가 어디에 있는 절인지 눈에 잡힐 듯하다. 개성의 보현봉 중턱 벼랑에 있다는 걸 시인이 말해 주고 있다. 개성에 다녀온 어느 여행자 역시, "보현봉 산 중턱에 황진이가 들른 지족사가 있다."면서 "거기에 서면 연평도가 한눈에 보인다."고,

저 '서경덕徐敬德 뷰'를 증명해 주었다.

시인 황지우 식으로 말하자면 그림 사이즈 10000호쯤 되는 진짜 산수화 한 점. 서해의 섬과 인근의 산들이 함께 펼쳐진 이 장관을 지족사 마당에서 화담이 보고 있다. 이날 황진이도 혹시 동행했을까. 했다면 저쪽에 마중을 나와 서 있는 지족선사知足禪師[1]와 은근한 눈짓을 나누고 있었을지 모르겠다. 그렇거나 말거나 화담花潭 서경덕은 풍경을 보며 감사해 한다. 저 아름다운 산수화를, 내가 있어 봐 주지 않았다면, 그저 아무도 보지 않은 비밀의 산수로 여기 있지 않았겠는가. 그게 산수오유취山水吾有取의 맛이다. 여기에는 서양 인식론의 고민을 앞지르는, 우주적인 자아관이 있다. 인간을 작은 우주라고 표현하는 이가 있지만, 우주는 우리의 인식 안으로 들어올 때만 우주이다. 내가 사라지고 우주가 남아 있다 하더라도, 그것은 내게 우주일 수 없다. 저 산수가 비로소 의미 있어지는 것은 내가 여기에 와서 보고 있기 때문이다.

짧은 대지팡이를 꾹 누른 채, 깊이 잠겨 읊는다. 지팡이를 꾹 누르는 모습이 눈에 쏙 들어온다. 시를 읊으려면 들뜨고 상기한 맛이 있어야 하는데, 왜 저토록 푹 잠긴 목소리로 읊는단 말인가. 눈앞에 펼쳐진 것이 서해의 물빛인지라, 그것에 잠기는 듯한 기분도 있을 것이다. 하지만 그보다는 지족知足의 의미를 생각하고 있었을지 모른다. 이 생각들을 정리해서 화담은 그의 유명한 '지지知止의 지혜'를 다듬었을까.

---

1 황진이의 유혹에 넘어간 스님.

그침을 아는 지혜. 화담은, 어떤 마음이 일어나면 가만히 그 마음을 들여다보라고 권한다. 그러면 그 마음이 일어났다가 사라지는 것을 알 수 있다고 한다. 자기 마음이 자기의 눈에 들키는 것이다. 그러면 모든 행동을 통제할 수 있다고 한다. 이미 가득 차 있음을 안다는 '지족'은 어쩌면, 언제든지 상황에 따라 튀어 오를 수 있는 인간의 삿된 마음들을 무시하고 너무 높은 경지로 '뻥'을 치고 있는 것일 수도 있다. 유학은 인간의 학문이며 삶의 깨달음에 가깝다. 서경덕이 제안한 지지론知止論, 즉 자기의 행동을 제어하는 능력은, 사실 서양의 학문들이 축적해 온 오래된 통찰이다. 이미 배부르기에 아무리 맛있는 밥도 먹을 수 없을 거라고 자랑하기에 앞서, 밥에 대한 욕망을 직시하고 그것을 순간순간 컨트롤하는 것이 더 효율적이고 중요하다는 것. 지족사에서 서경덕은 그런 생각을 하며 마음을 깊이 물속으로 내리고 있었는지 모른다.

"내가 송도[1]의 '상남자' 두 명을 유혹해 봤는데, 그 유명한 지족선사는 단칼에 넘어가는 '땡중'이고, 진짜 '쿨'한 도사는 화담 서경덕이다."라는 황진이의 말이 오늘은 의심이 좀 간다. 이것이 조선 시대의 숭유억불과 맞물려, 불교는 유교에 한 수 아래라는 것을 보여 준 멋진 사례가 되었다는데, 이것이야말로 조작된 음모일 수 있다. 황진이가 남자들을 조롱하기 위해 지족선사를 유혹했다는 설정도 좀 의심이 가고, 설사 그랬다 하더라도 황진이가 제 입으로 그런 얘기를 뱉었다는 것이 더 의심스럽다. 지족선사와 담소를 나누는 것을 본 누군가가 만들어 낸 질 낮은 상상력이었다고 나는 생각한다. 하지만 이 상상력을 지지하기에도, 배척하기에도, 우린 너무 지족선사에 대해 아는 바가 없다.

지족사 마당을 거닐며 침음沈吟[2]하는 서경덕의 모습을 그리며, 지족선사의 머리에 내리쬐었을 그날의 햇살과 솔 냄새 가득한 바람을 함께 떠올린다. 이름은 남았고 사람은 사라졌는데, 문득 한 여자의 지분 냄새에 실려 여기까지 이야기들이 떠밀려 온 것이다.

1 개성의 옛 이름.

2 속으로 깊이 생각함.

아침에 직언하고 저녁에 귀양 간다
_ 한유

한유韓愈는 당송팔대가唐宋八大家[1]의 한 사람이며 유종원과 쌍벽을 이루는 문장가, 이두한백李杜韓白[2]의 네 손가락에 들어가는 시인이지만, 우리에게 그의 작품은 이상하게도 낯설다. 당대의 시로는 낯설어 보이는 산문풍의 시여서 그럴까. 아니면 그의 맹렬한 유학적 신념이 시적인 기분을 잡치게 해서일까. 하지만 나는 문득 한유가 좋아졌다. 오직 이 한 수 때문이다. 시 속에 출렁거리는 격정과 꿈틀거리는 에너지가 이만큼 강렬한 건 보지 못했다.

一封朝奏九重天 일봉조주구중천	아침에 봉투 하나를 구중궁궐의 천자께 올렸다
夕貶潮州路八千 석폄조주로팔천	저녁에는 조주로 귀양 가라는 어명을 받고 팔천 리 길을 가고 있는 중이다

欲爲聖明除弊事 욕 위 성 명 제 폐 사	성스럽고 밝으신 그분께서 옳지 않은 일을 하시지 않기를 바랄 뿐이다
肯將衰朽惜殘年 긍 장 쇠 후 석 잔 년	어찌 병들고 늙은 이 몸이 남은 세월을 아끼겠는가.
雲橫秦嶺家何在 운 횡 진 령 가 하 재	진령산맥을 가로지른 구름으로 떠나온 집은 보이지 않고
雪擁藍關馬不前 설 옹 남 관 마 부 전	남관고개를 통째로 싸 버린 눈으로 말은 앞으로 나아가지도 못한다
知汝遠來應有意 지 여 원 래 응 유 의	너도 무슨 생각이 있어 여기까지 오지 않았겠느냐
好收吾骨瘴江邊 호 수 오 골 장 강 변	저 독기 피어오르는 강가에 스러진 내 뼈를 좋이 수습해 주려무나

좌천되어 남관에 와서 조카손자인 상에게 주노라

좌천지남관시질손상(左遷至藍關示姪孫湘) _ 한유(韓愈, 768-824, 당나라)

아침에 봉투 하나를 구중궁궐의 천자께 올렸다. 그런데 저녁에는 조주로 귀양 가라는 어명을 받고 팔천 리 길을 가고 있는 중이다. 기가 막히는 일이다. 인생에는 이렇게 하루아침에 기가 막히는 변전變轉이 오는 때가 있다. 안정적이라고 생각했던 삶의 기반이란 게 얼마나 취약한 것인지를 보여 주는 것이기도 하지만, 문제의 불씨를 가지고 있는 건 거의 언제나

1 당나라와 송나라의 뛰어난 문장가 여덟 명을 이르는 말.

2 이백, 두보, 한유, 백거이를 아울러 부르는 말.

자신이라는 사실을 깨우치는 대목이기도 하다. 봉투 하나가 도대체 뭐였기에? 한 통의 상소문이 황제의 심기를 긁었다. 당 헌종은 불교에 심취해서 부처의 뼈를 궁궐로 모셔서 사흘 동안 공양을 했다. 819년의 일이다. 그런데 철저한 유학자인 한유는 이 일을 반대하여 '논불골표論佛骨表'를 올렸다. 부처의 뼈에 관해 논한 상소문이다. 이것이 문제의 봉투 하나이다. 황제는 자신의 신념과 행동을 가로막는 한유의 고집에 뿔이 났다. 노기에 찬 음성으로 그의 귀양을 명령했다. 아침과 저녁 사이에 일어난 일이다. 아침에 아홉 겹의 하늘로 봉투 하나가 올라갔고 저녁엔 팔천 리 길로 신하 하나가 내려간다. 한유의 신념과 헌종의 신념이 충돌하여 빚어진 급전직하急轉直下[1] 종교전쟁이기도 하다. 일봉조주구중천一封朝奏九重天 석폄조주로팔천夕貶潮州路八千 열넉 자를 읽으면 처연하고 장엄하다.

내가 그런 주장을 한 것은 스스로의 공명심에서 그런 건 아니다. 팔천 리 길을 내려가면서 한유는 중얼거린다. '다만 성스럽고 밝으신 그분께서 옳지 않은 일을 하시지 않기를 바랄 뿐이다. 어찌 병들고 늙은 이 몸이 남은 세월을 아끼겠는가.' 대의를 위해서 한 것이며 나는 여기서 인생 종을 쳐도 상관이 없다. 목숨을 걸고 한 직언이었으므로 떠나가는 지금도 후회하지 않는다. 살다 보면 이런 결심과 이런 행위를 내놓아야 할 때가 있다. 보스 앞에 나아가 죽기를 각오하고 '그건 틀렸소.'라고 말해야 할 때가 있다. 그때 우린 한유처럼 잔년을 아끼지 않고 옳지 않은 일을 없애기 위해 논불골표를 올렸던가. 삶은 대개 이럴 때 추잡하고 비루해진다. 잠깐만 참으면 육신이 편하다. 그러나 그 잠깐을 못 참는 저 위대한 한유는 시로 남았다.

한번 드라마틱한 싸움을 해 보는 걸 상상하기는 힘들지 않다. 그러나 그걸 온몸으로 걸어가야 하는 건, 그 싸움을 감행한 자가 져야 할 몫이다. 인생이 영화가 아닌 것은 운횡진령가하재雲橫秦嶺家何在 설옹남관마부전雪擁藍關馬不前 대목부터이다. 삶의 시련은 장난이 아니다. 그를 감싼 건 운명의 먹구름뿐이 아니라, 진짜 그의 길을 턱턱 가로막는 사나운 구름들이다. 진령산맥을 가로지른 구름, 남관고개를 통째로 싸 버린 눈. 내 떠나온 집은 보이지도 않고, 말은 앞으로 나아가지도 못한다. 퇴로도 진로도 잃어버린 진퇴양난 속으로 구름이 한유를 몰아넣었다. 인간은 이럴 때쯤 털썩 주저앉아 신세 한탄을 한다. 내가 어쩌자고 이런 짓을 했는가. 후회하고 자탄한다. 보통사람이면 그렇다는 얘기다. 하지만 한유는 다르다.

이 시의 제목은 〈좌천지남관시질손상左遷至藍關示姪孫湘〉이다. 해석하면 '좌천되어 남관에 와서 조카손자인 상에게 주노라.'이다. 유배 가는 길을 조카손자가 따라왔다. 궂은일을 묵묵히 하는 그가 기특하다. 마지막 구절은 그에게 하는 말이다. 이걸 읽노라면 나는 한유의 가슴 속에 시퍼렇게 살아 있는 기개와 소신을 읽는다. 먹구름 속에 갇힌 운명에 쩔쩔매는 형상이 아니라, 담담히 그 안에 앉았다. 상湘아. 여기까지 와서 고맙다. 네가 이 먼 길까지 와 준 것은 당연히 어떤 뜻이 있음을 알겠구나. 너도 무슨 생각이 있어 여기까지 오지 않았겠느냐. 그 생각이란, 바로 할아버지의 신념에 무언의 지지를 보내는 것이리라. 황제의 뜻보다 나의 뜻을 네가 사 주는 것이리라. 그러니 상아. 저 독기 피어오르는 강가에 스러진 내 뼈를 좋

---

1 사정이나 형세가 걷잡을 수 없을 만큼 급작스럽게 전개됨.

이 수습해 주려무나. 오골吾骨이 왜 나왔겠는가. 불골佛骨을 반대하여 여기까지 온 게 아니었던가. 나를 쓰러뜨리는 저 장강이야말로 불골의 상징이다. 그러니 너는 이 처연한 유골儒骨[1]을 제대로 수습하기 바란다. 내가 죽어 유학자의 뼈가 될 터이니, 내 뜻을 거두어 황제의 어리석음을 밝혀 주기 바란다. 사형에서 1등급 아래로 내려져 조주자사로 좌천되어 가는 길, 그러나 한유야말로 정녕 맹렬히 살아 있는 정신이 아니던가. 회초리 같은 시다. 읽으면 늘 정신이 번쩍 든다. 회사에선 시니컬한 동파와 놀다가, 집에 와선 한유의 카리스마에 사로잡힌다.

---

1 유학자의 뼈.

인생 참 황당하구나

_ 소동파

요즘 집에 가면 당시唐詩를 읽고 회사에 오면 송시宋詩를 읽는다. 비 맞아 눈멀 듯 푸른 정원을 바라보며, 이제 막 귀양을 떠나며 뼛가루를 강에 뿌려 달라는 한유의 오기 어린 저음低音을 듣고, 창 밖 호텔 창에 떨어지는 오후의 해를 보면서는, 이제 막 내몰려 황주라는 한지閑地로 내려온 마흔다섯 살 소동파蘇東坡의 씁쓸한 표정이 된다.

지금은 1080년, 황주에 있다. 23년 전(1057년) 스물두 살의 나이로 과거에 합격했을 때만 해도 그는 조정이 주목하는 수재였다. 그러나 꿈꾸고 뜻했던 것과는 달리 삶은 황당하게 풀려버렸다. 살이가 팍팍하고 영혼이 헛헛한, 그런 삶의 골목이 있는 모양이다. 그쯤이다. 삶의 문제는, 영화와는 달리 관객이 일어설 만한 지점에서도 구차한 형식으로 지루하게 다시 계속된다는 점이다.

自笑平生爲口忙 자 소 평 생 위 구 망	평생 밥벌이를 위해 바빴던 게 웃음 밖에 안 나온다
老來事業轉荒唐 노 래 사 업 전 황 당	이젠 늙어 버렸는데 하는 일이란 게 황당하게 바뀌었구나
長江繞郭知魚美 장 강 요 곽 지 어 미	성을 두른 장강을 보니 고기 맛이 좋음을 알겠구나
好竹連山覺筍香 호 죽 연 산 각 순 향	산과 산을 이은 아름다운 대숲을 보니 대순의 향기로움이 느껴지는구나

처음 황주에 도착하여

초도황주(初到黃州, 일부) _소동파(蘇東坡, 1037-1101, 송나라)

김훈이 '밥벌이의 지겨움'을 썼을 때, 많은 독자들은 그 제목에서 벌써 등을 긁는 효자손 같은 시원함을 느꼈을 것이다. 내가 그랬으니까. 입에 풀칠을 하기 위해 인간은 구차해지고 질겨지고 야박해지고 진정한 것에 눈을 감는다. 위구爲口의 명제는 삶을 쩨쩨한 습관들로 엮는다. 정신이 혹은 가치가 거덜 나는 줄도 모르고, 허우허우 여기까지 왔다. 그런데 갑자기 들이닥친 어떤 외풍이, 이 통증 없는 삶의 문제를 돋을새김한다.

동파의 경우는 유배에 가까운 전출轉出이다. 나이 들고 야망은 식어 재기를 모색하기도 어렵고, 또 아이디어마저 굳어 경쟁력 없이 명퇴로 잘려나간 사십 대 사내가 빨아들이는 짧은 담배 끝의 파삭이는 불꽃을 생각하면 된다. 황당荒唐이란 이럴 때 쓰는 말이 아니겠는가. 대기업 임원 하다가 구멍가게 주인으로 앉아 푸념으로 읽기에 딱 좋은 시다.

아무리 신세가 한심해도 시인은 시인이다. 우선 찬찬히 주위를 돌아보며 풍경을 음미한다. 정치적으로야 어떨지 몰라도 외곽으로 나갈수록 풍경이야 더 아름답지 않은가. 절경絶景이란 흔히 인간의 발길이 끊기는 즈음부터 펼쳐지는 경치가 아니던가. 황주는 장강요곽지어미長江繞郭知魚美 호죽연산각순향好竹連山覺荀香 열네 자로 벌써 그림 같다.

강이나 대숲은 눈으로 보는 것인데, 동파는 미각으로 그리고 후각으로 그걸 번역하고 있다. 눈으로 보는 것은 멀지만 입과 코로 느끼는 것은 가깝다. 풍경의 속살을 뒤집어 혀를 대 보고 코를 킁킁거려 보는 예민한 센서를 가진 사람. 그가 황주에 처박혔다 한들 즐기지 못할 리 있겠는가.

逐客不妨員外置 축 객 불 방 원 외 치	쫓겨 온 사람이니 원외 자리에 앉는 것이 방해되진 않는다
詩人例作水曹郎 시 인 예 작 수 조 랑	시인들은 수조랑에 앉는 게 관례이지 않던가
只慙無補絲毫事 지 참 무 보 사 호 사	다만 부끄러운 건 털 한 오라기만큼의 일도 하지 않고
尙費官家壓酒囊 상 비 관 가 압 주 낭	오히려 관청의 술 주머니나 쥐어짜며 허비하고 있는 것이다

어떻게 생각할지 모르겠지만 나는 이 시를 쓰는 동파를 나보다 '앞선 인간'이라고 생각하지 않는다. 시는 더 잘 쓸지 모르겠지만 인생에 대한 모든 감각이나 지혜가 나보다 뛰어나다고 생각하지 않는다. 일단 지금 이

친구는 나보다 어리지 않은가. 인생 파국을 만나 당황하면서 자기 위안을 하고 스스로를 진정시키는 모양새가, 내가 하는 것과 그리 다르지 않다.

이 친구, 욕은 나오지만 억지로 자신의 처지를 합리화한다. 원외員外는 정원 외에 임시로 만들어 놓은 '기획위원' 같은 자리다. 축객逐客이니 원외인 게 당연하지 않은가. 자리의 이름조차도 자신을 능멸하는 듯하지만, '왕따맨이 이것도 감지덕지하지 뭐.' 하는 기분으로 받아들인다. 수조水槽는 요즘으로 하면 해양수산부 계통이다. 바다가 아니라 강을 관리하는 부서일 것이다. 장강 주변에 이런 직책이 많은 것이니 예부터 쫓겨난 친구들이 차지하는 직업이었으리라. 양나라의 하손, 당의 장적, 송의 맹빈우같은 시인도 같은 자리에서 근무했다. 동파는 그들을 생각하며, 시인의 직책에 걸맞다고 자위한다.

그러나 그런 마스터베이션이나 하고 끝내면 동파가 아니다. 속에 들끓는 기분의 한 자락은 숨통을 틔워 줘야 암에 안 걸린다. 이런 강바닥에 물관리나 하라고 나를 보내다니, 으드득 이를 가는 심정으로 마지막 구절을 읊었으리라. 그러나 표정은 기가 막히게 평화롭다. 이른바 능청의 파워다.

압주낭壓酒囊은 관청에서 술을 만든 뒤 찌꺼기를 버리는 주머니를 말한다. 그 일을 맡은 직책을 염주낭厭酒囊이라고 불렀다. 동파는 이 희한한 일을 맡았다. 나라를 위해 보필해야 할 사람이 한 터럭의 실이나마 주머니를 기워도 시원찮을 판에, 어쩌다 술 주머니를 짜서 내보내는 일을 시킨단 말입니까. 염주낭이란 직책을 비꼬아 적실한 풍자를 만들어 냈다. 차라리 술

상무나 시키지, 술 좋아하는 내게 술 찌꺼기나 버리라고? 에라이이이. 뭐, 별 뜻은 없습니다. 다만 국록을 허비하는 게 부끄러울 따름입니다.

한나라 오손 공주의 ‘비수가’

_ 유세균

吾家嫁我兮 天一方
오가가아혜 천일방

내 집에서 나를 시집보냈네 하늘 끝 모서리에

遠託異國兮 烏孫王
원탁이국혜 오손왕

멀리 딴 나라에 나를 맡겼네 오손왕에게

穹廬為室兮 旃為牆
궁려위실혜 전위장

게르로 집을 만든다네
양탄자로 벽을 만들고

以肉為食兮 酪為漿
이육위식혜 낙위장

짐승의 고기를 먹는다네
쿠미스(마유주)를 마시고

居常土思兮 心內傷
거상토사혜 심내상

늘 살면서 고향만 생각하네
심장이 안에서 터질 것 같구나

願為黃鵠兮 歸故鄉
원위황곡혜 귀고향

노란 고니새가 될 수 있다면
고향에 돌아가리라

슬픔과 한탄의 노래

비수가(悲愁歌) _ 유세군(劉細君, 연대 미상, 한나라)

시 한 편이 어떤 거대한 유적보다도 생생한 스토리텔링의 소재임을, 저 〈비수가〉는 증명한다. 여인의 막막하고 당혹스런 심경을 노래한 저 언어를 따라가노라면 2100년 전 중국과 카자흐를 오간 숨 막히는 삶과 역사의 공기가 순식간에 되살아난다. 정략결혼으로 이방의 늙은 국왕에게 보내진 오손 공주의 핼쑥한 얼굴을 가만히 만나 보라.

왜 한나라가 그 낯선 땅에 공주를 보냈을까. 카자흐 지역의 오손이란 나라가 그렇게 강성한 나라였을까. 그건 아니었다. 한나라가 위협을 느꼈던 건, 흉노족이었다. 한나라의 고조 유방은 흉노에게 포위되어 죽을 뻔한 악몽이 있었다. 이후 흉노와 화친 전략을 써 왔으나, 북방 몽골 땅에 터를 잡은, 강성하고 사나운 이 이방 민족이 그리 녹록하지 않았다. 7대 황제 무제는 장건을 파견하여 그곳의 정세를 알아 오게 하였다. 장건은 흉노에 억류되어 고초를 당하기까지 하면서 13년간(BC138-BC126) 카자흐 지역을 답사하고 돌아온다.

장건은 흉노족의 나라 너머에 있는 오손국에 대해 한나라 황제에게 보고했다. 오손국은 동쪽에 흉노, 서북쪽에 강거, 서쪽에 대완, 남쪽으로 성곽 오아시스 국가와 접해 있는 나라로 한나라 장안에서 그곳까지의 거리는 8,900리에 이른다. 일리 강 지역에 자리 잡고 있으며, 초원이 넓고 비가 많이 오는 한랭지이다. 농업을 하지 않고, 가축과 함께 물과 풀을 찾아 이동한다. 이곳에는 말이 풍부한데, 부유한 사람은 혼자서 5천 마리를 가지고 있기도 하다. 사람들의 성격은 사납다.

그리고 오손의 왕에 대해서도 취재해 왔다. 왕의 이름은 곤막 엽교미昆莫 獵驕靡라고 했다. 현지 호칭을 한자어로 대강 차음한 것이겠지만, '못 말리는 사냥꾼 놈' 정도의 느낌이 난다. 보고를 받은 한 무제는, 뭔가 '필'이 왔다. 저 오손이라는 오랑캐 놈들을 이용해 흉노를 양쪽에서 압박하는 전략을 쓰면 뭔가 효과가 있겠구나. 그래서 장건을 다시 오손국으로 보낸다. BC115년의 일이다. 장건은 이식쿨 호수 남쪽 물가에서 오손왕 곤막을 만나, 한 무제가 보낸 선물을 전한다. 그리고 옛 월지의 중심이었던 혼야왕의 땅으로 복귀한다면 황제가 한나라 공주와 혼인을 하게 할 것이라고 말했다.

곤막은 황제로부터 귀한 대접을 받은 것이 나쁘지는 않았지만, 그 또한 흉노에 대한 공포가 있었다. 그의 아버지는 원래 흉노 서쪽 변경의 작은 나라의 왕이었는데, 이들의 공격을 받아 죽임을 당했다. 곤막은 태어나자마자 들판에 버려졌는데, 까마귀가 먹이를 물고 오고 늑대가 다가와 젖을 먹여 살려 냈다고 한다. 흉노족 선우가 이런 얘기를 듣고 기이하게 여겨 그를 거두어 키웠다. 어른이 되자 곤막은 군대를 맡아 거느렸고 큰 공을 여러 차례 세웠다. 선우는 그의 아버지가 다스리던 나라를 곤막에게 돌려주고 서쪽 변방을 지키게 했다. 선우가 살아 있을 동안 곤막은 열심히 흉노를 알현하였으나, 선우가 죽자 조회를 끊고 나라를 독립시켰다.

그런 인생을 살아온 그였기에, 공연히 흉노를 건드리는 쪽에 서고 싶지 않았다. 또 한나라의 세력이 어느 정도인지도 파악하기 어려웠다. 곤막은 확답을 하지 않았고, 장건은 빈손으로 돌아갔다. 장건은 1년 뒤에 사망했지만 한나라와 오손은 교섭 끝에 동맹관계를 맺었다. 한나라는 황실의 공주를 보내 왔고, 곤막은 답례로 말 1천 마리를 바친다. 상황이 이쯤 되자, 흉노에서도 선우의 딸을 곤막에게 시집을 보낸다. 졸지에 오손의 왕은 한족 여인을 우부인으로, 흉노 여인을 좌부인으로 삼는 여복을 만난다.

그런데 한 무제가 보낸 여인은 진짜 공주가 아니었다. 한 무제의 딸이 아니었다는 얘기다. 사연은 이렇다. BC121년 황제의 조카였던 유건이 역모에 협조한 것이 드러났다. 유건은 양저우 지역의 제후였다. 무제는 신하를 보내 그를 심문하게 하였는데 취조 과정에서 그는 자살을 하고 말았다. 이후 양저우는 제후국에서 취소되었고, 영지는 한나라 황실에 귀속되었다. 유건에게는 아름다운 딸이 있었는데, 그녀의 이름은 세군이었다. 지혜롭고 자부심이 강한 여인이었지만, 아버지가 역모에 연루된 이후 황실의 한 궁궐에서 적막하게 살고 있었다.

그녀는 황제로부터 청천벽력의 명령을 받는다. 8,900리나 떨어진 곳의 붉은 원숭이처럼 털이 난 이민족의 왕에게 시집을 가라는 것이다. 황제의 명을 어찌 거역할 수 있겠는가. 아버지처럼 자결을 생각했지만, 허망하게 최후를 맞은 그 삶을 되풀이하고 싶진 않았다. 눈물을 뚝뚝 흘리며 세군은 먼 길을 떠날 채비를 했다.

곤막은 눈부신 한나라 여인을 보고 크게 기뻐했다. 그가 흔쾌히 말 1천 마리를 선물로 바친 것도 그런 마음 때문이었다. 하지만 유세군 쪽에서 곤막을 바라보면 기가 막히고 환장할 노릇이었다. 말도 통하지 않는 짐승 같은 사내. 물도 없이 비릿한 양젖 같은 것을 쭉쭉 빠는 사람. 내내 고기만

구워 먹는 생활. 제대로 된 집도 없고 천막으로 대충 가렸다가 이동하는 유목 생활. 더럽고 구역질 나는 환경들. 게다가 곤막은 성생활이 불가능한 늙은 사람이었다. 하지만 그녀는 황제의 말을 기억하며 이를 악물었다.

"세군아. 너는 앞으로 한 사람의 삶의 사는 것이 아니라, 나라 전체의 명운이 걸린 삶을 살게 되는 것이다. 너의 품행이 한나라의 품행이며 너의 든든한 심지가 한나라 황실의 깊은 뜻이 되리라. 이 사실을 잊지 마라."

이 정략결혼 이후 한나라와 오손은 흉노를 협공하여 마침내 북방으로 쫓아냈다. 흉노가 지배하고 있던 서역 50여 이민족은 한나라에 조공을 바치게 된다. 무제는 이들의 이반을 막기 위해 서역도호부를 두고 감찰 활동을 하게 하였다. 건국 이후 100년 이상 시달려 온 흉노 콤플렉스가 마침내 사라진 것이다. 곤막에게 흉노 선우의 딸도 시집을 왔지만, 왕의 마음이 한나라에 기운 것은 유세군의 힘이었을 가능성이 크다. 세군은 게르 안에서 벌였던 사랑의 전투에서 저 선우의 공주를 물리쳤다. 그런데 곤막은 왕위를 이어받을 손자 잠추에게 자신의 아내 유세군을 물려주겠다고 선언한다. 이것은 유목 생활을 하는 오손국의 습속이기도 했다. 하지만 한나라의 기풍을 기억하는 세군으로서는 기가 막히는 노릇이 아닐 수 없었다. 다급했던 그녀는 무제에게 서신을 보냈다. 그런데 답장은 이랬다. "그 나라의 관습을 따르는 것이 옳다. 오손과 함께 호湖[1]를 멸할 날을 기다리자." 세군은 손자 잠추와 다시 결혼하여 아들 하나를 낳는다. 그녀는 한나라의 땅을 다시 밟지 못한 채 마흔네 살 나이로, 이역의 귀신이 되었다.

드러나는 사실만으로 그녀의 마음속에 소용돌이쳤을 그 원한과 슬픔과 어지러움과, 그리고 사랑과 그 씨앗에 대한 정념까지를 어찌 짐작이나 하겠는가. 다만 시 한편에 흐르는 그 당황과 괴로움, 그리고 '가슴이 터질 듯한' 고향에 대한 절절한 사모를 묵묵히 좇아갈 뿐이다.

---

1 흉노.

춘향의 진짜 연인
_ 성이성

어사가 한 곳에 이르니 호남 12읍 수령들이 큰 잔치를 베풀어 술판이 낭자하고 기생의 노래가 한창이었다. 걸인의 행색으로 들어가 종이와 붓을 달라고 했다. 좌중의 한 사람이 떠들썩하게 웃으며 말했다. "길손이 능히 시를 지을 줄 안다면 이 자리에 있으면서 술과 음식을 마음껏 먹어도 좋겠지만 아니면 속히 돌아감만 못하리." 어사는 대답 대신 이 시를 써 주었다.

金樽美酒千人血 금 준 미 주 천 인 혈	황금 술잔의 맛있는 술은 천 사람의 피요
玉盤佳肴萬性膏 옥 반 가 효 만 성 고	옥쟁반의 먹음직한 안주는 만 사람의 기름이니
燭淚落時民淚落 촉 루 락 시 민 루 락	촛불 눈물 떨어질 때 백성 눈물 떨어지고
歌聲高處怨聲高 가 성 고 처 원 성 고	노랫소리 높은 곳에 원망 소리도 높구나

황금 술잔의 맛있는 술은 천 사람의 피요

금준미주천인혈(金樽美酒千人血) _ 성이성(成以性, 1595-1664, 조선)

이어 서리가 어사 출도를 외치고 당일 파출 수령 여섯 명과 그 외 여섯이 서계(임무 보고서)를 올렸다. 모두 세도가의 자제였다.

우리가 알고 있는 《춘향전》의 한 대목이 아니다. 이 이야기는 성이성成以性의 4세손인 성섭이 쓴 《교와문고》에 나온다. 이 책에서 성섭은 저 어사가 바로 성이성이라고 말하면서, 춘향전에도 등장하는 저 시詩 또한 그의 작품이라고 밝혀 놓았다. 그렇다면 춘향전에 나오는 춘향의 연인인 이몽룡의 실제 인물은 성이성일 가능성이 크다. 물론 스토리 전부가 그를 모델로 만들어진 것은 아닐 수 있지만, 사연의 골격은 성이성의 러브스토리로 볼 만한 상당한 근거들이 있다.

우선 이 인물이 어떤 사람인지 살펴보자. 그는 봉화군 물야면 가평리, 현재 계서당이 있는 자리에서 태어났다. 자字는 여습汝習이고 호는 계서溪西이다. 아버지는 창녕 성씨로 승정원 승지와 군수를 지낸 성안의成安義이고, 어머니는 예안 김씨로 호조 참판에 추증된 김계선의 딸이다.

1607년 13세 소년 성이성이 쓴 글을 우연히 대구부사로 와 있던 정경세鄭經世가 보게 되었다. 정경세는 상주 사람으로 '존애원存愛院'이라는 사설 병원을 차려 백성들을 무료 진료하기도 했던 언관言官 출신의 지식인인데, 그가 성이성의 시문詩文을 살펴보고는 크게 될 인물이라 평하였다. 조선 시대 '기자'라 할 수 있는 그의 눈에, 타협하지 않는 성이성의 강골 기질이 눈에 띄었던 모양이다.

1616년(광해군 8년) 그는 사마양시司馬兩試[1]에 합격하였으나, 난세의 광해군 때에는 벼슬길에 나아가지 않았다. 1627년(인조 5년)에 식년 문과에 병과로 급제하였다. 1634년(인조 12년) 사간원 정언에 임명된 이후 홍문관 부수찬을 거쳐 부교리 · 지평 · 수찬 · 사간 등 주로 언관직을 역임하였다.

언론인으로 있으면서 바른 소리를 많이 하여 주위의 견제를 받아 관직은 높이 오르지 못하였으나, 왕의 두터운 신임을 받았다. 1637년 호서湖西 지방 암행어사로 파견되었다가 돌아왔다. 그해 성이성은 사간원 헌납이 되어 공신이며 서인의 권신權臣인 윤방 · 김류 · 심기원 · 김자점 등을 탄핵하여 왕을 잘못된 길로 인도했다며 오국불충誤國不忠[2]의 죄를 논하기도 했다.

1639년(인조 17년) 호남湖南 암행어사에 임명되어 5년간 호남 지역을 순찰하고 1644년(인조 22년) 되돌아왔다. 그 뒤 1647년(인조 25년) 다시 호남 암행어사로 파견되었다. 그러나 호남에서 암행을 하고 다니다가 1647년 11월 25일 순천에서 실수로 신분을 드러내고 이후에는 한양으로 돌아온다.

외직으로는 진주부사 · 강계부사 등 네 고을을 다스렸는데, 진주부사로 재직할 때는 암행어사 민정중閔鼎重이 그의 선치善治를 보고하여 왕에게서 표리表裏[3]를 받았고, 강계부사 땐 여진족의 약탈과 흉년으로 신음하는 부민들에게 인삼 세금을 면제해 주었다. 백성들은 그를 '활불活佛'이라며 칭송하였다.

그의 벼슬살이를 들여다보면 원칙에 철저하여 타협하지 않았던 소신파 정치인의 모습과, 백성에게는 그지없이 따뜻하고 세심한 배려를 하는 리더의 모습이 겹쳐진다. 참 멋진 삶을 살았다. 지위고하는 굳이 따질 필요도 없이, 정경세의 안목이 틀리지 않았다. 과거 급제 후 인조는 그에게 직접 어사화를 하사했다. 과거에 급제한다 하여 모두 어사화를 받는 것은 아니었다. 성이성의 후손들은 이 어사화를 지금도 보존하고 있다 한다.

그런데 이 사람이 바로 춘향의 연인이었다는 정황이 여러 곳에서 잡힌다. 우선 춘향을 만나게 되는 광한루 미팅을 들여다보자.

성이성의 아버지, 성안의는 1606년(선조 40년)에서 1611년(광해군 3년)까지 남원부사를 지냈다. 이때 성이성도 아버지를 따라 이곳으로 12세에 와서 17세에 떠났다. 광한루에는 이곳을 방문한 유력 인사들의 비석이 세워져 있었는데, 나중에 이것들을 한군데로 모아 두었다고 한다. 거기에 성안의의 비석도 있었다. 지학志學[4]의 나이로 과거를 준비하고 있던 성이성은 단옷날 화창한 기운을 못 이겨 광한루로 나간다. 광한루는 조선 초 방촌 황희가 이곳에 유배를 왔을 때 조촐하게 지었던 광통루를 정인지가 화려하게 개축하면서 이름이 바뀐 것이다.

---

1 생원시生員試와 진사進士試 모두를 이르는 말.

2 나라를 오도하고 임금에게 충성스럽지 못함.

3 왕이 신하에게 내린 옷의 겉감과 안감.

4 열다섯 살을 달리 이르는 말.

연지蓮池 앞 능수버들에 큰 그네가 매어져 있었는데, 성이성은 그쪽을 보지 않는다 하면서도 자꾸 눈길이 갔다. 제비같이 하늘로 차오르는 여인은 눈부시게 아름다웠다. 그는 궁금증이 일어 함께 갔던 방자에게 뭐라고 속삭였다. 방자가 그쪽으로 달려가서 뭔가 물어보고는 돌아왔다.

"아씨가 누구라 하더냐?"
"광한루 곁에 사는 기생 여진의 여식이라 하옵니다."
"여진이라면 퇴기가 아니냐?"
"그 여인에게 딸이 하나 있었던 모양이오."
"언제 한번 얼굴을 보며 얘기라도 할 수 있게 말을 넣었더냐?"
"내일 저녁에 광한루 앞에 나오면 볼 수 있을 거라고 합니다만……."
"합니다만은 무엇이냐?"
"부사 나으리께서 야반금족夜半禁足을 명하신지라……."
"허어, 잠깐이면 무슨 문제가 있겠느냐?"

두 사람은 춘향전에 나오는 것과 비슷한 코스를 밟으며 사랑에 푹 빠진다. 그리고 성이성이 남원의 추억을 그리워하는 장면 또한 그가 춘향전의 모델임을 은근히 풍긴다. 암행어사임이 탄로 난 그때 그는 한양으로 돌아오는 길에 남원에 들렀다. 1647년 53세 때의 기록이다.

"십이월 초하루 아침 어스름 길에 길을 나섰는데 십 리가 채 안 되어 남원 땅이었다. 성현에서 유숙하고 눈을 부릅뜨고 들어갔다. 오후에는 눈바람이 크게 일어 지척이 분간되지 않았지만 마침내 광한루에 가까스로 도착했다. 늙은 기녀인 여진과, 기생을 모두 물리치고 소동과 서리들과 더불어 광한루에 나와 앉았다. 흰 눈이 온 들을 덮으니 대숲이 온통 희었다. 거듭하여 소년 시절 일을 회상하고는 밤이 깊도록 잠을 이루지 못했다."

춘향과의 추억이 없었다 하더라도 충분히 그럴 수 있는 일이나, 밤이 깊도록 잠을 이루지 못했다는 말이 마음에 닿는다. 눈보라가 몰아치는 날에 왜 구태여 광한루로 갔을까. 안타깝게 헤어진 여인이 없었다면 말이다.

한편 남원지방에는 춘향이라는 여인에 대한 전설이 내려오고 있다. 판소리나 소설에 나오는 이야기와는 조금 다르다. 떠나 버린 한 남자에 대한 사랑을 품고 남원부사의 수청을 거절하던 여인 춘향은 결국 자결을 하고 만다. 이후 이 지방에 재앙이 잦아지자 구천을 떠도는 춘향의 한이 맺혀 일어나는 일이라고 믿은 사람들이 광한루에서 살풀이굿을 하기 시작한다. 굿이 끝나면 춘향이 눈물이라도 흘리는 듯 비가 쏟아지고, 한동안 천재지변이 사라지곤 했다는 것이다. 이 이야기는 성이성이 17세에 떠나 버린 뒤에 일어난 일일 가능성이 높다. 전설에 나오는 나쁜 남원부사는 춘향전에서는 변학도가 되었으리라. 소설에서야 남녀가 해후하여 해피엔딩하는 것으로 해 놓았지만, 현실은 그렇지 않았던 모양이다.

이렇게 서럽게 이승을 떠나 버린 여인이었기에, 성이성은 그날 광한루에서 늙은 기생을 만나 옛 얘기를 들었을 것이다. 그리고 폭설이 쏟아지는 연지를 바라보며 뜨거운 눈물을 쏟았으리라. 성이성은 암행어사를 3번이나 지냈지만, 남원으로 출두했다는 기록은 없다. 그러니 현실의 남녀는 서로 빗나간 채 삶과 죽음으로 갈라선 셈이다.

입에서 입으로 전해진 찬란함 #2

처용가

셔블 발기 다래 밤다리 노니다가

드러자 자리를 보니 가라히가 넷이어라

둘은 내해언만 둘은 뉘해엇고

본이 내해언만 아사늘 엇디하릿고

처용가(處容歌), 신라향가 _ 처용

처용에 대한 얘기들이 나오면 내 입은 자꾸만 근질거린다. 내가 자라난 동네, 경주 근처의 얘기여서만은 아니다. 뭐랄까? 우리 역사 속에서 몇 안 되는 기이한 장면 하나가 처용설화에 끼어 있기 때문이다. 마누라가 바람 피우는 장면 말이다. 그런데 이 얼빠지고 뭐도 빠진 듯한 처용이란 작자는 그 장면을 보고 얼씨구나 춤을 춘다. 이거 희한한 일 아닌가? 이 희한한 일을 점잖으신 스님 일연께서 시시콜콜 기록해 놓은 것도 또한 희한한 일이다. 그리고 가랑이가 어쩌고 하는 게 무슨 시랍시고, 제법 행도 그럴듯하게 갈라서 후세로 '핑퐁'까지 하는 배짱 또한 희한하다.

처용가에 대한 어르신들의 주석들을 읽어 보노라면 정말 하품이 난다. 재미 찬란하고 생동감 넘치는 이 시를 그 잘난 척하는 글빨과 말빨들이 완전히 조져 놨다는 생각밖에 안 든다. 온갖 분석의 난도질 끝에 신라 멸망을 예언한 참요讖謠 비스름한 거라고 결론을 내린 것도 있다. 물론 그런 분석인들 얼마나 고심해서 내놓은 것이랴? 문학적으로 혹은 역사적으로 그런 분석도 필요하다는 점은 십분 인정을 한다. 그러나 재미없는 건 사실이다.

왜 이렇게 되었을까? 나는 진단한다. 그분들이 너무 아는 게 많아서 그렇다고. 그 아는 것들이 우선 상상력을 죽이고, 판단력을 굳어 가는 시멘트처럼 만들고, 그리하여 답답하고 옹졸한 해석과 결론으로 그들을 몰아붙였다고 생각한다. 순전히 내 무책임한 생각이다.

그렇다면 그런 욕지기부터 내놓는 나는 어쩔 것이냐? 무지무지하게, 무지한 방법으로 접근할 것이다. 배경설화와 사료史料들은 우선 건너뛰고 지금까지 많은 학계의 '빅마우쓰'들이 풀어놓은 '썰'을 깡그리 무시할 것이다. 완전히 빈섬 스타일의 처용을, 복권 긁어 그 속에 들어 있는 얼굴 노출하듯이 후련시원하게 복각시킬 것이다.

우선 처용이란 이름부터 한번 살펴볼까? 處容? 그것참 알쏭달쏭한 이름이다. 이런 이름 흔치 않다. 뜻이 혹시 있는 것일까? '곳 처處' '얼굴 용容', 곳 얼굴? 꽃 얼굴을 말함일까? 처녀의 '처'자가 들어 있으니 처녀 얼굴이란 뜻일까? 꽃처럼 예쁜 처녀의 얼굴?

내가 애지중지하는 책 중에《새 천 년의 미소》란 책이 있다. 이름을 보면 분명히 경주 문화엑스포용으로 제작한 책쯤일 것 같았는데, 머리말을 읽어 보니 놀랍게도 나의 추측이 틀리지 않았다. 그 책은 신기한 구석이 있는 책이다. 아주 토속적인 분위기를 풍기는, 경주의 어떤 할아버지 한 분이 구석구석 경주의 전설을 취재해서 모아 놓은 책이다. 그 책에도 처용 설화가 나온다. 그런데 거기서는 처용을 완전히 '미스터 코리아'쯤으로 묘사하고 있다. 후리후리한 키, 새까만 머리, 환한 얼굴, 거기에다 우뚝 솟은 콧날, 참으로 잘생긴 얼굴이었다고 말하고 있다. 이 분은 어디서 처용을 보시고 이렇게 자신 있게 말씀하시는 걸까? 설화를 채록한 것이라니 할 말은 없다. 그런데 좀 이상하다. 처용 얼굴이 미스터 코리아가 아니라, 미스터 유니버스쯤 될 것 같다. 확실히 세계화가 되어 있는 얼굴이다. 키가 크고 얼굴이 희고 콧날이 우뚝 솟았다? 정말이었을까? 처용, 과연 이 나라 사람 맞았을까?

악학궤범에 실린 처용 탈

이름에조차 얼굴의 미색美色을 강조하고 있는 듯한 처용은 귀신을 쫓는 부적으로 쓰이면서 험상궂은 모양새로 바뀌었다. 처용 할배는 귀신을 쫓을 때 춤추고 노래하며 즐겁게 쫓았다는데, 후손들의 상상력은 아무래도 좀 빈약했는가 보다. 귀신 쫓으려면 뭔가 우악스럽게 생긴 쪽이리라고 함부로 추측하여 처용 부적을 그따위로 그려 댄 것일까? 처용 탈을 보면 아까《새 천 년의 미소》책을 쓴 할아버지의 묘사가 오히려 그럴듯하다. 부리부리한 눈, 시원하게 내려간 콧날, 성큼한 입매. 그런 생김새는 신라 탈의 대체적인 특성이라고, 어떤 학자는 말하긴 하지만.

이런 상황이니 학자들도 다 한 가락씩 상상력을 걸쳐 놓는다. 어떤 사람[1]은 아랍에서 온 방물장수라고 하고, 어떤 사람[2]은 시골에서 볼모로 잡혀 온 호족의 자제분이라고 주장한다. 어쨌든 처용 할배의 핏줄이 수상쩍은 것은 사실이다. 동해 용왕의 일곱 아들 중에서 엄선해서 신라로 보낸 사람이라고 하지 않는가? 용왕의 아들이 사람이 된 것을 보자니, 서양 기독교의 중요 대목이 생각나기도 한다마는, 어쨌든 이거 현실적으로 있을 법한 일은 아니다. 용왕의 아들이라면 왜 멀쩡한 사람이겠는가? 아들이 사람이라면 그것을 낳은 아비도 사람이어야 하는 것이 우리 상식이다.

그렇다면 용왕이라고 표현된 자는 동해에 사는 비늘 달린 짐승이 아니라, 동해 어느 쪽에서 온 이방의 권력자일 수도 있겠다. 용모로 봐선 일본 사람은 아니었던 것 같고, 일본이나 중국을 거쳐서 들어온 하멜 아류亞流의 어떤 외국인 정착자일지도 모르겠다. 언젠가 텔레비전에 신라 무덤에서 로마의 유리잔이 출토되는 장면이 나왔으니, 처용의 입국도 개연성이 충분히 있겠다 싶었다. 어느 학자님의 말씀대로 처용은 유럽 쪽에서 온 분일 가능성이 슬슬 높아진다. 처용의 호적 조사는 이쯤만 하자. 더 파 본다고 해도 천 년 전의 흙더미 속에서 부실한 삽자루만 부러질 따름이다. 약속한 대로 텍스트만 붙들고 씨름해 보자. 그게 내가 할 일이다. 자, 간다.

---

1 이용범, 1977.
2 이우성, 1969.

셔블 발기 다래 밤다리 노니다가

서울 밝은 달에 밤늦도록 노닐다가

서울이란 물론 경주다. 애당초 서울로 풀지 않고, 셔블이라고 한 것은, 서라벌이란 옛 명칭을 의식한 까닭이리라. 서라벌의 달 밝은 밤이란 무엇일까? 이쯤에서 현인의 〈신라의 달밤〉이 생각난다. '아아, 신라에 바하함 이히히여.' 하는 노래 말이다. 이 귀기 어린 전율 같은 바이브레이션은, 고색창연한 비탄을 리얼하게 자아낸다. 어린 시절 경주의 달밤을 꽤나 많이 걸어 본 나로서는 '셔블 발기 다래.'의 풍경이 선하다.

부옇게 내려앉은 달빛. 짙은 녹음 속에 폐허로 갇힌 반월성. 목을 빼고 노래를 불러 보지만, 반 소절이 끝나기도 전에 이미 목쉬어 버리는 묘한 서정의 직하直下.

내 기분이 이랬던 것은 천 년이란 시간을 겨드랑이에 끼고 느끼는 쓸쓸함이 아니었을까? 셔블 발기 다래를 걷는 처용의 기분은 뭐였을까? 아마 고향 생각을 하지 않았을까? 저 아랍이나 유럽, 수천만 리 머나먼 고향 말이다. 그가 달밤을 배회했던 것은 경주가 불야성이고 놀기 좋아서가 아니라, 뭐랄까…… 수천만 리에 두고 온 부모와 여자, 그리고 친구의 얼굴이 그리웠던 때문이 아니었을까.

예쁜 아내를 두고 거리를 배회하는 것이 이해되지 않는다면 그건, 아내도 이해해 줄 수 없는 외로움의 심연을 느껴 보지 않은 자임이 틀림없다. 처용은 외로웠다. 결혼한 지 얼마가 되었는지 모르지만 그에게는 애가 없었다. 왕이 직접 특별히 골라서 간택해 준 그의 아내가 매력적이지 않았을 리는 없는데 왜 자식이 있었다는 얘기가 없을까? 그런 시시콜콜한 얘기를 단 8행의 향가 속에 왜 넣겠느냐고? 어쨌든 나는 궁금하단 말이다. 자식이 없다는 사실은, 단순 불임일 수도 있겠지만, 두 부부간에 뭔가 남모르는 사연이 있었을지 모른다는 상상을 하기 좋지 않은가? 그러고 보니 그런 달밤이면 부부가 함께 놀 일이지 왜 아내는 잠자리에 놓아두고 혼자 납셨을까? 혹시 문제가 처용 쪽뿐만 아니라 부인 쪽엔 없었을까? 아까 《새천 년의 미소》란 책에는 처용 부인의 이름이 나온다. 강녀다. 그것참, 변강쇠 플러스 옹녀 하면 강녀가 아닌가? 이건 그냥 나의 너스레요, 고우영 풍風의 추임새니 심각하게 듣지 말기 바란다.

강녀인들 말도 안 통하고 정서도 확 다른 이 유럽 남자에 대한 남모르는 불만이 안 쌓였을까? 그리고 유럽 남자들의 밤 습관이나 추임새가 아시아권과는 상당히 다를 수 있다는 점도 이참에 지적해야 한다. 물론 이 욕망이야 인류의 보편적 '코드'이겠지만, 그 욕망이 적용되는 문화적 환경의 차이는 있지 않겠는가. 특히 요즘이야 세계화 개방화로 행복한 국제결혼을 많이 하지만, 당시엔 그런 케이스가 오직 강녀 하나였을 것이니 밤에 대한 불만이 있었으리란 짐작이 '오버'만은 아니다. 거기다가 강녀가 옹녀과였다면 저 고독한 벽안碧眼의 남성이 해 주는 소통 없는 사랑이 재미없었을 수도 있다.

나의 얕은 상상력이 처용가를 거의 삼류의 빨간 버전으로 내려놓고 있다는 점은 인정한다. 그러나 처용가의 핵심 역시 그리 고상한 것은 아니지 않은가?

'밤드리 노니다가.'를 혹자는 신라 사람들에게 건설적인 메시지를 전달하느라 밤늦도록까지 집에 들어가지 못한 것이라고 해석한다. 무슨 건설적인 메시지? 처용이 아랍 건설회사에서 우리나라에 송유관 놓으러 왔나? 무슨 건설적인 메시지를 전달한단 말인가? 부인이나 챙길 일이지! 수신제가의 주변 건설부터 제대로 해야 할 일 아닌가? 혹시 정말 '허리 하下학'적인 건설을 하러 다닌 것이 아닌가. 부부관계에 살뜰한 마음을 붙이지 못한 처용이 서라벌의 '강남'을 밤 이슥히 노닐면서 질탕한 건설을 하고 오신 것은 아니었을까.

드러자 자리를 보니 가라히가 넷이어라
들어와서 잠자리를 바라보니 가랑이가 넷이어라

컴컴한 방안의 자리를 어떻게 들여다봤을까? 불을 켜 놨을까. 도둑 바람을 피우고 있는 강녀가 그렇게 대담했을 가능성이 있을까. 그렇다면 뭔가? 아하. 처음에 말했잖은가? 지금은 신라의 달밤이라고. 그러니 이 이야기가 그저 은유이거나 혹은 상상력의 산물이라고 보는 것은 선조들을 지나치게 문학적으로만 생각하는 거다. 이 풍경은 실제 상황이다. 이 향가는 정연한 문맥 위에 사건을 얹어 놓고 있다. 경험하지 않고는 표현하기 어려운 상황을 전개하고 있다는 얘기다. 약간 어둑하긴 하지만 열어젖힌 문이나 영창에서 들어온 달빛이 잠자리의 상황을 리얼플레이어로 보여 준다.

가랑이가 넷이라니, 이 무슨 해괴 발랄한 말인가. 아마도 삼국유사가 써진 뒤 정몽주도 봤을 거고 세종대왕도 봤을 이 구절. 이 무슨, 점잖은 민족의 벌렁 누운 해프닝인가? 천 년 동안 이 나라 이 겨레의 무의식의 섬세한 주름 속에 편입되었을 이 구절, 가랑이가 넷이다! 상황이 어찌 되었는지 짐작하게 하는 단서가 열 자도 안 되는 이 말 속에 흥건하다. 어지간한 포르노는 저리 가랍신다.

갑자기 궁금해진다. 왜 처용께서는 가랑이부터 보았는가? 베개가 있는 쪽은 대개 문 쪽이 아닌가? 그런데 문을 열어젖혔는데 어찌 머리통 두 개부터 안 보이고 가랑이부터 보이는가? 얄궂은 일이 아닐 수 없다. 여기서 나는 짐작한다. 뜨거운 사랑이 이미 중반부로 진입하고 있었다는 것을 말이다. 풍차 돌리기를 연상하면 쉬울 것이다. 정말 야하다. 미성년자는 지금부터는 관람 불가 아니 구독 불가. 그런데 천 년 전의 할아버지 할머니가 야했다고 천 년 후 자손들의 버르장머리가 나빠질까? 그건 좀 아리송하다.

격렬한 정사가, 강녀가 외간 남자를 거부하지 않았다는 정황을 말해 준다면 지나친 견해일까? 강녀는 이 새로운 '경험'에 대해 정직하게 반응하고 있다. 그러니 머리통이 180도를 회전하여 저 깊은 벽 모서리에 쿵쿵 부딪치면서도 기꺼이 일을 치르고 있는 것이다. 그런데 이 장면을 또, 어떤 학자는 해괴하게 해석을 한다. 강녀는 이 정체불명의 외간 남자가 신랑인 줄로 착각했다는 것이다. 그녀를 옹호해도 너무 옹호한다. 왜 그러지? 천 년 도덕이 처용가의 몇 줄로 뭉개지기라도 할까 봐 겁이 난 걸까. 그렇다고 처용가가 그 도덕의 우산 아래 은폐 엄폐가 될까. 질문! 침실로 들어온 자가 신랑이 아닌 줄은 몰랐다 하더라도 이쯤까지 되었는데도 어떤 자인지도 모르고 방바닥을 빙빙 돌고 있었다면 그야말로 어처구니를 삶아드신 여인이 아닌지요?

둘은 내해언만 둘은 뉘해엇고
본이 내해언만 아사늘 엇디하릿고
두 다리는 내 것인데 두 다리는 뉘 것인고
본래 내 것인데 빼앗긴 걸 어찌하리오

가랑이만 가지고 이렇듯 상황을 묘파해 낼 수 있는 처용은 천부적인 시인이다. 2 플러스 2는 4라는 원초적인 산수를 가지고 이렇듯 심오한 장면을 그려 내는 시인 봤는가? 우선 네 다리의 신원을 파악하고 있다. 두 개는 내가 자주 보던 다리임이 틀림없는데 두 개는 낯선 다리로다. 그 다리의 임자는 누구냐? 상판이 저쪽으로 돌아가 있으니 물어볼 만하다. 내가 자주 보던 다리님은 어떻게 된 것인가. 그거 본래는 내 것이긴 하지만 빼앗긴 걸 어찌하겠는가. 처용은 이런 자포자기 모드의 노래를 부른 뒤 덩실덩실 춤을 춘다.

그런데 이쯤에서 나의 옛 고등학교 고문古文 선생님은 내게 씻을 수 없이 야한 기억을 심어 주셨다. '본이 내해언만.'이라는 구절 말이다. 그 본이 '本'이란 말인데, 이걸 한자 의미 그대로 '밑'이라고 해석하셨다. 그리고는 '밑이 내 것인데.'로 풀어놓으셨다. 사춘기의 우린 이 놀라운 해석에 머쓱하고도 음흉한 폭소를 터뜨렸다. 그 기억은 그때 이후 내 머릿속에서 먼지 하나 끼지 않은 채 지금 이 순간 끌려 나오고 있다. 그러니까 아까의 가랑이 넷은 그냥 나란히 누워 있는 게 아니라, 상하 관계의 이층집이란 얘기다. 아이고. 밑층이 내 것이고 위층은 어떤 자인지 모르겠다. 아니다. 반대다. 위층이 내 것이다. 어째서? 발 모양을 생각해 보라. 이층을 지을 경우 아랫사람의 발이 위로 올라간다. 그렇다면 어떻게 된 거야? 변강쇠 플러스 옹녀라고 하지 않았던가? 여성 상위를 천 년 전에 실천한 현장을 보고 있다.

그런데 이 꼴을 보고 처용은 별로 격동하지 않았다. 노래를 부르고 덩실덩실 춤을 추었다. 이 장면은 부인이 죽고 난 다음 노래를 불렀다는 장자의 분위기를 연상케 한다. 말하자면 세속적인 기분과 가치관을 초월한다. 일본 영화 〈우나기〉를 보았는가. 낚시 다녀온 사내가 처용가의 상황을 만났을 때 식칼을 들어 피바다를 내던 그 끔찍한 장면을 기억하는가. 바로 그런 기세로 이를 갈고 도끼눈을 뜨고 손에는 도끼를 들고 뛰어들어야 마땅할 사정인데도 오히려 춤을 추다니? 이 기이한 처용의 태도가 이 작품을 유명하게 만든 인상적인 반전이다.

도대체 왜 그랬을까? 처용이 정말 관대하고 감정을 컨트롤하는 데 뛰어난 사람이었을 수도 있을 것이다. 그러나 난 처용이 그런 식으로 해석되는 것에 반대한다. 그런 사람으로 묘사하는 것은, 처용을 신의 반열로 올려놓고 그 힘에 기대고자 하는 민간신앙적인 니즈에 맞춘 작업이 아니었을까. 처용이 인간이었다면 당연히 피가 끓었을 것이고 눈알이 돌아갔을 것이다. 그런데도 처용은 왜 그토록 관대했을까. 이게 처용가가 우리에게 내준 천 년의 숙제다.

처용 부인의 외도 장면이 노래에까지 등장하게 된 데에는 통일신라 안정기의 도덕적 정신적인 타락이 밑바탕에 깔려 있다고 생각한다. 어쩌면 이런 불륜과 일탈 행위들이 로마 말기처럼 세상에 깊숙이 침윤되어 이미 회복 불가능한 시점이었는지도 모른다. 처용이 이 노래를 부르던 시대는 바로 김춘추 김유신의 정권 확립기를 거쳐 절정으로 차고 오른 뒤, 통일신라 후기로 넘어가던 헌강왕(49대 왕, 875-776 재위) 대였다.

《삼국유사》의 처용가 앞뒤에는 헌강왕의 여러 설화가 나온다. 그 설화들은 주로 산신과 지신이 등장해 헌강왕에게 어떤 경고를 하려는 모습과 헌강왕이 알아채지 못하여 그 뜻이 좌절되는 내용으로 채워져 있다. 그 신들은 신라가 물질적 풍요와 쾌락에 탐닉함으로써 멸망하게 될 것이라고 말하는 예언자들이었다. 처용가는 그 가운데 한 장면이다. 처용의 관용적인 태도는 그를 신의 반열에 오르게 했다. 하지만 실제로는 그 시대적 타락의 소용돌이 속에서 초연함을 견지하고자 하는 한 사내의 발버둥이었을 수 있다. 그의 춤은, 헌강왕 설화의 여러 신들이 춘 춤처럼 뒤틀린 무엇에 대한 온몸의 항거였을지도 모른다.

강녀를 범한 남자가 역신疫神[1]이었다는 설명도 석연치 않다. 전염병이 여자를 겁탈했다? 금방 은유가 되어 버린다. 풍차 돌리기조차도 무슨 전염병에 걸려 몸서리치는 여인의 모양새쯤으로 바뀌고 만다. 그걸 보고 처용이 춤추었다? 얼마나 재미없는 설정인가? 그것이 역병이 아니라 열병이다? 그렇지. 남자가 집 나간 뒤 홀로 남은 여인이라면 열병이 날만도 하지. 그 열병을 껴안고 나뒹굴 수도 있겠지. 그런데 혼자 일이라면 어찌 가랑이가 넷이겠는가? 귀신 내쫓는 실력으로 존재 가치를 마케팅해 온 전승 신앙들이 처용을 낚아채 갔다고 보는 게 현명하지 않을까.

우린 천 년 전의 한순간을 숨을 들이마시고 직시할 필요가 있다. 한 여인의 외도와 그 현장을 목격한 남자의 놀람과 어이없음. 그리고 순간적인 초긴장 모드가 처용의 돌연한 춤 때문에 허무개그처럼 풀어져 버리는 풍경. 이 춤은 위선이었을까. 절망과 고독이 꼭짓점을 넘어 버렸을 때 나올 수 있는 일탈적인 행동일까. 성적인 욕망을 둘러싼 문법들이 천 년 전과 지금은 많이 달라진 것일까. 처용의 내면에 대체 무슨 일이 일어났는지 해석은 분분하지만, 여전히 처용가는 천 년의 미스터리 극장이다.

처용가의 마지막 멘트 '본래 내 것인데 빼앗긴 걸 어찌하리오.'란 구절은 과연 처용의 말이었을까. 혹시, 제3자의 말은 아니었을까. 처용가를 읊은 사람은 처용이 아니라, 처용의 심경을 대신 그려 낸 제3자일 수 있다. 처용의 입장을 해석해서 노래로 풀어놓았다면? '본래 그의 아내인데 빼앗기다니 저를 어쩌나.' 그런 정도의 의미라면? 그렇다면 이 상황 뒤에 벌어지는 처용의 춤은 어떻게 된 것인가. 처용가가 처용의 말이 아니라면, 처용의 춤 또한 제3자가 보고 기록한 것이 아닐까. 단지 처용이 춤을 추는 듯한 동작을 했기에 그는 목격자로서 본 것을 기록했다. 그런데 그것이 실은 춤이 아니었다면? 그저 미쳐 돌아 버린 한 남자가 펄쩍펄쩍 뛰는 몸부림 같은 것이었다면? 목격자가 이야기의 재미나 교훈을 위해 슬쩍 춤으로 바꿔치기한 것이라면?

---

1 급성 전염병의 한 가지.

어쨌든 처용이 아내를 응징하려 하지 않은 것은 분명하다. 그랬다면 처용의 태도에 대한 미화가 애당초 불가능했을 것이기 때문이다. 이 점에서 처용의 관대한 태도를 인정할 수도 있을 것이다. 그러나 갑자기 세상 초월한 듯 덩실덩실 춤추는 태도는 도량만으로 읽어 내기 어려운 기이한 비정상성이 있다. 삼국유사를 쓴 일연이, 처용을 신격화시킨 데에는 비단 그 사건만이 아니라 그의 행위의 일관성을 증명할 만한 다른 에피소드들이 있었을지도 모른다. 동시대 사람들은 그 춤의 맥락을 잘 알았을 수도 있는데, 후세로 오면서 지워져 버린 건 아닐까.

처용은 아랍 상인이 아니라, 인도쯤에서 중국을 통해 건너온 불교 수행자였을지도 모른다. 당시 승려들은, 원효를 봐도 알 수 있지만 아내는 두는 것이 문제 되지 않았던 시절이었다. 처용이 그의 아내를 범하는 사내에 대해 관대하였던 것은 바로 종교적 실천이 아니었을까? 불교의 관용이 토속적인 믿음들과 동거하는 과정에서 이런 설화가 생겨난 것은 아닐까? 처용은 민간의 질환과 불안에 대한 해결사로 숭앙받고, 불교는 그 틈새를 타고, 슬그머니 민심의 문지방 안으로 발을 들인 건 아닐까. 이런 점에 착안하여 일연은 상당히 외설적인 이 설화를 굳이 재편집하지 않고 그대로 실은 것은 아닐까.

한 심리학자는 이날 밤의 처용의 태도를, 약간 달리 본다. 그가 춤사위를 펼친 것은 증오심을 해결하는 다른 방식이라고 한다. 역신은 처용의 내면에 깃들었던 그림자였다. 처용이 누렸던 성취와 쾌락을 질투하고 폄하하는 내면의 다른 모습이 역신이란 현 실태로 등장한 것이라고 한다. 겉으로는 성취와 쾌락으로 전혀 불만 없는 듯이 보였던 처용. 그런데 무의식 속에는 행복을 부당한 억압으로 인식하고 그것을 깨 버리려는 그림자가 어른거리고 있었다는 것이다. 내면의 이중성은, 인간에겐 보편적인 감정이라고 한다. 아내의 배반과 일탈은 바로 처용 안에 있던 격렬한 사랑에 대한 희구의 대리행위였다고 풀이한다. 그날의 불륜은 처용이 그동안 애써 억눌러 온 그의 그림자인 열등한 인격의 희구를, 역신과 아내가 보여준 것이었다.

처용은 그런 자신의 그림자를 강력하게 부인하는 방식인, 분노를 선택하지 않았다. 분노는 어렵사리 드러난 자신의 그림자를 다시 무의식의 억압 속으로 가두는 일일 뿐이다. 그의 춤은 바로 자신의 그림자를 받아들이는 자기 화해의 실천이었다는 것이다. '빼앗긴 걸 어찌하리오.' 하며 물러나는 태도를 보임으로써, 그는 오랫동안 그의 내면에 서성거려 온 불안과 어둠으로부터 해방될 수 있었을 것이다. 융의 이론을 빌려 와 해석한 것인데, 일견 그럴듯하지만, 웬일인지 맥이 탁 풀리는 느낌이 있다. 처용가가 지니고 있던 탱탱한 속살이 갑자기 어육처럼 뭉개지는 느낌이랄까. 어쨌든 일본 영화 〈우나기〉처럼 분노의 화염을 좇아 격정의 피칠갑을 하지 않은 것은, 처용 자신의 나머지 삶에 훨씬 유익하였을 것이라는 점은 말할 수 있겠다. 분노를 춤으로 꺼 버린 행위, 이것이야말로 어떤 돌발 상황에도 동요하지 않는, 판단 소멸의 해탈적 경지다.

또 우리의 의아심을 돋운 것은, 처용의 의연한 행동에 감복한 외간 남자의 태도에도 있다. 설화가 완전한 팩트라면 처용이 이 난감한 문제를 어떻게 처리했는지에 대해 좀 더 구체적인 언급이 붙었어야 하지 않을까. 춤을 춘 다음, 세 사람은 어떻게 되었는가. 처용은 아내를 어떻게 했으며, 그 다른 가랑이 남자를 어떻게 했을까. 그런데 이상한 상황 전환이 이 이야기의 꼭지에 매달려 있다. 역신으로 지칭된 외간 남자가, 처용의 관대함에 탄복하여, "앞으론 당신 주위엔 얼씬거리지도 않겠다."라는 맹세를 했다는 것이다. 바지를 꿰입고 도망가기 바빴을 사내가, 처용의 춤을 지켜보고는 이렇게 당당한 다짐을 하는 것이 현실적으로 가능해 보이는가? 춤을 추고는 있지만 언제 발작하여 자신을 공격할지도 모를 남편에게 다가가 이렇게 천연덕스럽게 말을 건다?

이 대목에는 이 외간 남자의 기묘한 과시가 느껴진다. 그는 보통 사람이 아니다. 《정수경전鄭壽景傳[1]》에서 유부녀와 눈 맞은 마당쇠 정도가 절대 아니다. 당시 사회에서 제법 소셜 포지션을 갖춘 인물이 아닐까. 그렇지 않고서야, 다시는 자네 집엔 침범 안 하겠다는 뻔뻔해 보이는 대책을 내놓을 수 있겠는가? 불륜남은 처용보다 지위가 높은 권력자였을 가능성이 있다. 처용이 분노를 삼킬 수밖에 없었던 것도 이런 점이 일차적 원인이었을 수 있다. 우위의 지위에 있었을 뿐 아니라, 처용의 뒤를 봐주던 상당한 백그라운드였을 수도 있다. 그러니 어둠 속에서 머쓱하게 나온 사내가, '자네 정말 참을성이 대단하군.' 하면서, 춤추는 처용의 어깨를 툭툭 치며 '이제, 자네 집엔 다시 오지 않을 걸세, 걱정 말게.' 하고 걸어 나가는 상황이다. 어둠 속에선 부인이 전혀 자의가 아니었다면서 흑흑거리고 있다.

노래와 춤으로 유명해진 이 사건 이후로 그 난봉꾼은 엽색獵色[2]이라 불린 겁간 행위를 얼마간 자제했는지 모른다. 사람들은 이것이 처용무 때문이라고 입 모아 말했을 것이다. 권력의 그악스런 횡포에 춤으로 맞서 이

겼다는 소문은 경주 곳곳으로 퍼져 나갔을 것이다. 비슷한 경우를 당했거나 불안에 떨고 있던 사람들은, 처용의 얼굴을 그려 자기 집 문지방에 붙여 놓기도 하였을 것이다. 어쩌면 신라의 역병疫病은 엽색에 빠진 권력자에 대한 공포였는지도 모른다. 소문은 과장되고 살이 붙어 모든 질병으로부터 자신들을 지켜 주는 문지방 게이트키퍼로 처용을 승격시켜 왔을 수도 있다. 그러나 실상은, 아무도 모른다. 처용은 천의 얼굴을 지니게 되었지만, 그 어느 얼굴 속에도 진짜 처용은 없을지도 모른다.

1 조선 시대의 소설.

2 여자와의 육체적 관계 따위를 지나치게 좇음

03

철학의 향기, 시의 그윽함

꽃 없는 꽃을 노래함
_ 백거이

7월은 7월대로 아름답다지만, 짙푸른 산과 흰 새가 가끔 눈을 벤다지만, 뭐랄까 7월에는 지난 시절의 남은 현기증이 어질하게 감돈다. 물 위에 떨어져 그대로 삭고 있는 꽃잎 하나를 보며, 문득 간 봄의 황홀과 지금의 서러움을 생각한다. 백거이白居易의 〈낙화〉는 그 기분을 돋운다.

留春春不住 유 춘 춘 부 주	머물러라 봄아, 봄은 있어 주지 않고
春歸人寂寞 춘 귀 인 적 막	봄은 돌아가 버려 사람이 적막하다
厭風風不定 염 풍 풍 부 정	싫다 바람아, 바람은 멈추지 않고
風起花蕭索 풍 기 화 소 삭	바람 일어나니 꽃대만 남았네

낙화

낙화고조부(落花古調賦) _ 백거이(白居易, 772-846, 당나라)

스무 자의 이 시는, 써야 할 말과 아껴 할 말이 무엇인지를 유감없이 보여 준다. 첫 행과 둘째 행에는 봄春이 세 번이나 나온다. 스무 글자에서 세 글자이면 무려 15%이다. 시인이 무심히 그 말을 남발했을 리 없다. 그것은 사라지는 봄을 붙잡고 싶은 마음이 내는 반복이다.

오래 기다렸던 시절이기에 좀 더 오래 있기를 원했건만 덧없이 가 버리는 계절. 상춘賞春의 걸음들 모두 돌아가니 문득 여기 시인 홀로 쓸쓸히 거닌다. 이 고요함은 원했던 것이 아니라, 꽃과 인파人波가 사라진 자리의 허기 같은 것이다. 봄은 인간 시절의 은유이기도 하다. 머물러라 청춘아, 청춘은 있어 주지 않고, 청춘이 가 버리니 그 사람 적막하다. 그런 마음이기도 하다. 그것이 겹쳤을 땐 적막함도 곱하기가 된다. 백거이는 세 번이나 봄을 붙든다. 유留로 붙들고, 주住로 붙들고 귀歸로 붙든다. 그러나 뿌리치고 가 버린 뒤 그 홀로 남았다.

다음엔 바람을 세 번이나 불렀다. 싫고 번거롭고 서러운 것에 대한 진저리를 이렇게 치는 것이다. 아까는 저쪽이 뿌리쳤지만 이번엔 이쪽이 뿌리친다. 좋고 귀한 것도 자주 호명할 수밖에 없지만, 밉고 성나는 것도 다급하게 부를 수밖에 없다. 이것도 관심은 관심이다. 제발 제발 제발. 그런 심정이 반복을 부른다. 첫 두 행은 봄과 사람의 긴장관계였는데, 뒤의 두 행은 바람과 꽃의 긴장관계다. 앞에는 붙잡고 떠나는 관계였는데, 뒤에는 오지 말라 손사래 치고 그래도 오고 마는 관계이다. 가지 말 것은 저리 쉽게 가 버리는데 오지 말 것은 아무리 애를 써도 오고 만다. 이를 어쩌겠는가.

이 시는 5언 절구이지만, 구성으로 보면 2언과 3언, 다음 행의 5언으로 구성되는 형식이다. 2언 유춘留春은 꽃의 마음이고, 3언 춘부주春不住는 꽃의 마음을 저버리는 현실이고, 5언 춘귀인적막春歸人寂寞은 앞의 3언을 받으면서 허탈한 결말을 전경全景으로 담는다. 2언은 다급하고, 3언은 야속하고, 5언은 무심하다. 시는 2, 3, 5로 빠르게 번져 가는 절망과도 같다.

첫 2행은 봄이 주인공인 것처럼 보이고, 뒤 2행은 바람이 주인공인 것처럼 보인다. 앞에선 봄이 2글자를 머금었다가, 3글자를 머금었다가, 마침내 5글자를 머금는다. 뒤에선 바람이 똑같은 일을 한다. 그런데 '봄'과 '바람'은 문제 상황일 뿐, 정작 화자話者가 아니다. 시의 주인공은 바로 사람人과 꽃花이다. 그것은 시인과, 시인의 눈앞에 있는 대상이기도 하지만, 서로 내통하는 '같은 존재'이기도 하다.

이 시는 낙화를 노래하면서도 '떨어진다.'라는 말을 한 번도 시에 내비치지 않는다. 그 말이 싫기 때문일 것이다. 떨어지고 싶지 않아서일 것이다. 백거이는 떨어진다는 말을 쓰지 않고 꽃이 떨어진 걸 더 리얼하고 더 서럽게 표현했다. 바람이 불면 꽃이 흔들린다. 그게 꽃이 거부하며 경련하는 몸짓이다. 제발 흔들지 마라, 바람아. 그러나 바람은 말을 듣지 않고 더욱 세차게 꽃을 흔든다. 그리곤 꽃대가리를 날려 버린다. 효수梟首를 당한 꽃은 이제 잎 몇 장과 머쓱한 줄기만 남았다. 그것이 화소삭花蕭索이다. 꽃 없는 꽃.

봄이 인간 시절이었다면 바람 또한 인간 시절에 일어날 것이다. 덧없는 욕망과 부박한 사랑이 한 시절을 흔들어 아름답던 한 시절의 꽃모가지를 휑 날린다. 남는 것은 쓸쓸한 꽃대에 매달린 추억 몇 잎뿐이다. 앞에서 고요가 원하는 게 아니었듯, 이 추억 또한 내가 만나고 싶은 건 아니었다. 그러나 어쩌겠는가. 상황이 이렇게 된 바엔 그걸 즐겨야 할 것이다. 그렇게 생각하면, 이 쓸쓸함, 이 대궁만 남은 시절도 처연한 아름다움이 있다. 낙화시절은, 어쩌면 꽃 시절보다 더 깊이 아름다운 내면을 가지는지도 모르겠다.

그런데 이 시는 약간 이상하다. 보통 시의 흐름이나 호흡으로 보자면, 뒤의 것이 앞에 가는 게 좋을 듯하다. 바람과 꽃의 긴장 관계가 먼저 보이고, 그리고 봄과 인간이 밀고 당기는 게 보이면, 시의 맥락이 자연스러울 듯한데 왜 시인은 굳이 큰 그림을 먼저 그려 놓고 그 안에 세밀화를 그리고 있을까. 거기에 백거이의 시의詩意가 숨어 있다.

시는 봄철 지난날의 애상을 두루뭉술하게 그리려고 한 게 아니라, 강렬한 어떤 장면 하나를 핀포인트로 보여 주려 한 것이다. 꽃 시절에 대한 그리움을 노래한 평범한 시가 아니라, 꽃 시절이 지난 다음을 집요하게 들여다보는 눈길을 가진 시이다. 즉 꽃이 아니라 꽃 없는 빈자리에 최종 시선이 머물도록 짜여 있다. 사람들이 사라진 늦시절의 화원에서 시인의 눈길을 오래 붙든 건, 떨어진 꽃잎이 아니라 사라진 꽃의 자리다. 꽃대 위에 있어야 할 꽃의 잔상. 시인은 그것에 주목한다.

봄철 지난날들의 많은 푸른 것들은, 사실 그 얼굴 없는 투명한 꽃을 기억처럼 매달고 있는 것이기도 하다. 그것들은 목 없는 미녀들이다. 이제 생각해 보자. 봄이 사라진 시절 한 사람의 마음에 깃든 적막함과 꽃이 떨어지고 난 뒤에 줄기에 감도는 쓸쓸함을……. 정녕 낙화시절이란 떨어진 꽃에 관한 리포트가 아니라, 꽃을 비운 몸이 뒷시절을 계속 살아가는 또 다른 삶의 풍경이니까.

향적사를 지나며

_ 왕유

마음이 산란하면 당나라 왕유王維의 〈과향적사過香積寺〉를 읽는다. 이렇게 이름이 아름다운 절이 또 있을까. 향기가 쌓인 절이라니……. 중국 장안의 동남쪽 종남산終南山에 있는 절이다. 이름만 보자면 향적사는 형체가 없는 절이다. 향기가 무슨 형체가 있겠는가. 처음에 향기를 뿜어낸 무엇이 있었겠으나, 향기는 태어난 곳을 끊고 멀리 허공을 떠돈다. 향기와 나 사이, 코끝으로 펼쳐진 아련한 길이 있을 뿐이다. 그 향기들을 질료로 집을 지었다. 향기로 땅을 닦고 향기로 기둥을 세우고 향기로 서까래를 걸어 향기로 지붕을 얹었다. 절집이라면 정신을 모시거나 신념을 모시거나 그 신앙의 대상을 모셔야 할 텐데, 어이하여 향적사는 그냥 향기들만 쌓아 놓았는가. 한 정신의 오롯한 성취 주변에 떠도는 감화感化의 기운을 그렇게 부르는 것이던가.

不知香積寺 부 지 향 적 사	향적사가 있기는 한 건지 모르겠다
數里入雲峯 수 리 입 운 봉	몇 리 구름 드리운 봉우리를 들어왔는데
古木無人逕 고 목 무 인 경	늙은 나무들만 서 있고 사람 가는 길이 없는데
深山何處鍾 심 산 하 처 종	깊은 산 어디선가 종이 울린다

향적사를 지나며

과향적사(過香積寺, 일부) _ 왕유(王維, 699-759, 당나라)

내게는, 조정권의 〈산정묘지山頂墓地〉가 응결시킨 얼음 같은 정신주의보다도 왕유의 저 가볍게 휘발하는 정신주의가 더 끌린다. 그는 향적사를 지나간다. 그 절집에 머물렀는지는 말하지 않았다. 그렇게 말해 버렸다면 얼마나 재미없었을까. 머물렀다면 향적사를 눈에 담을 수밖에 없었을 것이다. 향기로 쌓은 절이 눈에 담길 수 있겠는가.

찾다 찾다 지친 마음에는 구름만큼이나 의심이 끼는 법이다. 향적사. 이름부터 심상찮은 절이더니, 세상 사람들이 그저 만들어 낸 말이 아니었던가. 어떻게 향기로 쌓은 절이 있을 수 있겠는가. 이 도입부는 확고한 인식, 과도한 믿음을 지우면서 시작한다.

향적사를 아느냐. 도중에 만난 행인에게 물어도 모른다고 말한다. 분명히 거기 있다고 누군가 말했는데, 모두 고개를 절레절레 흔든다. 그러면서 몇 리 험한 길을 걸어 걸어 들어왔다. 눈을 부릅떠도 찾을까 말까 한데 구름이 가득하니, 지금 여기가 어디인지도 알 수 없다. 이 봉우리 전부가 향적사이던가?

정오창, 운봉고사[1]

나무들만 우거졌고 사람 길이 없으니, 거기 절이 있을 리 없다. 그런데 이 깊은 산 속에서 어딘지는 모르겠으나 종이 울린다. 나는 왕유의 이 감각에 매료되고 만다. 이 시에서는, 시력이나 짐작 따위는 번번이 실패하지만, 후각과 청각은 극도로 예민해져 있다. 길을 찾는 건 눈이다. 그런데 눈에는 눈을 가로막는 고목들만 보일 뿐이다. 향적사 따위는 없구나 하고 깊은 산에 주저앉아 절망할 즈음에, 종소리가 들려온다. 절에서 치는 종이렷다. 그렇다면 향적사가 없을 리 없다.

왕유는 첫 행에서 인간의 짐작을 끊고, 그다음 구름으로 인간의 시선을 끊더니, 이제는 인간의 발길을 끊어 사람 자취 없는 심산을 만들었다. 그리고는 종소리를 울려, 그 심산 어딘가에 있는 향적사를 들려준다. 향기로 쌓은 절은, '더어덩' 우는 소리가 되어 심산을 감싼다. 향기로 쌓은 절은 눈으로는 볼 수 없으나 소리로는 들을 수 있지 않겠는가. 섣부른 눈의 조화를 걷어치운 뒤, 시인은 향기로운 깨달음을 소리로 바꿔 들려준다. 심산하처종深山何處鍾, 이 다섯 글자의 그윽한 파문.

泉聲咽危石 천 성 열 위 석	삐쭉삐쭉한 돌에 물소리가 울고
日色冷靑松 일 색 냉 청 송	햇빛은 푸른 소나무를 서늘하게 한다
薄暮空潭曲 박 모 공 담 곡	저녁 무렵 굽이치는 연못들이 텅 비듯
安禪制毒龍 안 선 제 독 룡	느긋이 앉아 좌선하니 사나운 용이 순해지네

---

1 청말 화가 정오창이 왕유의 〈과향적사〉를 그림으로 옮긴 시의도로, 오른쪽 상단에 시가 적혀 있다.

왕유가 표현하는 물소리는 그냥 물소리가 아니다. 가파른 괴석을 돌아 나오면서 소리가 급해진다. 물소리가 흐느끼는 소리가 되는 건, 그것이 감아 도는 대상이 위태로운 돌이기 때문이다. 그냥 뭉툭한 편한 돌이거나 곧게 펼쳐진 수로라면 물소리가 커질 리 없다. 물소리는 물이 내는 소리만이 아니라, 어쩌면 돌이 내는 소리이기도 하다. 왕유는 물소리를 들으면서 돌을 보고 있는 것 같다. 듣는 일은 곧 보는 일이기도 하다. 종소리를 들으면서 향적사를 느꼈듯, 물소리를 듣는 일 또한 그러하다.

햇살 또한 흔한 햇살이 아니다. 푸른 소나무들이 우거진 바람에 푸른 기운이 감도는 햇살이 되었다. 시는 관찰이며, 상식과 선입견의 안경을 벗는 일이다. 사물에서 끝까지 눈을 떼지 않는 끈질긴 탐구가 시를 살아 있게 한다. 왕유는 푸른 솔잎을 통과한 햇살에서 냉색冷色을 느낀다. 햇빛이라는 시각적인 대상이 '푸른' 이라는 또 다른 시각적 필터를 거쳐 차가움이란 촉각이 되는 이 '감각의 제국'을 보라. 과연 청록이란 차가움을 자아내는 이미지이다.

왕유는 지금 어디에 서 있을까. 아주 높은 곳에 서 있다. 그건 물소리와 햇빛으로도 알 수 있다. 산 위로 올라갈수록 돌은 날카롭고 바위는 가파르다. 바다에 가까울수록 돌들이 둥글어지는 것과 같은 이치다. 햇살의 차가움은 바로 으스스한 기운을 가리키기도 하리라. 산 정상의 기운이 바로 그것이다. 물소리와 햇빛이 왕유에게는 위치를 정확하게 집어내는 내비게이션이다. 이 고감도 귀와 눈이, 지상에서 놓칠 뻔한 향적사를 곧 잡아낼 듯하다. 그러나 왕유는 이쯤에서, 그따위 감각쯤 다 놓아 버린다.

솔직히 말하면, 왕유가 이렇듯 제 하고 싶은 말을 다 해 버리지 않았으면 좋았겠다 싶다. 그러나 이 시인은 사실 안선安禪, 이 단어를 말하고 싶어서 향적사를 꺼냈는지 모른다. 세상에 있는 모든 허상을 다 내려놓고 진실을 향해 비월飛越[1]하고 싶었던 시인은, 인간의 지식과 감각의 한계를 안갯속에 숨은 향적사로 드러내 보인다. 향적사는 바로, 마음에 지은 절집, 그리하여 '없는 절집'이다. 종소리가 들렸다고 그걸 찾은 건 아니다. 종소리를 따라가면 그 끝에 그 절집이 매달려 있는 것도 아니다. 절은 딴 곳에 있다. 향적사는 눈으로 찾을 수 있는 절이 아니다. 그러면 어디에 있는가. 왕유는 '빛'을 지운 자리에서, 문득 그 답을 찾는다.

햇살이 열어지니 굽이치던 계곡 수면의 빛이 사위어지면서 텅 빈 듯하다. 햇살이 계곡 물길의 수면 위에 비칠 때 그토록 선명하던 그 굽이들이 어둠이 오자 홀연 사라져 버린다. 박모薄暮[2]란 '눈을 반쯤 감은' 좌선의 포즈를 닮았다. 하늘이 반눈을 뜨고 계곡을 비워 버리듯, 나 또한 그렇게 안선에 들어서, 마음속에 굽이치는 용을 다스리리라. 향적사에 갈 무렵, 왕유는 마음이 들끓고 생각이 소용돌이치지 않았을까. 빨리 이 절집에 들어 '우황청심환'을 복용하듯 약발 좋은 위로를 받고 싶었는지 모른다. 그러나, 향적사는 나타나지 않았고, 만난 건 그의 감각에 걸린 감질나는 징후들뿐이었다.

그러다 저녁이 되었을 때 문득 주저앉아 깨달음에 이른다. 용처럼 굽이

---

1 정신이 아뜩하도록 날다.

2 해가 진 뒤 어스레한 동안.

치며 흐르던 계곡의 물길이 홀연히 사라진다. 햇빛이 그걸 보여 준다. 나 또한 부질없이 예민한 촉수들을 거두고 들어앉으면 나를 괴롭히던 사나운 생각들을 진정시킬 수 있지 않을까. 마음속을 소용돌이치는 독룡毒龍, 그대에게는 없는가. 보이지 않는 절 부근, 꺼물꺼물한 숲 속에 주저앉아 보라. 향적사 향기 한 가닥이 코끝에, 곱게 스민다. 잊지 못할 풍경이다.

나비, 다시 혈압이 올라가시다

_ 황정견

看著莊周枯槁 간 저 장 주 고 고	봐봐, 장자가 시들고 마르더니
化爲胡蝶飛輕 화 위 호 접 비 경	변신했네 나비로, 가볍게 날아가네
人見穿花入柳 인 견 천 화 입 류	사람들은 꽃 속으로 기어들고
	버드나무 속으로 들어가는 것만 보지만
誰知有體無情 수 지 유 체 무 정	누가 알랴, 몸은 있되 마음은 없는 것을

봐봐, 장자가 시들고 마르더니

간저장주고고(看著莊周枯槁) _ 황정견(黃庭堅, 1045-1105, 송나라)

살이의 질곡이 힘겨울 때, 세상에 날뛰는 야비한 인간들을 보며 속이 뒤집힐 때, 귀하고 아름다운 가치들이 바닥에 내동댕이쳐지는 것을 무기력하게 바라볼 때, 그때쯤이라야 장자를 생각하는 일이 제 맛이 난다. 장자가 나비가 된 까닭은, 처음부터 자유로웠기 때문이 아니라, 그를 핍박하고 억누르는 구속이 극한을 넘었기 때문이다. 번데기가 변태變態하듯, 존재가 말라죽어야 우주는 우화羽化의 자리를 내준다. 하지만 나는 이런 드라마틱한 은유에서 장자의 슬픔, 혹은 황정견黃庭堅의 슬픔을 느낀다. 오죽 답답했으면 나비가 될 생각을 했으랴. 오죽 갑갑했으면 나비의 꿈을 꾸었으랴. 오죽 세상이 미웠으면 나비가 되어 저주 같은 땅에서 벗어나 버렸으랴. 사무친 피해의식과 염결廉潔로 버티려는 자기방어 기제가 없었다면, 장자는 나비가 될 리 없었다. 장자가 어느 날 훨훨 날아가 버린 뒤, 황정견을 비롯한 후배 시인들이 그가 사라진 빈자리를 눈을 슴벅이며 바라보았다.

나비는 날아간다. 나비는 가볍다. 움직이지 못하는 것이 어느 날 가볍게 날아가 버리는 것. 그것이 나비다. 장자도 세상에서 그리 즐겁지 못했다. 세상과의 불화를 감당하지 못했다. 우선 몸이 마르고 시들었다. 몸이 고고枯槁하니 마음인들 고고하지 않으랴. 그런데 그저 바스러져 내려앉기만 한다면, 그건 상징으로 날아오를 수 없다. 그 마른 몸과 시든 영혼이 기적처럼 움직인다. 팔랑거리던 낙화落花 두 잎이 문득 나비가 되어 날아가는 기적처럼, 장자의 시든 심신도 꿈틀거리며 허공으로 파고들었다. 화위化爲, 무엇이 바뀌고 무엇으로 되는 일. 이것은 형상의 문제이기도 하지만 인식의 문제이기도 하다. 문득 나비가 되어 가볍게 나는 것 또한 그런 일이다. 우린 언제 호접비경胡蝶飛輕하랴. 황정견은 6년간의 유배를 끝낸 뒤 이 시를 지었다. 1100년 그해는 그가 존경하던 소동파가 돌아간 해다. 혜주와 담주의 배소를 떠돌던 동파는, 그해 겨울 복직 명령을 받고 돌아오던 중에 쓸쓸하게 눈을 감았다. 고통 속에서 유랑하는 선배 시인의 운명을 예감한

걸까. 황정견의 시에 등장한 장자와 나비는, 동파를 닮았다. 인간은 나비를 보면서, 꽃밭 속으로 뚫고 들어가고 버들잎 속으로 기어들어 가는 것만 바라볼 뿐이다. 누가, 몸은 있되 감정의 온기는 없는 나비의 진상을 이해할 수 있으랴. 더 이상 세상의 괴로움에 흔들리지 않고 세상의 분노를 끌어들이지 않는, 사회死灰[1]와 같은 정신을 알아챌 수 있으랴.

이 시를 이토록 장황하게 어루만지는 뜻은, 그의 〈의접도蟻蝶圖〉를 맛있게 읽기 위해서다. 〈간저장주고고看著莊周枯槁〉는 워낙 담담해서 철학시의 기분이 돋지만, 의접도는 세상을 향해 뱉는 카랑카랑한 목청이 살아 있다.

胡蝶雙飛得意 호 접 쌍 비 득 의	나비 두 마리 날면서 짝짓기를 하는데
偶然畢命網羅 우 연 필 명 망 라	재수 없게도 거미줄에 걸려 숨을 거둔다
群蟻爭收墮翼 군 의 쟁 수 타 익	개미놈들이 떨어지는 날개를 주워 먹으려고 싸우는데
策勳歸去南柯 책 훈 귀 거 남 가	잔머리 굴리는 일과 명성에 집착하는 일은 남가로 돌아가는구나

개미와 나비의 그림

의접도(蟻蝶圖) _ 황정견(黃庭堅, 1045-1105, 송나라)

의접도는 상상의 그림이 아닌 듯하다. 누군가가 자연 속의 한 풍경을 날렵하게 떠낸 듯 생생하다. 나비 두 마리가 제 욕망에 취해 주위를 살피

---

1 불기운이 없어진 식은 재.

지 못했다. 재수가 좋았다면 별일 없었을 수도 있으나 그렇지 못했다. '우연'이란 맥락이 감춰진 것이다. 그러나 거미가 거기다가 투명한 망을 쳐놓은 게 어찌 우연이랴. 그 또한 계략이 있었다. 거미줄에 걸린 나비가 발버둥을 치니 날개 부스러기가 후두둑 떨어진다. 그런데 아래에는 개미들이 이 먹이를 서로 먹으려고 다투고 있다. 장자의 비유가 생각나는 대목이다.

그러나 같은 나비를 다루면서도 황정견은 전혀 다른 이미지를 만들어 냈다. 간저장주고고의 나비는 질곡에서 벗어나는 상징이었는데, 의접도의 나비는 질곡에 다시 걸려드는 상징이 된다. 2년 만에 쓴 시가 나비의 신세를 이렇게 다시 바꿔 놓았다. 그런데 이런 이미지들이 다시 장자의 시니컬한 시각을 유지하고 있으니, 기발한 맛이 있다. 개미떼는 남의 불행을 이용해서 뭔가 이익을 차리려는 무리이다. 자연스럽게 살아가는 나비를 노리는 거미줄도 밉지만, 그보다 죽어가는 나비의 깃털을 뺏는 놈은 더 밉다. 나는 이 대목에서 황정견의 깊은 상처와 적개심을 느낀다. 그렇게 쏟아내는 온갖 계략策과 그래서 뽐내는 이름勳은 오래갈 줄 아느냐. 눈 한번 뜨면 사라지고 없는 남가지몽南柯之夢[1]이다, 이놈들아. 몇 년 전 초월의 경지를 구가했던 황정견이 갑자기 왜 이렇게 혈압이 올라갔을까. 깨달음이란, 늘 이렇게 쥐었다가 놓쳤다가 하는 '나비' 한 마리인지 모르겠다. 하기야 나비의 슬픔이 어찌 그의 시대에만 유통되는 것이랴?

---

1 꿈과 같이 헛된 한때의 부귀영화.

천만고독, 절멸옹설

_ 유종원

고백하거니와 생애 내내 고독했다. '벙어리 아啞' 한 글자를 써 붙이고 입을 닫은 청나라의 팔대산인처럼 나는 세상을 향해 깊이 침묵하는 습관을 들이고 있었다. 나를 건너뛰거나 에둘러 오가는 언어와 눈짓들 사이에서 나는 전봇대처럼 걸리적거렸다. 하늘에 그어진 너절한 전선들처럼 풍경을 망치며 매달려 있었다. 소외, 내 목과 내 등은 쓸쓸하고 쓸쓸했다.

어느 날, 우연히 세상의 눈길이 쏟아지고 사람들이 나의 작업에 갈채를 보였던 그 어느 날. 포상으로 주어진 동남아 여행의 바쁜 일정 끝에 싱가포르 공항에서 유종원柳宗元의 시 〈강설江雪〉을 예서 기운이 있는 해서로 써 내려간 두루마리를 하나 샀다. 고교 시절 익숙하게 외웠던 것이라 먼저 내 눈을 붙잡았을 것이다. 돌아와 나는 이 글씨를 벽에 걸어 놓고 스무 해를 음미하는 중이다. 정확하게 말하면 문장의 호흡이나 필력의 생기가 잘 느껴지지 않는 그 기계적인 글씨를 보는 것이 아니라, 유종원의 시경詩境을 엿보는 것이다.

千山鳥飛絶 천 산 조 비 절	하늘엔 새의 길 끊어지고
萬徑人踪滅 만 경 인 종 멸	땅에는 사람의 길 사라졌네
孤舟蓑笠翁 고 주 사 립 옹	외로운 배 하나, 삿갓 쓴 노인
獨釣寒江雪 독 조 한 강 설	찬 강에 홀로 낚시, 눈은 퍼붓는데

강에 눈은 내리고

강설(江雪) _ 유종원(柳宗元, 773-819, 당나라)

이 시가 나를 따라다니는 것에는, 무슨 뜻이 있는 게 아닌가 하는 생각을 한다. 대체 시인은 무슨 상심이 있어 저토록 쓸쓸한 풍경을 그려 냈으며 그 안에 저토록 지독한 폐칩廢蟄[1]을 자부했던가. 이 4행시의 첫 글자를 모으면 천만고독千萬孤獨이다. 천만은 무한한 천지이며, 고독은 그 안에 하나의 점으로 줄여 찍히는 한 인간의 파묻힐 듯 아슬아슬한 존재감이다. 이 시의 마지막 글자들을 모으면 절멸옹설絶滅翁雪이다. 끊어지고 사라짐, 그리고 늙은이와 분분한 눈.

천만고독 절멸옹설. 천만 년의 외로움과, 끊어지고 사라진 한 노인에게 퍼붓는 눈. 사실 이 여덟 글자에 이 시의 눈이 다 들어 있는지 모른다. 노인을 둘러싼 절멸과 강설降雪. 이 고독한 인간의 내면 풍경이야말로, 의지하던 것들이 끊어지고 익숙하던 것들이 사라지는 풍경이며, 강 위에서 깜박깜박 흔들리는 불안한 생이며, 겨우 존재하는 삶마저 퍼붓는 폭설에 바림[2]하듯 사라지는 풍경이 아니던가.

우리가 나이 먹는 일이란 유종원이 갈파한 저 세 글자, 절絶, 멸滅, 설雪에 다 들어 있다. 절은 세상의 인연이 끊어지는 일이며, 멸은 죽음이며, 설은 매장의 암시이기도 하다.

다시 시를 읽는다. 천산조비절千山鳥飛絶 만경인종멸萬徑人踪滅. 천산千山은 사실 약간 어색하다. 뒤의 만경인종멸萬徑人踪滅의 '만경'과 정확하게 호흡하지 못하기 때문이다. 천 개의 산에 새들은 비상을 멈췄고 만 개의 길에선 사람의 발자국이 끊어졌다. 사람의 발자국은 당연히 길에 있지만, 새가 허공에 찍는 발자국인 비飛는 산에 있지 않다. 어디에 있는가. 허공에 있다. 길과 발자국과의 관계와 긴밀하게 맞춘다면 천天과 비飛여야 어울린다.

그런데도 유종원은 하늘 대신 산을 불러왔다. 왜 그랬을까. 천千과 만萬이라는 숫자로 무한을 만들고 싶었기 때문이리라. 산은 일천봉一千峰을 부를 수 있으나 하늘은 일천천一千天을 부르기 곤란하다. 하나의 시간 안에서, 하늘은 결코 나뉘는 공간이 아니기 때문이다. 그래서 시인은 산을 불러와 하늘 대신으로 썼다. 그러면서도 새의 길이 끊어졌다는 말로 능란하게 허공을 표현해 냈다.

---

1 외출을 전혀 하지 않고 집 안에만 박혀 있음.

2 한쪽을 짙게 하고 다른 쪽으로 갈수록 차츰 엷게 나타나도록 하는 일.

천산千山은 그래서 산의 품 안이 아니라 산봉우리보다 약간 높은 지점을 바라보게 한다. 이 점에 묘수가 있다. 눈을 들어 먼저 산 위의 허공을 보면, 새의 길이 끊어져 있다. 눈을 낮춰 산 아래 길을 보면 사람의 길이 사라져 버렸다. 새의 길은 상승의 길이며 자유의 길이다. 인간의 길은 보행의 길이며 운명의 길이다. 새의 길이 먼저 끊어진 것은 시인의 시선이 먼 곳을 향하기 때문이기도 하지만, 강설의 방향을 의식한 것이기도 하다. 눈은 하늘에서 땅으로 내린다. 먼저 하늘을 덮고 다음에 땅을 덮는다. 새의 길을 먼저 끊고 다음에 인간의 길을 끊는다.

나목, 한강독조[1]

유종원은 '길'의 문제를 말하고 있다. 삶의 모든 것은 길의 문제이다. 길은 은유이지만 너무나 절실한 은유이어서 오히려 은유가 아닌 듯하다. 세상과 소통하는 것은 모두 길이다. 모든 체험 또한 길을 낸다. 발자국들이 길을 낸다. 새들은 허공에 길을 가지고 있으며 특유의 길눈으로 허공에서도 길을 잃지 않는다.

길은 살아온 흔적이며 다시 살아가야 할 여백이기도 하다. 길을 잃는 것은, 삶의 모든 문제이다. 길은 불안한 생의 한 줄기 위안이며, 위험한 행보의 한 가닥 보험이다. 그리고 길은 인식이며 깨달음이다. 길과 도道는 늘 겹쳐지는 중의重意이다. 또 하나, 길이 품고 있는 함의含意는 '돌아갈 수 있다는 것'이다. 모든 길은 돌아갈 수 있다. 발길을 돌려 돌아갈 수 없으면 기억으로라도 돌아갈 수 있다. 돌아가는 길은, 길의 의미를 풍부하게 하고 다채롭게 한다. 삶은 한 방향의 길이기도 하지만, 어디론가 내달렸다가 반을 접어 다시 돌아가는 길이기도 하다. 올라간 길은 내려오는 길이기도 하다. 그런데 돌아갈 길이 없다면?

시인 조정권은 〈독락당獨樂堂〉에서 이 경지를 발견한다. 오직 달을 향한 집인 '대월루對月樓'는 산에서 내려오는 길이 없다. 인간의 길이 없고, 오직 달을 향한 길만 있다. 유종원은, 새의 길과 인간의 길을 끊고, 그것도 모자라 강물 위에 쪽배를 띄워 인간을 그 한복판으로 밀었다.

---

1 청나라 화가 나목이 유종원의 〈강설〉을 그림으로 옮긴 시의도.

고주사립옹孤舟蓑笠翁은 새와 인간을 끊은 시인이, 더 깊이 들어앉고자 극성을 부리는 언어들이다. 배는 딱 한 척이다. 큰 배인 선船이 아니고, 강물에 뒤집어질 듯 얹힌 나뭇잎같이 작은 주舟이다. 거기 늙은 사람 하나가 탔다. 그런데 큰 삿갓을 써서 얼굴도 몸도 보이지 않는다. 하늘에서 내리는 눈을 피하려 삿갓을 썼을 수도 있으리라. 그러나, 삿갓으로 인간을 가려 버림으로써 그는 드디어 자기 속으로 폐칩할 수밖에 없다. 독자의 시선으로는 그가 보이지 않으니, 그것이 삿갓뿐인지 알 수도 없다. 배 위에 삿갓 하나가 그저 얹혀 있는 것인지 알 수도 없다. 시인은 세상과 이어진 자취들을 끊고 끊어, 결국 삿갓 하나의 테두리 속으로 존재를 밀어 넣었다. 하지만, 그렇다고 아무것도 없는 것은 아니다.

독조한강설獨釣寒江雪은 삿갓 속에서 일어나고 있는 무한한 정신운동을 그려 낸 놀라운 반전이다. 독조獨釣의 '독'은 군더더기다. 하지만 시인은 외로운 배와 고독한 낚시를 잇대고 싶었을 것이다. 한강寒江의 '한寒'도 군더더기다. 하지만 시인은 삿갓 노인의 정신의 살을 에는 추위까지 표현하고 싶었는지 모른다. 사실 유종원은 이 마지막 구절에 와서 막혔을 것이다. 고주사립옹까지 왔는데 더 이상 뭘 말할 것인가. 고조된 고독감이 여기서 약간 진부하게 마무리되는 감이 있다.

'혼자서 낚시질' 독조 대신에 '빈 낚시질' 공조空釣는 어땠을까. 아니다. 빈 낚시질이라고 해 버리면, 이미 낚싯대 가까이 가서 들여다본 시선이다. 이 시는 저 노인의 풍경에서 멀리 떨어져 있는 눈으로 그린 시다. 그러니 그냥 한 사람이 낚시질하는 것 정도만 보인다. 이 시선의 엄혹한 객관을 이해해야 한다. 주체를 객관화하는 삼엄함.

'차가운 강' 한강 대신에 '저문 강' 만강晩江은 어땠을까. 독조만강설獨釣晩江雪이 운율에 문제가 없다면, 뜻은 더욱 깊어질 수 있었을 것이다. 저문 강엔 눈만 내리고. 저무는 날이 고독의 절박한 벼랑을 고조시키는 느낌이 있다. 강과 어둠으로 다시 가두는 고독.

여하튼 마지막 구절은 고독의 본질에 관한 통찰이다. 고독이란 모든 타자를 절멸하는 일이지만, 그리하여 깊이 내면을 끌어안고 그 내면과 대화하는 일이다. 강으로 이어진 낚싯줄은 바로, 어신魚信으로 상징되는 깊은 일락이다. 쓸쓸할수록, 내면을 성찰하는 데는 축복이 된다. 추사가 불이선란不二禪蘭[1]을 그리면서 들어간 자기 안의 멱멱심처覓覓深處[2]도 결국 그 지점이다.

모든 방해를 끊어 버린 내면의 완전한 자유. 그 한 길을 위하여 모든 다른 길을 차단해 버린 지적인 염결주의. 유종원의 정신에 내린 폭설은, 완전한 자유를 위한 갈망이다. 모든 은둔에는 세상에 대한 피해 의식과 상처가 어른거린다. 삿갓 쓴 시인은 낚시를 드리운 채 물밑을 지나가는 물고기를 기다리고 있다. 그것이 이 시다. 요즘의 내 마음이기도 하다.

---

1 추사의 묵란도 중 가장 널리 알려진 그림으로, '마음을 내려놓고 난초를 자연스럽게 그린 경지가 유마의 불이선의 경지였다.'고 그림에 적어 〈불이선란도〉라 이름 붙여졌다. 〈부작란도不作蘭圖〉 라고도 불린다.

2 깊은 곳을 두리번두리번.

다시 내 식대로 고쳐 음미해 본다.

千山鳥飛絶 천 산 조 비 절	하늘엔 새의 길 끊어지고
萬徑人踪滅 만 경 인 종 멸	땅에는 사람의 길 사라졌네
孤舟蓑笠翁 고 주 사 립 옹	외로운 배 하나, 삿갓 쓴 노인
獨釣晩江雪 독 조 만 강 설	저문 강에 홀로 낚시, 눈은 퍼붓는데

몸과 그림자와 정신이 논쟁을 벌이다

_ 도연명

어느 날 도연명陶淵明은 몸形과 그림자影와 정신神이 나누는 대화를 들었다. 그것을 기록하여 시로 엮은 것이 〈형영신形影神〉, '몸과 그림자와 정신'이라는 시이다.

술 생각이 나는 어느 저녁 무렵이었을 것이다. 도연명이 입맛을 다시며 술 생각을 하는데, 뉘엿뉘엿 넘어가던 그림자가 가만히 자신의 몸을 들여다보며, 그걸 말린다. 그게 모티브였을 것이다. 먼저 몸이 말한다. 사람이 영험함과 지혜를 지녔다고 우쭐대지만, 천지와 산천은 늘 지속되는데 인간은 모두 죽어 버리고 다시 오지 않는다. 그러니 어찌 술 한잔 하지 않을 수 있겠는가. 그림자는 지금으로 말하자면 거울쯤 될 것이다. 거울 속에 있는 또 다른 내가 말을 한다. 술을 먹는 것도 삶의 속절없음을 잊는 한 방도가 되긴 하겠지만, 그게 죽은 뒤에까지 이어지는 처방은 아니지 않은가.

차라리 세상이 필요한 일들을 하여 죽은 뒤에 사랑이라도 남기는 것이 건전한 투자가 아니겠는가. 그때 정신이란 자가 나서서 두 존재가 모두 '오버'하고 있음을 지적한다. 술 취해 잊을 수 있다 해도, 그게 수명 늘리는 촉진제는 아니잖느냐. 또, 착한 일 한다 한들, 그 표창장을 죽은 사람에게 누가 계속 주겠는가. 한 방씩 쏘고는 훈계성 결론을 내린다. 죽을 때 곱게 죽고 너무 잔머리 굴리지 마라.

자, 이제 이 멋진 3중창을 원문과 풀이를 엮어 가며 감상하자.

제1연. 형증영(形贈影) 몸이 그림자에게

天地長不沒 천지는 영원히 없어지지 않고
천 지 장 불 몰
山川無改時 산천은 변하는 때가 없다
산 천 무 개 시
草木得常理 초목은 불변의 이치를 얻어
초 목 득 상 리
霜露榮悴之 서리와 이슬 따라 꽃피고 시든다
상 로 영 췌 지

謂人最靈智 사람은 가장 고등동물이라 자랑하지만
위 인 최 영 지
獨復不如茲 오직 사람만 다른 것과 다르도다
독 부 불 여 자
適見在世中 이제 막 세상 속에 사는 걸 봤는데
적 견 재 세 중
奄去靡歸期 휙 떠나고 돌아오는 일 없다
엄 거 미 귀 기

奚覺無一人 한 사람이 없어졌다는 걸 어찌 알겠는가
해 각 무 일 인
親識豈相思 친척 지인이라도 어찌 늘 생각하겠는가
친 식 기 상 사
但餘平生物 다만 살아생전 쓰던 물건들이 남았을 뿐
단 여 평 생 물

擧目情悽洏 눈을 들어 바라보면 마음이 쓸쓸하다
거 목 정 처 이

我無騰化術 나는 신선 되어 올라가는 재주도 없어서
아 무 등 화 술
必爾不復疑 같은 꼴 되리란 것은 의심할 나위도 없다
필 이 불 부 의
願君取吾言 여보게 그러니 내 말 귀담아듣고
원 군 취 오 언
得酒莫苟辭 마실 술이 생기면 굳이 손사래 치지 말게나
득 주 막 구 사

제2연. 영답형(影答形) 그림자가 몸에게 대답하다

存生不可言 계속 살 수 있을지 누구도 장담할 수 없고
존 생 불 가 언
衛生每苦拙 사는 일 지키는 건 늘 괴롭고 졸렬하다
위 생 매 고 졸
誠願遊崑華 곤륜산과 화산에 노니는 것 좋지, 나도 소원일세
성 원 유 곤 화
邈然玆道絶 하지만 이 길은 멀지 않은가, 갈 수가 없네
막 연 자 도 절

與子相遇來 몸과 서로 만난 뒤로
여 자 상 우 래
未嘗異悲悅 슬픔과 기쁨 늘 함께 맛보았지
미 상 이 비 열
憩蔭若暫乖 그늘에서 쉴 때면 잠시 떨어졌지만
게 음 약 잠 괴
止日終不別 해가 질 때까지 이별이란 없었어
지 일 종 불 별

此同旣難常 이렇게 같이 있기가 쉬운 일이 아니어서
차 동 기 난 상
黯爾俱時滅 어둠이 오면 함께 있던 때는 사라져 버리지
암 이 구 시 멸
身沒名亦盡 몸이 없어지면 그림자 또한 다하는 것
신 몰 명 역 진
念之五情熱 이 생각만 하면 온갖 마음이 들끓는다
념 지 오 정 열

立善有遺愛 선을 행하면 죽어서 사랑이 남으니
입선유유애

胡可不自竭 어찌 스스로 힘써서 하지 않겠는가
호가불자갈

酒云能消憂 술은 근심을 없앨 수 있다 하지만
주운능소우

方此渠不劣 이것에 비하면 한 수 아래가 아니리오
방차거불열

제3연. 신석(神釋) 정신이 판정을 내리다

大鈞無私力 대자연은 아무 때나 힘을 쓰지 않으니
대균무사력

萬物自森著 만물은 자연스럽게 숲을 이루고 두드러지는 법이다
만물자삼저

人爲三才中 사람이 삼재에 속하는 것은
인위삼재중

豈不以我故 어찌 정신 때문이겠는가
기불이아고

與君雖異物 정신은 몸이나 그림자와는 다른 것이지만
여군수이물

生而相依附 생겨나면서부터 서로 의지해 왔도다
생이상의부

結託旣喜同 맺어지고 의지하여 같이 있는 것이 이미 좋은데
결탁기희동

安得不相語 어찌 서로 말을 나누지 않으랴
안득불상어

三皇大聖人 전설의 세 황제는 큰 성인이지만
삼황대성인

今復在何處 지금은 어디에 있는가
금복재하처

彭祖愛永年 팽조는 영원히 살고 싶어 했지만
팽조애영년

欲留不得住 살려고 해도 살 자리를 얻을 수 없었다
욕유불득주

老少同一死 노인과 청년은 똑같이 한번은 죽는다
노소동일사

賢愚無復數 잘나고 못난 것도 생사의 변수가 될 순 없다
현우무복수

日醉或能忘 일 취 혹 능 망	하루 취하면 잊어버릴 수는 있겠지만
將非促齡具 장 비 촉 령 구	술이 어찌 목숨 늘이는 도구가 되랴

立善常所欲 입 선 상 소 욕	선을 행함은 늘 열심히 해야겠지만
誰當爲汝譽 수 당 위 여 예	죽은 다음 너에게 누가 늘 표창장을 주리
甚念傷吾生 심 념 상 오 생	거기에 스트레스 받으면 건강만 해치니
正宜委運去 정 의 위 운 거	마땅히 운명이 가는 대로 맡겨 둬라

縱浪大化中 종 랑 대 화 중	물결 따라 큰 조화 속으로 가되
不喜亦不懼 불 희 역 불 구	기뻐하지도 두려워하지도 마라
應盡便須盡 응 진 편 수 진	죽을 만하면 마땅히 죽어야지
無復獨多慮 무 복 독 다 려	괜히 혼자 잔머리 굴리지 마라

몸과 그림자와 정신

형영신(形影神) _ 도연명(陶淵明, 365-427, 진나라)

매화 아내, 학 아들과 산 남자

_ 임포

중국에서 지어진 매화 시 중 '천고의 절창'이라 불리는 것은 임포林逋의 〈산원소매山園小梅〉, 산 뜨락의 작은 매화이다. 그는 항주의 고산孤山이란 곳에 들어가 움막을 짓고 20년 동안 독신 생활을 했다. 그러면서 매화를 아내로, 학을 아들로 삼고 살았다. 이 시는 이후의 많은 매화 마니아에게 교범처럼 읽혔고 많은 영감을 주었다. 세상에 태어나, 매화 향기를 맡아 보지 못한 채 가는 것만큼이나, 임포의 산원소매 향기를 맡지 못한 채 가는 건 서러운 일일지 모른다. 고적한 봄날, 그 매화 앞에 서 본다.

衆芳搖落獨暄姸 중 방 요 락 독 훤 연	모든 꽃들이 바람에 지고 없는 날 홀로 따스한 햇살에 곱구나
占盡風情向小園 점 진 풍 정 향 소 원	풍경을 다 차지하고 작은 뜨락을 향해 있구나

疎影橫斜水淸淺
소영횡사수청천

희미한 그림자가 가로질렀는데

물이 맑고 얕은 걸 알겠구나

暗香浮動月黃昏
암향부동월황혼

보이지 않는 향기가 떠돌아

달빛이 아스라하다

산 뜨락의 작은 매화

산원소매(山園小梅, 일부) _ 임포(林逋, 967-1028, 송나라)

이 시에 나오는 독훤연獨暄姸과 점진풍정占盡風情은 홀로 핀 매화를 표현하는 고전적인 시행이 되었다. 홀로 빛을 받아 곱게 아른거리는 모습, 그리고 삭막한 주위를 모두 생기 있게 만드는 아름다운 독재자.

물론 이 시를 환장할 만한 언어의 향연으로 이끄는 것은, 소영횡사수청천疎影橫斜水淸淺이다. 달빛을 받은 꽃이 물에 그림자를 드리웠는데, 그게 선명할 리 없다. 수면 위에 아른아른거리는데, 그 그림자 드리운 곳이 오히려 수면의 빛을 꺼서 맑고 얕은 내부가 드러나 보인다는 통찰. 이것은 오래 지켜보고 음미하는 자가 아니면 발견하기 어려운 풍경이다.

그 뒤의 암향부동暗香浮動은 매화 시 몇 수 읊어 본 이는 모두 써먹었다는 명문장이다. 어둠 속에 가만히 떠도는 향기는, 존재와 존재 사이를 흘러 다닌다. 그 향기에 취한 듯 달빛이 오히려 아스라하게 흐려지는 느낌. 코와 눈이 모두 황홀해지는, 공감각이다.

霜禽欲下先偸眼 상 금 욕 하 선 투 안	하얀 새가 내려오려고 우선 훔쳐보는데
粉蝶如知合斷魂 분 접 여 지 합 단 혼	꽃을 흰 나비로 알았는지 꼭 넋을 잃은 것 같다
幸有微吟可相狎 행 유 미 음 가 상 압	다행히 가만히 시를 읊을 수 있어 서로 친할 수 있구나
不須檀板共金尊 불 수 단 판 공 금 준	다른 것이 필요하랴 악기와 술잔 따위가

이어지는 연에 이 시를 살아 움직이게 하는, 최고의 조연이 등장한다. 서리처럼 하얀 새 한 마리가 매화나무 위쪽에 앉아 있다. 이 새는 고개를 갸웃거리며 매화 가지에 앉을 준비를 하고 있다. 우리가 화투 놀이를 할 때 만났던 2월 매조梅鳥의 원조는 임포의 시에 있었다. 이 하얀 새는 달빛에 아른아른 거리는 매화꽃을 보고, 나비로 착각했다. 이 점이 포인트이다. 바람이 분다는 말이 없어도, 달빛이 매화꽃들을 모두 돋을새김하여 하얗게 빛나게 한다는 말이 없어도, 새 한 마리가 저 꽃잎을 나비의 날개로 생각하고 쪼아 먹으려고 바싹 긴장하는 자세. 그 집중하는 포즈가 바로 합단혼合斷魂이다.

이쯤 구경시켜 준 뒤, 시인은 독자를 자신의 가슴 속으로 끌어들인다. 내가 그래도 시인인지라 가만히 시를 읊어 이 고요하고 숨 막히는 풍경 속에 끼어들 수가 있었단 말이지. 그러니 다들 고마운 줄 아시오. 풍경 좋다고 기타 치고 술잔 기울이는 낭만파들이 여기 왔다면 어디 이런 정밀한 장면을 잡아낼 수나 있었겠나. 이런 얘기다. 지금 작은 뜨락에 펼쳐진 시, 임포의 가슴속에서 일어난 시, 그리고 지금 저 문자로 올라온 아슴아슴하고 아릿아릿한 시. 저 세 폭의 시가 겹쳐, 일생일대의 아름다움이 되는 장면. 그걸 고스란히 전해 드리니, 숨죽이고 읽어 가며 그대들도 고마운 줄 알라. 내가 하는 말이 아니라, 저 시인이 하는 말을 전하는 것일 뿐이다.

매화 시를 짓다
_ 퇴계와 두향

단양군수 퇴계退溪 이황李滉은, 두향杜香과 마주 앉았다. 여러 얘기 끝에 그녀는 가만히 말했다.

"제가 몇 해 전 화원 끝의 수양매垂楊梅[1] 한 그루에 반해 읊었던 한 구절이 떠오릅니다. 거꾸로 늘어뜨린 매화를 보고 느낌이 있었지요."

"들려줄 수 있겠느냐."

"재능이 미천하여 시詩가 되지는 못하였사온데……. 그 매화를 도수매倒垂梅라 이름하였습니다. 묘두일일견심래昻頭一一見心來, 일곱 글자만 얻었습니다. 고개를 쳐든 머리 하나하나마다 마음이 다가오는 것이 보이는구나. 제 일생의 처지가 그 매화처럼 거꾸로 늘어져 피었으니, 고개를 쳐든 그 형상이 참으로 닮았다 여겼사옵니다."

퇴계가 놀란 눈으로 그녀를 바라보다가, 되뇌어 읊으며 중얼거리듯 말한다.

"보기 드문 절창이 아니냐. 도수매……. 고개를 치켜든 머리 하나하나마다 마음이 다가오는 것이 보이는구나. 묘두일일견심래라……."

"오늘 밤 우리가 저 시의 몸을 건져 보자."

"아! 그럴 수 있을까요? 나으리."

"그럴 수 있고말고. 매화는 겨우내 있는 힘을 다해 제 꽃을 피워 올리는데 우리가 하룻밤 그 시를 피워 올리는 일쯤이야 하지 못하겠느냐?"

"알겠사옵니다. 나으리."

둘 사이에 가만히 침묵이 흘렀다. 향기가 감도는 것 같았다. 이윽고 퇴계가 입을 열었다.

"래來 자를 차운해야 하니, '개開'를 쓰고 '시猜'를 쓰면 좋겠구나."

"그렇군요. 가슴이 뛰네요."

"나도 그렇구나."

또 잠깐의 침묵. 퇴계는 운을 뗐다.

"이렇게 시작할까."

"꽃 한 송이가 고개 돌리고 있어도 그 미워함을 견디기 어려운데……."

"일화재배상감시一花纔背尙堪猜."

"어찌하여 모두 거꾸로 매달리고 매달려 피었는가."

"호내수수진도개胡奈垂垂盡倒開."

"아, 그렇게 시猜와 개開를 쓰셨군요."

---

1 능수버들처럼 늘어진 매화로 능수매라고도 한다.

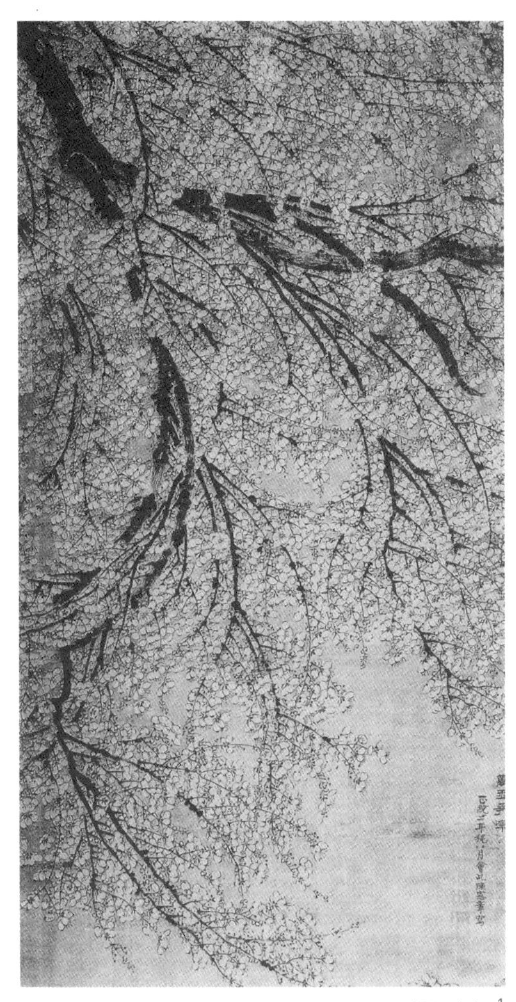

진록, 매화도[1]

"허허, 그래. 이번 구절이 반전인데……. 음. 이러면 어떠냐? 이리하여 내가 몸을 낮춰 꽃 밑에서 올려다보니……."

"뇌시아종화하간賴是我從花下看."

"과연, 과연 어질어질합니다. 꽃이 바닥을 향해 있으니 사람이 그 아래로 내려가 올려다보는군요. 정말 생각의 대전환이옵니다."

퇴계가 말했다.

"그래. 우리는 그간 이 꽃을 내려다보는 것을 당연하다고 생각했는지 모르지. 도수매 때문에 그 감사함을 표현하게 되었으니 고마운 일이 아니더냐."

"그러하옵니다, 나으리. 시를 다시 돌아보니, 기起와 승承은 거꾸로 선 꽃의 이야기이고, 전轉은 그 꽃을 보려고 거꾸로 눕는 사람의 이야기이니, 말없이도 통하는 마음이고 낮아질수록 향기 나는 사랑입니다."

두향은 감동한 듯 말을 잠시 멈췄다. 그리고 나직이 이었다.

"나으리는 정말 천하의 가인歌人이십니다. 사람과 꽃이 위로하듯 만날 수 있다는 것이 놀랍습니다. 기승전결 중에서 전轉까지 멋지게 왔사옵니다."

"허허. 마지막 결구結句를 한번 읊어보려무나."

"네에. 고개를 치켜든 꽃 머리 하나하나마다 마음 다가오는 게 보이도다."

"묘두일일견심래昴頭一一見心來!"

---

1 명나라 화가 진록이 그린 도수매.

"그래, 그거야."

"아아, 나으리."

두항은 자기도 모르게 퇴계의 가슴 속으로 안겨 들어가 더운 눈물을 쏟아 내고 있었다. 퇴계의 가슴도 뛰고 있었다. 조선 최고의 매화 시, 〈도수매〉는 그렇게 태어났다.

一花纔背尙堪猜 일 화 재 배 상 감 시	꽃 한 송이가 고개 돌리고 있어도 그 미워함을 견디기 어려운데
胡奈垂垂盡倒開 호 내 수 수 진 도 개	어찌하여 모두 거꾸로 매달리고 매달려 피었단 말인가
賴是我從花下看 뇌 시 아 종 화 하 간	이리하여 내가 몸을 낮춰 꽃 밑에서 올려다보니
昻頭一一見心來 묘 두 일 일 견 심 래	고개를 치켜든 꽃 머리 하나하나마다 마음 다가오는 게 보이도다

거꾸로 매달린 매화

도수매(倒垂梅) _ 이황(李滉, 1501-1570, 조선)과 두향(杜香, ?-1571, 조선)의 합작 시

두향이 감동한 것은 퇴계의 천재적인 시적 재능 때문만은 아니었다. 오히려 그 시 속에 한 인간을 느꼈다. 두향이 처음에 잡은 시는 꽃에 대한 이야기였는데, 퇴계는 그것을 인간의 이야기로 바꿔놓았다. 두향은 바닥으로 내려앉은 매화도 자세히 살펴보면 송이송이 모두 아름답다는 시의詩意를 담았는데, 퇴계는 그 꽃을 제대로 보기 위해 몸을 낮추는 인간을 그려

냈다. 낮은 곳에 처한 존재의 못난 측면, 어리석은 측면, 하찮은 측면을 무시하거나 폄하하지 않았다. 그것과 같은 눈높이로 낮추는 저 태도야말로 퇴계가 지닌 인격의 말없는 웅변이 아닌가. 매화가 인격화人格花라더니, 퇴계는 매화를 사랑하는 사람의 고결한 품격까지 매화 시에 담아냈다. 이것은 끝없는 자기수양으로만 가능한 경지가 아닌가.

'동방의 주자朱子'라는 소문이 헛된 것이 아니었다. 주자가 성리학의 핵심으로 내놓은 거경궁리居敬窮理와 격물치지格物致知가 모두 저 매화 시 한 편에 생생하게 숨 쉬며 들어 있다. 공경하는 삶을 통해 만물의 본성性과 진리理에 이르는 것이 거경궁리다. 몸을 바닥으로 향한 매화에 똑같이 몸을 낮추는 태도가 '거경'이고, 그리하여 매화의 진면목을 함께 하는 것이 바로 '궁리'가 아닌가. 또 매화의 형편을 살피고 그것에 맞는 예절을 지니는 것이 격물格物이며 그런 세심하고 조심스런 태도로 사물에 대한 인식을 새롭게 하는 것이 치지致知가 아닌가.

많은 유학자들은 실감도 나지 않는 추상적인 낱말들로 공자와 주자의 뜻을 전하려 했지만, 퇴계는 저 매화 시 한편으로 생생한 진리를 펼쳐 보였다. 많은 사람들은 이 시를 매화를 읊은 수많은 노래 중의 하나로 무심히 넘겼지만, 유학의 경전들을 몰래 읽으며 내공을 키워 왔던 두향에게는, 전율을 느낄 만큼 빼어난 대가의 경지를 목도하는 순간이었다. 이런 분을 눈앞에 모시고 있다니, 참으로 과분한 행복이 아닌가. 두향은 다시 눈물이 주르륵 흘러 고개를 돌린다. 까닭 없이 아파 오는 마음에 도수매 한 그루, 사랑처럼 피어난다.

입에서 입으로 전해진 찬란함 #3

쌍화점

쌍화점에 쌍화 사러 가고신댄

회회아비 내 손모글 주여이다

이 말사미 이 점 밧긔 나명들명

다로러거디러 죠고맛감 삿기광대 네 마리라 호리라

더러둥셩 다리러더러 다리러더러 다로러거디러 다로러

긔 자리예 나도 자라 가리라

위 위 다로러거디러 다로러

긔 잔 대가티 거츠니 업다

쌍화점(일부, 고어), 고려가요 _ 작자 미상

신라 처용이 서라벌 밝은 달 아래 불러 젖힌 불륜의 노래 〈처용가〉는 고대의 권력과 부부관계를 중심으로 하는 기초 사회질서가 서로 갈등하고 화해하던 시절의 목가였다. 왕이 몽고의 부마가 되어 무릎을 꿇던 13세기 고려에는 처음엔 타의에 의해 풀어헤쳐진 슬픈 치마가, 차츰 자발적인 욕망에 의해 펄럭이는 상열相悅의 꽃이 되어 피어난다. 자존심 강한 왕조의 엄격주의와 불교의 염결廉潔이 끈을 조였던 옥빛 영혼의 나라는, 그 끈을 놓침과 동시에 성적인 아노미 현상을 겪는다. 〈쌍화점〉은 그런 시절에 각 계층에서 죽순처럼 돋아 나온 '유비쿼터스 처용가'이다.

처용가와 쌍화점은 외래인과 외래문화의 충격이 성 관념을 뒤흔든다는 측면에서 한 줄기에 꿰어진다. 처용가에는 눈물도 분노도 없고 뒤엉킨 판을 차라리 즐기자는 염세적 낙관의 난무가 숨어 있고, 쌍화점에는 뒤엉킨 판을 즐긴 다음에 뒤탈을 막기 위해 입막음을 하는 자들과 소문을 따라 그 판에 다시 유입되는 자들을 조롱하며 즐기는 패러독스가 드러나 있다.

> 쌍화점에 쌍화 사러 갔는데
>
> 회회아비 내 손목을 쥐더이다

쌍화점의 쌍화는 만두를 말한다. 속을 채운 만두를 오므린 부분이 꽃 같다 하여 쌍화雙花이다. 꽃의 성기와 만두의 모양과 인간의 성적인 기호를 겹쳐 놓은 은유이다. 만두는 몽고의 음식이며, 회회아비는 아랍인이다. 처용이 아랍인이라는 의견들과 쌍화점의 회회아비는 묘하게 같은 코드에 얹혀 있다. 쌍화를 사러 가는 여인 또한 낯선 남자에 대해 별로 거부감이 없다. 오히려 고려와는 다른 문화를 선망하는 분위기였을지도 모른다. 만두가게 종업원과의 연애는 당시에는 '촌스럽지 않은 삶'의 기호였을 수 있다. 손을 쥐지 않고 손목을 쥐었다. 몸의 밀착과 다급하게 진행된 상황이 '손목'에서 느껴진다. 거기엔 남자의 욕망이 표현되어 있는데, 여자의 동의는 행간에 감춰진다. 반항이나 놀람이 있었다면 그 뒤에 표현했을 수 있다. 그러나 그녀는 '쥐더이다.'라며 누군가에게 고백하고 있다. 여기엔 손목을 쥔 자에 대한 분개가 전혀 없고, 오히려 그에게 내가 선택되었다는 것에 대한 자랑이 느껴질 정도이다. '손목을 쥐더이다.'는 육체관계를 은근하게 표시한 것이다. 그래서 두 사람은 만두처럼 서로 속살을 비비는 두 송이 꽃이 되었을 것이다.

이 말씀이 이 점 밖에 나고 들면
다로러거디러 조그마한 새끼 광대 네 말이라 하리라
더러둥셩 다리러더러 다리러더러 다로러거디러 다로러

지금 여기서 벌어진 일에 관한 소문이 이 가게 밖에 나가고 또 들어오면, 정사를 목격한 어린 떠돌이 네가 한 말이니 추궁하겠다. 이 가요는 원래의 시가 따로 있었거나 연주를 위해 제작된 가사이다. 따라서 공연의 청중을 의식하여 화법에 변화를 주고 있다. 처음엔 여인이 직접 청중을 향해 고백한다. 그러다가 만둣집에서 일하는 어릿광대를 향해 입막음 말을 한다. 외간 남자와 정사를 벌인 것에 대한 문제의식이 아니라, 다만 그것이 물의를 일으켜 자신의 사회생활을 불편하게 하지 않는 것에만 관심을 두는 점이 이 노래가 품는 풍자이다. 새끼 광대를 향해 여인이 협박하고 있는 모습을 보면서 청중들의 웃음소리가 터져 나왔을 것이다. 또 '손목을 쥐더이다.'와 '이 말씀' 사이에 있는 '숨겨진 사건'을 짐작하며 슬그머니 쾌감을 느꼈을 것이다. '다로러거디러'를 비롯한 차음은 현악기 소리를 흉내 낸 것이다. '더러듕셩'은 크게 호언하는 것처럼 보이는 태도이지만 '다리러더러' 류는 자잘하게 내는 소리로 궁리와 뒤통수 치기와 속삭이기의 태도를 느끼게 한다. 점잖은 태도 아래에 들끓는 욕망과 교묘한 세상살이를 그런 소리로 표현한 것이 아니랴.

그 자리에 나도 자러 가리라
위 위 다로러거디러 다로러
그 잔 데 같이 더럽고 거친 곳 없다

그런데 소문이 다 나 버렸다. '다리러더러'가 그걸 암시한다. '더러둥셩' 협박을 했지만, 이 새끼 동자 역시 앞에서는 고개를 끄덕였지만, 뒤로 돌아서서는 종알종알 다 풀고 다닌다. '다리러더러 다리러더러'다. '봤지롱' 통신이다. 그랬더니 사람들이 이 여인에게 손가락질해야 할 판인데, 반응이 전혀 다르다. 이게 또 웃음을 자아내는 풍자이다. '어디야? 그 회회아비 가게 주소 좀 알려줘. 나도 한번 유혹받아 볼래.' 입소문이 나면서 여인네들이 치마끈 잡고 달려간다. 순결이 무너지면서 순결이 무너진 사람들은 순결이 무너진 세상을 욕하면서 스스로를 변호한다.《아라비안나이트》가 그러했고 유럽의《데카메론》도 그러했다. 이 공연을 보는 사람들도 막가파 여인들의 행태를 보며 손가락질하고 낄낄거렸을 것이다. 이성의 통증 같은 건 사라진 지 오래다. '위 위'라는 악기 소리는 아마도 사람들이 몰려가는 바람 소리를 흉내 낸 게 아닐까 한다. 바람났다는 말이 저 '위 위' 두 차음에서 실감나게 느껴진다. 그리고 뒤뚱거리며 달려가는 모양새가 이번엔 '다로러거디러'다. 그런데 회회아비 코스를 체험한 여인들의 쑥덕이는 말이 걸작이다. '아이고, 더러워라. 그놈의 침대가 싸구려 여인숙보다 못해. 자칫하면 침대 내려앉게 생겼더라.' 이게 무슨 뜻이냐 하면, 워낙 많은 여자들이 이미 다녀갔기에, 온통 그 집에 밤꽃 냄새가 승천하고 이불에는 뭇여자 지분 냄새가 들끓고 있더란 얘기다. 옆에 있는 여인에게, 그러니 너는 가지 말라고 말한다. 왜 가지 말라고 그러느냐? 이 보물을 나만 즐기겠다는 얘기이다. 한편 그것보다는, 이 남자가 어마어마하게 더럽고 거칠게 해서 죽다가 살아났다는 엄살일 수도 있다. 이건 뭐냐 하면, 최고의 파트너를 경험했다고 자랑하는 것이다. 반어법으로 처용 마누라 이래로 최고의 대공사를 벌였다는 여인들의 자랑이, 고려 쌍화점의 풍자를 이루는 고압선이다. 과연 충렬왕을 비롯한 고려왕들은 당대의 포르노인 쌍화점을 보면서, 분노를 느꼈을까. 분노를 느꼈다면 열광적인 수용자가 될 수는 없었을 것이다. 오히려 외세의 겁탈로 생겨난 이 분방한 풍조에서 자유로운 일탈의 쾌감을 느꼈을지도 모른다. 시절이 불안하고 고통스러울수록 섹스로 몰려드는 부나비 같은 광기들이 커진다는 것을 쌍화점은 리얼플레이로 보여 준다.

삼장사에 불공 하러 갔는데
그 절 지주가 내 손목을 쥐여이다
이 말씀이 이 절 밖에 나고 들면
다로러거디러 조그마한 새끼 상좌 네 말이라 하리라
더러둥셩 다리러더러 다리러더러 다로러거디러 다로러
그 자리에 나도 자러 가리라
위 위 다로러거디러 다로러
그 잔 데 같이 더럽고 거친 곳 없다

이번엔 절집을 풍자로 삼는다. 쌍화점이 경제 속의 문란을 문제 삼는 것이라면 삼장사는 종교의 비리를 들추는 것이리라. 같은 형식으로 되어 있다. 황진이가 지족선사를 박살내듯, 쌍화점을 부르는 여인은 삼장사 지주를 발가벗긴다. 그런데 묘하게 결론은 '천하에 더러운 곳이더라.'는 얘기와 '끝내주는 곳이더라.'는 얘기가 중첩되어 웃음을 생산한다.

두레우물에 물을 길러 갔는데
우물 용이 내 손목을 쥐여이다
이 말씀이 이 우물 밖에 나고 들면
다로러거디러 조그마한 두레박아 네 말이라 하리라
더러둥셩 다리러더러 다리러더러 다로러거디러 다로러
그 자리에 나도 자러 가리라
위 위 다로러거디러 다로러
그 잔 데 같이 더럽고 거친 곳 없다

이번엔 정치와 왕을 풍자로 삼는데, 여기엔 좀 신경이 쓰였을 것이다. 왕이 공연의 수용자이기도 하고, 또 공연히 역린逆鱗[1]을 건드렸다가는 철퇴가 내려올 터이니, 그 수위를 조절하여 왕을 웃게 해야 할 것이다. 그래서 상징을 많이 넣어 애매하게 처리한다. 왕이 기분 나쁘지 않게, 그러나 왕 또한 다르지 않다는 것을 표현해야, 이 시대엔 실감 나는 풍자가 될 수 있었을 것이다. 두레우물은 둥글게 생긴 궁을 암시한다. 물을 길러 갔다는

1 임금의 노여움.

것은 궁 안에 볼일이 있어 들어갔단 얘기다. 마침 지나가던 왕이 보더니 손목을 잡는 게 아닌가. 그런데 궁 안에서 이것을 소문낼 자가 누가 있겠는가. 그래서 애교 삼아 '두레박'에게서 다짐을 받아 내는 것이다. 왕에 대한 얘기를 먼저 꺼냈다면 괘씸할 수도 있겠으나, 회회아비와 삼장사 중이 매를 먼저 맞았으므로, '그 잔 데 같이 더럽고 거친 곳 없다.'는 무서운 말도, 거기에 섞여 용서되는 것이다.

술 파는 집에 술을 사러 갔는데
그 지아비 내 손목을 쥐여이다
이 말씀이 이 집 밖에 나고 들면
다로러거디러 조그마한 술 바가지야 네 말이라 하리라
더러둥셩 다리러더러 다리러더러 다로러거디러 다로러
그 자리에 나도 자러가리라
위 위 다로러거디러 다로러
그 잔 데 같이 더럽고 거친 곳 없다

사실은 3연에서의 왕에 대한 자극적인 풍자를 분산하기 위해 네 연을 갖췄을 가능성이 있다. 경제, 종교, 정치를 건드렸으니 이제 '사회'면으로 넘어갈 차례다. 술집에 갔는데 술 파는 아저씨가 유혹해서 일을 벌였다. 어찌 보면, 회회아비나 스님이나 왕에 비해서, 가장 뉴스 가치가 떨어지는 노래이다. 이 연은 세상 모든 사람들이 다 똑같더라는 함의를 강화하기 위해 의도적으로 배치한 '물타기' 연이다. 가게와 절에는 새끼 광대와 새끼 상좌가 있었는데, 궁궐에 두레박을 넣다 보니 술집에는 술 바가지를 넣어,

앞 연과 센스를 맞췄다.

사랑이 지금처럼 정신적인 무엇이 강조된 개념이었던 건, 얼마 되지 않았다. 신라와 고려와 조선의 사랑은 모두 육체였다. 남녀가 눈이 맞으면 형이상학적인 의미를 부여할 틈도 없이 잠자리를 펼쳤다. 몸이 움직이는 곳에 사랑이 있었고, 사랑이 지나간 자리의 육체적 그리움이 다시 사랑이었다. 사랑한다고 썰을 풀 동안에 옷고름을 푸는 사랑. 사랑하는 것은 손목을 잡는 것이고, 손목을 잡는 것은 당신과 나의 손금을 맞춰 보며 운명인지 아닌지 따져 보자는 것이 아니라, 바로 속궁합 확인에 들어가는 긴박한 돌격의 서곡이었다.

신라의 사랑은 처용가에서 치명적으로 무르익었고, 고려의 사랑은 쌍화점에서 뼈와 살이 타들어 갔다. 조선은 처용가와 쌍화점을 두려워하여 그것을 가리고 욕하고 바꿨지만, 틈날 때마다 욕정과 불륜의 이 노래들은 튀어나왔다. 처용가를 유교의 관습 속에 끌어들이고 쌍화점을 통제 가능한 욕망으로 조절해 나간 것이, 조선의 관기 제도가 아닐까 하는 생각을 한다. 이 땅의 사람들은, 스스로 함부로 뜨거워지진 않는 음전한 겨레였으나, 한번 불이 붙으면 앞뒤 안 가리고 욕정의 담장을 거침없이 넘나드는 대책 없이 겁나는 사람들이었음을, 우린 쌍화점에서 다시 읽는다.

04

감정의 터치, 시의 공감력

에로틱 사미인곡

_ 정철

송강松江 정철鄭澈은 조선 선조 때의 사람이다. 동인東人과 서인西人으로 나뉘어 붕당의 파쟁派爭을 일삼던 시절에 율곡 이이와 함께 서인에 속해 그 당쟁의 소용돌이를 몸으로 겪었던 사람이다. 그는 죽은 뒤 100년 동안 관작官爵[1]을 몇 번이나 삭탈 당했다 다시 복원했다 할 만큼 평가가 엇갈렸던 인물이기도 하다.

성격이 호방하고 강직하여 속을 숨길 줄 모르고 뜻을 굽힐 줄 몰라 많은 사람을 적으로 만들기도 했다. 그가 우의정이 되었을 때 정여립 모반 사건을 처리하는 과정에서 원성을 많이 얻게 되었다. 물론 그는 선조에게 공정하고 관대한 처리를 요구하는 진언을 많이 올렸으나 당시의 정서

1 관직과 작위를 아울러 이르는 말.

는 그 사건을 담당하는 재판관이었던 정철에 대해 불평불만이 컸던 모양이다. 특히 이 사건을 처리하는 과정은 기축옥사己丑獄事라고 불리기도 하는데 이 과정에서 정철과 반대 당파를 이뤘던 동인 세력이 대거 제거된다. 숙청된 천여 명 대부분은 역모와 관계가 먼 순수한 반정부 인사들이었다. 이들은 붕당정치의 견제와 균형에 따른 합리적 정치를 해 나가는 것이 아니라 붕당의 교체를 통해 왕권을 강화하는 선조의 통치방식에 불만을 품고 있었다. 그 가운데에는 영남의 기개 높은 지사였던 최영경도 끼어 있었다. 그는 결국 옥중에서 사망하는데 당시의 뜻있는 사림士林들은 이 사건에 엄청난 반감을 가지게 되었다.

정철이 이후 강계에 유배를 가게 되는 일이라든가 집요하게 논핵論劾[1]을 받게 되는 이유도 바로 이 일이 빌미가 되었다. 물론 정철 혼자서 단행한 일은 아니며, 지금의 시각으로 볼 때, 왕권에 도전한 전라도의 사림 세력을 뿌리 뽑기 위한 선조의 히스테리컬한 대응에 정철이 그 손발이 되었던 셈이었다. 여하튼 이 사건은 정철이 희대의 간신으로 몰리는 계기가 되었다. 특히 동인들은 정철을 한 하늘을 함께 지고 있을 수 없는 원수처럼 생각하여 틈만 나면 흠을 잡아 임금에게 상소를 올렸다. 잦은 상소에 생각이 바뀐 선조는 한때 만고의 청절淸節 지사라 불렀던 정철을 천고의 간신배로 다시 욕하며 정승 자리에서 쫓아낸다. 이때는 임진왜란이 벌어지고 있던 때로, 정철은 청병請兵의 사신으로 명나라에 갔다가 돌아온 직후였다. 대신들은 "정철이 명나라에 가서 '왜병이 다 물러가 전쟁은 끝났으니 명나라에서 병력을 지원할 필요가 없다.'라고 말했다." 하며 거짓 모함을 하였는데 선조가 이들의 말을 믿었던 것이다. 어쨌든 정철은 쫓겨난 지 불과 한 달 만에 강화에서 죽어 간다. 그러니까 관직도 삭탈 당한 쓸쓸한 최후였다. 과거에 수석 합격하여 한 시대를 풍미했던 어느 뛰어난 지식인 야심가의 초라하고 뼈아픈 말로였다.

송강의 삶을 살펴보는 일은 화려함보다 그 뒤에 깔리는 그림자의 어둑어둑함이 더 눈에 들어와서 씁쓸한 맛이 감돈다. 그러나 그가 반드시 실패한 삶이 아니었다는 것은 그가 남긴 노래와 시들을 비롯한 문학적 유산들이 웅변해 준다. 특히 그의 〈사미인곡〉 〈속미인곡〉 〈성산별곡〉은 많은 여인네들의 가슴 속을 저미는, 유행 안 타는 유행가로 길이길이 구전되기도 하였다. 여인의 보드라운 속내를 맑은 물에 헹궈 낸 듯한 청아하고 아름다운 언어들이 그의 작품들에는 가득하다. 아마 세종대왕이 훈민정음을 반포하신 이래로 가장 뛰어난 문사라고 말해도 손색이 없을 시인이었다.

이 몸 생겨날 때 임을 따라 생겼으니
한 삶 연분이며 하늘 모를 일이던가
나 하나 젊어 있고 임 하나 날 사랑하니
이 마음 이 사랑 견줄 데가 전혀 없다
평생에 원하는 바 함께 있자 하였더니
늙은 뒤 무슨 일로 외로이 두고 그리워하는가

사미인곡(현대어, 일부) _ 정철(鄭澈, 1536-1593, 조선)

---

1 잘못이나 죄과를 논하여 꾸짖음.

사미인곡의 첫 대목이다. 요즘 눈으로 봐도 전혀 촌스럽지 않고 곱고 간절한 여운이 저절로 흘러나온다. 이것을 변덕도 심한 선조 임금을 사모해서 부른 노래라고만 읽어 내는 사람은 뭘 모르는 사람이다. 나는 정철의 시를 읽으면 그가 여성성이 강한 구석이 있지 않았나 하는 생각마저 하게 된다.

> 하루도 열두 때 한 달도 서른 날
> 잠시라도 생각 말자 이 그리움 잊자 하니
> 마음에 맺혀 있어 골수에 박혀 있어
> 명의(名醫)가 열이 와도 이 병을 어찌하리
> 아아, 내 병은 이 임의 탓이로다
> 차라리 죽어서 범나비 되오리다
> 꽃나무 가지마다 앉았다 일어서며
> 향기 묻은 날개로 임의 옷에 옮기리라
> 임이야 나인 줄 모르셔도 임 따라가려 하노라

이렇게 끝나는 사미인곡은 수많은 여인들이 가슴 속에 몰래 품은 사랑을 가탁假託[1]하는 노래가 되어 400년 이 나라를 떠돌아다녔다. 뿐만이랴. 수많은 점잔빼는 선비들도 이 시를 읊으며 얼굴 앞에 가물거리는 딴생각으로 마음을 적셨으리라. 이미 그 유명세에 내가 조금 더 입질한다고 해서 별로 휘황해지지 않을 것 같은 사미인곡 예찬은 이쯤만 하고 이번엔 좀 다른 얘기를 해 보자. 옛날부터 '영웅본색英雄本色'은 영웅이 미인을 좋아하는 거라는 우스갯말이 없지 않지만, 이 당대 최고의 시인에게도 여인에 관한 에피소드가 따라다닌다. 김장생金長生이란 사람은 그가 지은 '행록行錄' 에서, 정철을 이렇게 평가하고 있다.

"공은 가슴 속에 품고 있는 생각이 소탈 상쾌하며 언어가 호방하여 사람을 감동하게 하는 점이 많으나, 다만 대신으로서 널리 관용을 베풀어 용납하는 도량이 작고, 또 때로는 주색(酒色)에 초연하지 못한 것이 흠이었다."

한 사람의 생애를 조망하는 몇 개의 말을 선택해 내는 데 있어서, '관용을 베풀어 용납하는 도량이 작고, 주색에 초연하지 못한' 점이 거론되고 있다는 것은 정철에게는 어쩌면 쑥스러운 일인지 모른다. 도량이 작다는 문제에 대해선 아까 정여립 사건의 처리와 관련된 평가임을 짐작할 수 있겠으나 주색에 초연하지 못하다는 건 또 무엇인고? 보통의 주색이라면 이렇게 전기傳記에까지 등장하진 않았으리라. 정철과 술에 대해서라면 따로 글을 써야 할 만큼 얘깃거리가 많다. 그러니 여기선 주酒는 건너뛰고 색色에 관한 야담 하나만 소개하기로 한다. 색이라 하지만 워낙 문학적인 색이라 어떨지 모르겠다.

정철이 만년에 귀양살이하던 강계江界는 그에게 유배의 고통과 함께 아름다운 추억으로 아롱진 장소였다. 정승의 자리에서 하루 아침에 유배지의 죄인으로 떨어진 그 참담한 영어囹圄의 장소에서 꽃피어 난 로맨스는 어쩌면 진짜 정철의 이야기가 아닌 후세 사람들의 상상력인지도 모른다.

---

1 어떤 사물을 빌려 감정이나 사상 따위를 표현하는 일.

어느 날 밤 쓸쓸한 등잔불이 일렁거리는 기운에 정철은 읽던 책을 놓고 문밖으로 눈을 준다. 방금까지 들리던 처량한 귀뚜라미 소리가 문득 멈춘다. 휘영청 밝은 달그림자가 문살 위에 물기처럼 가득 배어 있다. 정철은 스산한 마음 감출 수 없어 다시 책을 넘긴다. 이때 똑똑 문 두드리는 소리가 들린다. 이 유배지에서 이렇게 이슥한 밤에 누가 그의 방문을 두드린단 말인가? 문을 열었을 때 그는 깜짝 놀라고 말았다.

댓돌 아래엔 달빛에 고운 콧날이 드러난 여인 하나가 서 있었다. 눈빛이 방금 꽃잎에 머문 이슬처럼 곱다. 정철은 갑자기 헛기침을 한다. "허험, 누구시오?" 여인은 그 맑은 눈빛에서 웃음을 조심스럽게 길어 내더니 그 자리에서 깍듯이 절을 올린다. "이렇게 당돌하게 찾아뵌 것을 용서하여 주소서." 정철은 어리둥절함을 거두지 못한 채 이렇게 말한다. "대체 그대는 누구인가? 그리고 어찌하여 이 밤에 나를 찾았는가?" 여인은 조근조근한 말투로 찾아온 까닭을 말하였다.

"저는 이 강계 땅에서 기적妓籍에 몸담고 있는 진옥眞玉이라 하옵니다. 오래전부터 대감의 글을 읽고 무척이나 그 문기文氣를 사모해 왔사옵니다. 내 죽기 전에 대감을 한번 뵈올 수 있다면 소원이 없겠다는 생각을 하다가 용기를 내어 이렇게 찾아왔습니다."

요즘 말로 하자면 팬이었다. 송강의 노래를 마음속에 품고 읊어 보는 동안 그 노래를 처음 이 지상에 울려 낸 아름다운 시인에 대한 사모를 키웠으리라. 송강은 그러나 이 팬을 잠시 시험해 보고 싶은 생각이 들었다.

진짜 팬인가, 그냥 명성만 주워듣고 폼 잡는 '후라이팬'인가를 알고 싶었으리라.

"내 글 가운데 읽은 것이 무엇이더냐? 그 일부분이라도 한번 외어 볼 수 있겠느냐?" 정철의 물음에 여인은 가야금을 조용히 무릎 위에 올린다. 그리고는 떨려 나오는 미성美聲으로 노래를 부른다.

세상에 살면서도 세상을 모르고

하늘을 이고도 하늘을 보기 어렵네

내 마음 아는 건 오직 흰 머리카락뿐

나와 함께 또 한 해를 지나가는구나

청원극리(현대어) _ 정철(鄭澈, 1536-1593, 조선)

"이 노래는 〈청원극리淸源棘裏〉가 아니더냐?" 여인의 선율이 애잔한 여운으로 가라앉을 무렵에서야 퍼뜩 정신이 든 정철은 이렇게 캐물었다. "예, 그러하옵니다. 대감께서 이곳에 유배되어 오신 즈음에 지으신 '청원의 가시울 속에서'입니다." 정철은 한편 놀라고 한편 기뻤다. 이런 처량하고 적막한 땅에서 자신의 노래를 알아주고 불러 주는 사람을 만나다니……, 정말 뜻밖의 일이 아닐 수 없었다.

그날 밤에 무슨 일이 있었는지는 모른다. 어쨌든 정철과 그의 팬은 마음과 몸이 공명共鳴하는 감미로운 한때를 보냈음이 틀림없다. 그날 이후 정철과 진옥은 더없는 벗이자 연인이자 문우文友가 되었다. 자신의 마음을 숨길 줄 모르는 정철은 아내 안 씨에게도 현지에서 생긴 애인에 관해 소상히 적어 보내기도 하였다. 그러자 객지에서 고생하고 있는 남편에 대해 한없는 측은지심을 가지고 있던 안 씨는 진옥에게 고마움을 전해 달라는 답장을 보내오기도 하였다니 그 또한 신기하다.

두 사람이 친해지니 저 사지 같았던 강계 땅이 정철에게는 아늑하고 달콤한 아방궁이 된다. 그러나 그렇다고 정철이 품위 없이 놀았을 것으로만 생각한다면 그건 그를 모르는 사람이다. 둘은 눈빛만 봐도 아는 연인이자 노래를 함께 부르는 동료 가수이자, 또 시를 나누는 지음知音이 되었다. 어느 날 두 사람은 술상을 마주하고 앉았다. 이 나라에서 가장 유명한 권주가를 지은 사람이 또한 정철이 아니던가. 이름하여 〈장진주사將進酒辭〉.

한 잔 먹세그려 또 한 잔 먹세그려
꽃 꺾어 셈하며 무진무진 먹세그려
이 몸 죽은 후면
지게 위에 거적 덮어 줄 위에 매어갈지
꽃상여에 뭇사람이 울어줄지
억새풀 속새풀 떡갈나무 백양나무 숲에 가면
누런 해 흰 달 가는 비 굵은 눈발 소슬바람 불 제
누구더러 한잔 먹자 할꼬
하물며 무덤 위에 원숭이 울음 울 때야
뉘우친들 무엇하리

장진주사(현대어) _ 정철(鄭澈, 1536-1593, 조선)

인생 밑창을 뒤집어 본 사람처럼 서늘한 목소리로 흘러나오는 허무주의의 술 노래를 들으면서 한잔 쫘악 걸치고 싶지 않은 사람이 어디 있으랴? 더구나 그토록 겉궁합 속궁합 노래 궁합까지 맞춘 이 여인이야 이런 정철의 노래에 어찌 술이 안 땅기겠는가? 한 잔 두 잔 권커니 잣거니 마신 술이 벌써 거나해졌다. 이때 정철이 말을 붙인다.

"진옥아."

"예."

"너 오늘 나하고 한번 놀아 볼래?"

"어떻게요?"

"흠……, 어떻게 놀까?"

"대감님 마음대로 하시지요."

"흐……, 그래? 그럼 이런 건 어떠냐?"

"어떤 거요?"

"내가 내 앞에 놓인 술을 '원샷' 하고 시를 한 수 읊을 테니, 내 시를 들은 뒤 너도 네 앞에 놓인 술을 '노털카[1]'한 뒤에 화답하는 시를 지을 수 있겠느냐?"

"미천한 재능이지만 대감님이 기쁘시다면야 열심히 노력하겠사옵니다."

---

1 음주 은어, 중간에 놓지도 말고, 털지도 말고, 카 소리도 내지 않고 마시는 것.

정철은 앞에 놓인 술을 벌컥벌컥 마신다. 그리고는 이렇게 읊는다.

옥(玉)이 옥이라커늘 번옥(燔玉)으로만 여겼더니
이제야 보아하니 진옥(眞玉)일시 분명하다
내게 살송곳 있으니 뚫어 볼까 하노라

음메, 이 영감이. 수작 한번 찐하군. 이런 생각이 들 법도 하다. 번옥이란 건 시원찮게 다듬은 옥이다. 진옥은 바로 여인의 이름이 아닌가? 그러면서 진짜 옥이라는 뜻으로 처억 비행기를 태우더니 느닷없이 살송곳을 꺼낸다. 무슨 성기노출증 아저씨 아닌가? 육肉송곳으로 어딜 뚫어?

이 화끈 찬란한 정철의 육감 넘치는 시조에 진옥은 눈 하나 깜짝하지 않고 환하게 웃음부터 짓는다. 우리가 이런 문제에 대저 쌍심지 돋우고 진저리치는 시늉을 하는 것은 어쩌면 속이 우중충하기 때문일지도 모른다. 괜히 내숭 떤답시고 겉은 탈탈 털면서도 정작 속을 뜯어보면 능대 여우 한 트럭씩쯤은 들어 있는 그런 무리 아니냐는 얘기다. 모르겠다. 어쨌든 이 인생 많이 '조진' 두 사람에게는 그런 원색의 유머가 그저 유머일 뿐이다. 그저 유쾌한 시일 뿐이다. 진옥이는 술을 발칵 발칵 마시고는 조심스럽게 잔을 내려놓는다. 그러더니 낭랑한 목소리로 이렇게 화답한다.

철(鐵)이 철이라커늘 석철(錫鐵)로만 여겼더니
이제야 보아하니 정철(正鐵)일시 분명하다
내게 골풀무 있으니 녹여 볼까 하노라

정철 빼치고 어떤 다리까지 치고도 남을 대구對句다. 석철이란 주석 섞인 잡철을 말한다. 그런 잡철인 줄 알았더니 이제 보니 바른 철이네. 바른 철이란 정철을 차음한 중의법이 아닌가. 마치 짠 것처럼 서로의 이름을 기막히게 엮었다. 빈틈없는 대구가 둘의 가연佳緣[1]을 더욱 돋보이게 한다. 그런데 마지막 행은 실없는 웃음을 드드득 흘리게 만드는 기상奇想[2]이 아닐 수 없다. 골풀무? 정철의 살송곳 만큼이나 농염하다. 풀무란 건 옛날 불 피울 때 바람을 일으키는 도구다. 그러니 철을 불리는 데 쓰이는 물건이다. 골짜기 풀무란 뭔가? 다리 사잇골에서 불 일으키는 물건? 음메. 이런 옹녀 또 봤나?

어쨌든 둘의 농탕질에 관한 보고서는 여기서 끝이 난다. 정철의 파란만장한 생애 마지막쯤에 잠깐의 여담으로 등장하는 이 액자소설은 어쩌면 한 시대를 감전시킨 시인을 예찬하기 위해 후인들이 헌상한 조촐한 우스개인지 모른다. 그러나 저 현란한 대구법과 어질어질한 은유법들이 길어 올리는 언어의 광휘들은 아마도 또 다른 400년이 흐른다 하더라도 여전하지 않을까 한다. 그런 점에서 지금 잠시 낄낄거리는 우리보다 정철과 그의 여인과 그들의 육담肉談이 훨씬 더 오래 진하게 살아 있을 것임은 틀림없다.

---

1 아름다운 인연.

2 좀처럼 짐작할 수 없는 별난 생각.

꽃피는 날의 이백, 꽃 지는 날의 두보

_ 이백과 두보

꽃피는 날들, 우린 기쁨을 탕진해 버렸다. 그러하니 꽃 지는 이 날에, 그 기쁜 흔적들 남겨 쓸쓸함에 보험 들어야 함을 잊었다. 꽃피고 꽃 지는 일, 모두 한 가지에 달린 작은 떨림들인 것을 어찌 해마다 이리도 속아 버리는가?

당나라 시인 이백李白을 아우르는 한 글자가 있다면 '취할 취醉'라는 글자일 것이다. 달을 너무나 사랑한 사내. 혼자 달 보고 꽃 보고 술을 마시며 시를 지은 사나이. 유럽의 낭만주의자들을 한 트럭 데려와도 '캬' 하며 뱉는 이 시인의 파주문월把酒問月[1] 한 가락이면 입도 뻥긋 못하게 하고 되돌려 보낼 수 있을 거라는 생각을 했다.

적선謫仙, 세상으로 귀양 온 신선이라 불렸던 그를 생각하면 나는 늘 아취욕면我醉欲眠이란 네 글자를 떠올린다. '나 술 취했어. 자고 싶어.' 이런 뜻이다. 이 구절은 그의 〈산중대작山中對酌[2]〉이란 시의 한 대목이다. '꽃 피는 시절 두 사람이 술잔 기울이니 한 잔, 한 잔, 자꾸 한 잔이로다. 나는 취해 자고 싶으니 그대는 이제 가시게. 내일 아침 생각 있으면 거문고 들고 오시게.' 이런 내용의 시이다.

이백은 채석기라는 곳에서 뱃놀이하다가 일배일배부일배一杯一杯復一杯에 취해 물에 비친 달을 잡으려다가 배가 기울어져 빠져 죽었다고 한다. 뒷사람들은 상상력을 보태 그가 태어나기 전에 살던 월국月國으로 걸어 돌아갔다고 말하기도 한다. 그를 생각하노라면 살아가는 것의 속된 주름살과도 같은 괴로움과 슬픔들이 마냥 사소해 보인다. 1500년 전의 사람에게 느끼는 질투는, 같은 콧구멍 두 개로 숨 쉬는 존재로 어찌 그는 저기까지 가 있는데 나는 여기서 이 모양인가 하는 상대적 빈곤임을 안다.

잡담 그만하고 꽃 피는 얘기를 하겠다. 당나라 현종이 어느 날 궁궐 침향정에 옮겨 심은 모란꽃이 활짝 핀 것을 보고는 기분이 '업' 되었다. 화개한 침향정에는 그의 여자 양귀비가 화사한 봄볕을 받으며 꽃보다 아름다운 표정으로 웃고 있다. 꽃 중의 꽃과 여인 중의 여인을 한꺼번에 보고 있는 행복한 사내. 황제는 이쯤에서 2%가 부족하다는 생각을 한다. 그리고는 문득 한 사람이 생각났다. "여봐라. 얼른 가서 한림원 공봉翰林院 供奉 이백을 좀 불러오너라."

1 잔 잡고 달에 묻다.

2 산속에서 함께 술 마심.

채근 섞인 황제의 명령에, 신하들이 급히 말을 달려 이백을 수배해 보니, 이 사내는 어디선가 주체할 수 없이 술을 마시고는 아취욕면을 넘어 인사불성을 향해 달리고 있었다. 달나라 항아姮娥와 입술이라도 붙이는 중인지 실없이 입맛을 쩝쩝 다시고 있었다. "여보게, 태백 공봉. 어서 기상하시게!" 물동이에 가득 물을 담아 한바탕 들이붓는다. "으윽, 차가워. 뭐야? 신선 주무시는데?" 이백이 냅다 고함지르고, 그보다 급이 조금 높은 관리가, 아니 알콜 좀 들어갔다고 뵈는 게 없느냐고, 들고 있던 방망이로 옆구리를 쿡쿡 찔렀을 것이다.

눈을 비비며 끌려가다시피 한 이백은 양귀비와 모란꽃 앞에 술내 푹푹 풍기며 주저앉는다. "누가 자꾸 날 보자는 거야?" 횡설수설이 심해지자 난감해진 신하들은 다시 물 한 동이를 들이부었다. "더는 못 참아." 이백이 버럭 소리 지르며 앞에 앉은 자의 멱살을 쥐고 흔들기 시작했을 때, 그자의 머리 위에 얹혀 있던 황제의 금동관이 흔들거리며 툭 떨어졌다. "이게 뭐야?" "어이. 미안해. 나야. 이 나라 황제, 현종. 알지?" "아이고. 황제 나으리. 제가 좀 취했습니다." "괜찮아. 괜찮아. 자네 앞에 누가 보이는가. 미스 차이나 양귀비, 그리고 모란꽃. 머 떠오른 거 없느냐?" "왜 없겠습니까? 일단 애들한테 뭐 좀 시킬 일이 있습니다." 이백은 당시의 떵떵거리는 환관 고력사에게 자기 신발을 벗기게 한다. 그리고는 또 다른 기세등등맨 양국충에게 벼루에 먹 좀 갈아보라고 시킨다. 양국충이 누구인가. 양귀비의 오라비이다. 이 오만방자에 두 사람은 벌레 씹은 얼굴이 됐지만 감히 황제 앞이라 내색은 못 하고 퀴퀴한 이백의 신발을 벗기고 정성껏 먹물을 갈아 바친다.

雲想衣裳花想容
운 상 의 상 화 상 용

구름을 보면 그녀의 저고리 치마가 생각나고
꽃을 보면 그 얼굴이 떠오르네

春風拂檻露華濃
춘 풍 불 함 노 화 농

봄바람이 궁궐 난간을 비빌 때
이슬 맺힌 꽃은 더욱 짙어라

若非群玉山頭見
약 비 군 옥 산 두 견

내가 군옥산 어귀에서 그대를 본 게 아니라면

會向瑤臺月下逢
회 향 요 대 월 하 봉

요대 앞에서 만나고 달빛 아래서 뵈었으리

一枝濃艶露凝香
일 지 농 염 로 응 향

한 가지의 농염함, 이슬이 맺힌 듯한 향기

雲雨巫山枉斷腸
운 우 무 산 왕 단 장

구름과 비로 사랑하던 무산의 선녀도
몹시 속상해하네

借問漢宮誰得似
차 문 한 궁 수 득 사

물어볼까
한나라 궁궐에서 누가 비슷하기라도 할지

可憐飛燕倚新粧
가 련 비 연 의 신 장

어여쁜 조비연이 새 단장을 하고 나온 듯하구나

名花傾國兩相歡
명 화 경 국 양 상 환

유명한 꽃과 경국지색 여인이
둘 다 서로 환하니

長得君王帶笑看
장 득 군 왕 대 소 간

황제를 더 오래 뵙고 싶어
웃음 띠고 그윽하게 바라보네

解釋春風無限恨
해 석 춘 풍 무 한 한

봄바람의 끝없는 근심을 다 풀어놓고

沈香亭北倚欄干
침 향 정 북 의 란 간

침향정 북쪽에서 난간에 기대선 사람을

청평조사(清平調詞) _ 이백(李白, 701-762, 당나라)

소육붕, 청평조도[1]

이백의 장기는 속사포이다. 현종이 잠시 양귀비 뺨에 살짝 입술을 대는 사이, 그 유명한 〈청평조사〉 세 편을 후닥닥 짓는다. 청평조라는 것은 요즘 소울이니 재즈니 하는 것처럼 당시에 유행하던 곡조인데 그 곡조에 알맞게 작사를 한 것이다.

군옥산群玉山은 선녀가 살고 있다는 아름다운 산이며, 요대瑤臺 역시 선녀가 사는 궁궐이다. 요컨대 양귀비는 오리지날 선녀라는 뜻이다. 이 노래를 들은 현종은 완전히 넋을 잃을 지경이었다. 곁에 서 있는 당대의 명가수 이구년李龜年에게 곡을 붙이라고 명한다. 노래를 부르기 시작하자 황제는 기둥에 걸려 있던 옥피리를 내려 반주를 넣는다.

무산巫山의 선녀는 운우지정雲雨之情이란 말을 낳게 한 중국 신화 속의 여신이다. 염제의 딸 요희가 어려서 죽었는데 하늘이 그녀를 가엾게 여겨, 비와 구름을 관장하는 신으로 봉했다 한다. 가끔 인간과의 사랑을 그리워하여 비와 구름을 뿌리며 정사情事의 즐거움을 느낀다고 하는 존재이다.

두 번째 장章에 등장하는 비연飛燕은 이야기를 좀 해야겠다. 그녀는 한나라 성제成帝의 부인으로 중국이 꼽는 전형적인 미인상이다. 원래 이름은 조의주趙宜主였으며 미천한 신분이었다고 한다. 궁궐에 황제의 첩으로 들어온 뒤 가냘픈 몸매와 빼어난 용모, 그리고 가무 솜씨로 총애를 독차지하기 시작한다. 어느 날 황제가 호수의 배 위에서 파티를 열었고 조씨는 춤

---

1 청나라 화가 소육붕이 이백의 〈청평조사〉를 그림으로 옮긴 시의도.

을 추고 있었다. 그때 갑자기 불어온 바람에 그녀의 몸이 훽 날아가 물에 빠지는 상황이 되었다. 황제는 급히 손을 뻗어 그녀의 발목을 잡았다. 조씨는 이 와중에서도 춤을 추는 동작을 멈추지 않았다고 한다. 물을 차는 제비처럼 황제의 손바닥을 톡톡 차며 그 위에서 춤을 춘 것이다. 얼마나 몸이 가벼웠으면 손바닥 위에서도 꼼지락거리며 춤출 수 있었을까. 이때 그녀는 날제비라는 뜻의 '비연飛燕'을 별칭으로 얻었다. 황제가 붙잡아 줄 때 그녀의 치맛자락 한쪽이 길게 찢어졌는데, 이것이 중국의 전통의상인 유선군留仙裙의 유례라고도 한다.

조비연은 아이를 낳지 못했다. 그 불임이 너무나 가벼운 체중 때문이라는 분석이 있어, 요즘 여성들의 다이어트 때 경고하는 사례로 쓰이기도 한다. 본인은 그 때문에 스트레스를 많이 받았던 모양이다. 궁녀 중에서 누가 자식을 낳기만 하면 죄를 덮어씌워 죽이기가 일쑤였고, 스스로는 성적으로 몹시 문란하였다고도 한다. 10년쯤 영화를 누렸지만, 황제가 죽은 뒤 서인으로 쫓겨났고, 걸식하며 비참하게 연명하다 자살로 마감한다.

이백은 양귀비를 새로 단장한 조비연이라 할 수 있다고 했지만, 비연은 마른 체형이었고 양귀비는 풍만한 몸매였다고 한다. 그런 걸 모를 리 없는 시인이, 굳이 비연을 비교 대상으로 끌어온 까닭은, 이 천재가 양귀비의 화려한 인생의 종말을 예견하고 있었기 때문이 아닐까 한다.

현종은 나중에 안록산의 군대에 쫓겨 피난을 간다. 피난길에서 갑자기 호위 병사들이 한나라를 경국傾國에 이르게 한 양귀비를 처단하지 않으면 움직이지 않겠다고 저항한다. 가마가 움직이지 않자 황제는, 그토록 사랑한다고 외쳤던 양귀비를 내주고 만다. 그녀는 인근의 암자 앞에 있는 배나무에 비단으로 목을 매어 죽는다. 청평조사를 지을 때 이백이 신발을 벗기게 했던 환관 고력사가 죽였다는 얘기도 있다. 권력은 이리 무상하다는 것을 저 시의 행간은 무섭도록 생생하게 보여 준다.

그것은 뒷날 일이고, 이 시 덕분에 이백은 벼슬을 얻었다. 하지만 놀기 좋아하고 삐딱한 천성이 어디 가겠는가? 좀이 쑤셔서 못 견딜 지경이었다. 그 무렵 환관 고력사가 이백에게 모욕당한 데 대해 앙심을 품고 양귀비에게 쏙닥거린다. "가만히 보니 그 시에 문제가 있습니다. 그 시 세 번째에 보면 마마를 한나라의 조비연에 비유하고 있지요? 조비연이 어떤 여자인지 몰라요? 완전 악녀야, 악녀. 음탕녀고……." 이런 고자질에 양귀비가 흥분하고 그 흥분이 현종에게 전염되어 이백은 궁궐에서 쫓겨난다. "아이고, 잘됐다 잘됐어. 내 안 그래도 내 발로 나가려고 그랬는데. 앞으로 궁궐 방향으로 쉬라도 하면 내가 성을 간다, 갈어."

꽃피는 시절. 사치와 방탕과 낭만으로 물오르던 성당盛唐[1]의 한 풍경이었다.

이제 아까 조수미처럼 황홀한 목소리로 청평조사를 부른 이구년에 대해 잠시 말할까 한다. 그 잘나가던 스타도 안록산의 난이 일어난 뒤 한물가기 시작한다. 당시 이백과 어깨를 나란히 했던 시의 성인 두보는 안록산 쿠데타 때 황하 남쪽으로 떠돌아다니고 있었는데 거기서 우연히 이구년

1 당나라 시대를 사분했을 때 그 두 번째 시기.

을 만난다. 두보도 한때는 궁궐이나 권문세가에서 자주 모시는 스타급 시인이었기에, 이구년과 마주치기도 하였던 모양이다. 그런데 40년이 지난 후에 그를 만난 것이다. 꼬락서니를 보니 거지 중에서도 상거지 행색을 한 이구년을 보고 깜짝 놀란다. 그리고는 세월 무상, 스타 무상, 인생무상, 인기 무상을 한꺼번에 느끼고는 한 수 읊는다.

岐王宅裏尋常見 기 왕 택 리 심 상 견	기왕의 집에 갔을 때 늘 그대를 보았지
崔九堂前幾度聞 최 구 당 전 기 도 문	최구의 집 앞에서 몇 번 그 노래 들었지
正是江南好風景 정 시 강 남 호 풍 경	때마침 강남의 풍경이 절정인데
落花時節又逢君 낙 화 시 절 우 봉 군	꽃 지는 시절에 다시 그대를 만났구려

강남에서 이구년을 만나다

강남봉이구년(江南逢李龜年) _ 두보(杜甫, 712-770, 당나라)

기왕은 예종의 넷째 아들로, 당 현종의 형이다. 최구는 현종 당시의 권력가이다. 그런 사람들이 불러 주던 사람인데 지금 어찌 모양이 그렇소? 계절은 늘 돌아와 강남 풍경이 너무나 아름다운데 사람만 시들어 버렸구려. 당대 가객의 행색을 보며, 쓸쓸한 심회를 표현한 이 시는 어쩌면 꽃 지는 시절을 노래한 최고의 절창이 아닐까 한다. 꽃피던 시절 한때의 취함이 얼마나 부질없었는지 환기하는 이 우연한 만남은, 현실 인식에서 치밀하고 섬세한 결을 지닌 두보에게 40년의 세월이 선물한 아프고 서러운 시 한 구절이었을 것이다.

이백의 꽃피는 시와 두보의 꽃 지는 시를 함께 읽어 가는 것, 그리고 양귀비와 이구년의 영화와 몰락의 행간을 살펴보는 일은, 삶이의 기쁨과 슬픔을 성찰하게 하고 그것들에 너무 망동하지 않도록 마음을 붙들어 주는 겸허의 지혜를 깨닫게 한다.

눈물 닦는 공부 누가 졸업했느냐
_ 김정희

추사秋史는 어느 날 심산에 숨어 있는 절에 들렀다. 주위를 돌아보니 저절로 마음의 거문고가 울었다. 다듬을 것도 없이 그저 나오는 대로 시가 되었다. 우연욕서偶然欲書[1]의 경지다. 전보와도 같이 마음에 달려온 시를 얼른 베껴 쓴 뒤 추사는 돌아와 그 감회를 몇 번이고 돌이켜 추억했을 것이다.

側峯橫嶺個中眞
측 봉 횡 령 개 중 진 — 옆을 보니 봉우리들, 앞을 가로지른 고개들,
그 사이에 내 몸이 있네

枉却從前十丈塵
왕 각 종 전 십 장 진 — 굽어보니 지금껏 온 길이 열 길 티끌일세

龕佛見人如欲語
감 불 견 인 여 욕 어 — 돌에 새긴 부처는 사람을 보더니 말을 거는 듯하고

山禽挾子自來親
산 금 협 자 자 래 친 — 산새는 새끼를 데리고 스스로 다가와 친해지네

산사(山寺, 일부) _ 김정희(金正喜, 1786-1856, 조선)

측봉側峯은 양쪽 옆으로 솟아오른 봉우리를 말하고, 횡령橫嶺은 눈앞에 가로질러 누운 산 고개를 말한다. 측봉횡령이란 건 그저 그림 속에서만 보는 줄 알았는데 오늘 진짜 올라와서 그 한복판에 있어 본 것이다.

왕각枉却은 '도리어'라는 뜻이다. 도리어 온 길이 열 길의 티끌이다. 산봉우리에 서서 돌아보면 저 아래가 티끌처럼 작다. 내가 저기에 파묻혀 살았던가. 내 삶이 저런 것이었던가. 진상을 개관하게 되는 순간이다.

감불龕佛[2]은 사람을 보고는 말을 하고 싶어 하는 것 같다. 오랫동안 사람을 못 보았으니 그럴 만도 하리라. 부처가 반가워할 만큼 인적이 드물었다. 이런 심산유곡이니 부처가 드디어 인간에게 진리 하나쯤을 말해 줄 법도 한 그런 곳이라는 의미이기도 하다.

보통 산새들은 사람을 겁내서 인기척이 나면 멀리 도망가기 일쑤이지만 이곳에선 사람을 처음 보는지라 새들이 두려워하지 않고 다가온다. 위협이 되겠다 싶으면 새끼부터 숨기겠지만 워낙 안심하는지라 새끼와 함께 스스로 날아와 정답게 지저귄다.

點烹筧竹冷冷水 점 팽 견 죽 냉 랭 수	대나무 그릇에 차가운 물을 받아 차를 끓이고
供養盆花澹澹春 공 양 분 화 담 담 춘	그릇에 담긴 꽃이 맑디맑은 봄이구나

---

1 우연히 쓰고 싶어 쓴 글.

2 돌을 깊이 파서 방을 만들고 그 안에 새긴 부처.

拭涕工夫誰得了 식 체 공 부 수 득 료	눈물을 씻는 공부 누가 다 했다고 했느냐
松風萬壑一嚬申 송 풍 만 학 일 빈 신	솔바람 불 때마다 일만 골짜기가 한 번씩 찡그렸다 폈다 하는데

차갑고 차가운 물을 견죽筧竹[1]으로 떠서 담아 보글보글 끓인다. 앞의 4행은 올라오는 과정의 풍경들이다. 주변의 큰 풍경들과 산 위의 정경들을 펼치고 난 다음, 이제부터는 산사에서 하는 일을 표현한다. 우선 차를 끓인다. 그 산중에서 돋아나는 물이니 차갑기 그지없는 샘물이다. 대통으로 만든 컵으로 그것을 받아서 주전자에 넣고 끓이는 것이다. 스님이 속세의 손님을 대접하는 장면이다. 추사는 이것을 가만히 바라보고 있다.

공양분供養盆이 무엇이냐는 여러 가지 해석의 여지가 있다. 밥을 먹는 그릇을 화분으로 쓰니 그것이 공양분일 수도 있다. 그렇다면 스님 방에 있는 화분을 말하는 것일 수 있다. 하지만 앞 행의 차 끓이는 맥락을 잇는다면, 공양분화供養盆花는 바로 찻잔 속에 핀 꽃이다. 스님이 내놓은 차가 마침 화차花茶인 것이다. 그것이 물에 펴져 피어나니 그것이 봄꽃이 아닌가. 차 또한 공양하는 음식이니 공양분에 핀 꽃은 공양분화라 할 만하다. 그렇게 보면 시가 훨씬 맛있어진다. 그 꽃차를 가만히 들이켜니 맑디맑은 봄이 느껴진다. 이런 얘기다.

차를 마시며 추사는 생각한다. 식체拭涕는 눈물을 씻어 내는 것이다. 괴롭고 슬퍼서 흘러내리는 눈물을 팔뚝으로 훔치는 것이 식체이다. 눈물을 닦는 공부를 누가 마쳤느냐. 인생 살면서 이제 더 이상 울지 않는, 그런 경지에 이른 사람이 누구인가. 이게 갑자기 무슨 얘기일까. 차를 마시며 스님과 얘기를 하는데, 문득 슬픈 얘기가 나왔을까. 갑자기 스님이 눈물을 비치는 것이다. 세상과 절연한 이 깊은 곳에 사는 사람 또한 슬프고 서러운 일이 있다. 추사는 생각한다. 인간은 살아 있으면서 슬픔을 졸업할 수는 없는 것이구나. 그런 생각을 하면서 창문 아래로 펼쳐진 산들을 본다.

마지막 구절이 기가 막힌다. 아니 기가 뚫린다. 솔바람이 부니 만 개의 골짜기가 그 바람따라 찌푸렸다가 펴졌다가 하는구나. 골짜기라는 것은 원래 접혔다가 펴졌다가 하는 형상이 아니던가. 그런데 사람의 마음 번뇌로 바라보니, 그게 사람의 감정 그대로인 것처럼 보인다. 산중에 와 있다고 절로 도를 깨우치는 것이 아니라, 번뇌가 들어앉으면 저 만 개의 골짜기조차도 하나의 번뇌 덩어리다. 스님의 눈가와 이마에 지는 주름을 따라 만 굽이의 산이 접히고 그가 다시 웃으니 만 굽이의 산이 펴진다. 우주 만물이 인간 감정의 결결에 파도처럼 일렁인다. 그러니 세상 떠나 이 산속에서도 여전히 마음이 문제이다.

당신은 눈물 닦는 공부, 졸업하였는가. 추사는 죽음을 앞둔 일흔 나이에도, 그 고개를 못 넘었다고 말하고 있는데.

---

1 대나무그릇.

화산 곁에서

_ 남조 악부시

啼相憶 제 상 억	그대 생각하며 눈물 흘리네
淚如刻漏水 누 어 각 루 수	눈물은 물시계처럼
晝夜流不息 주 야 유 불 식	밤낮없이 쉬지 않고 흐르네
不能久長離 불 능 구 장 리	긴 이별 견딜 수 없네
中夜憶歡時 중 야 억 환 시	한밤중 즐거웠던 날을 생각하며
抱被空中涕 포 피 공 중 체	이불을 껴안고 하염없이 우네
夜相思 야 상 사	밤마다 그대 생각하네
風吹窗簾動 풍 취 창 렴 동	바람이 불고 창가 커튼이 살랑이면
言是所歡來 언 시 소 환 래	혹시 그대 반가운 걸음인가 생각하네

화산 곁에서

화산기(華山畿, 남조 악부시) _ 작자 미상

〈화산기華山畿〉는 악부 시집《청상곡사》에 들어 있는 옛 중국 한시이다. 굳이 한자로 읽지 않아도 절절한 맛이 우러난다. 과장된 대목이 없지 않지만 사랑이란 게 원래 그런 수다스러운 면목을 가지는 거 아니던가. 오히려 그걸 점잔 빼고 에두르는 수사법이야말로 가짜일 수도 있는 법. 그냥 흘러 넘치는 대로 그려 낸 언어들이 오히려 순정하고 곱다.

각루수刻漏水, 물시계의 물이 하염없이 흐르듯 눈물이 쏟아진다. 왜? 오래 헤어져 있었기 때문이다. 나는, 보고 싶어서 언제 울어 보았던가. 눈물을 흘릴 틈도 없이 그 보고 싶음이 해결되어 버리는 것은 어쩌면, 행복이 아니라 재앙 아닐까. 저 내부로 흘러나오는 감정의 분출이 생략된 사랑이 무슨 사랑이란 말인가. 이불을 껴안고 일어나 울어 보았던가. 창가 커튼이 살랑거리기만 해도 그대 오시는가 싶어 고개가 절로 돌아가는 그런 사랑을 했던가.

화산華山은 마을 이름이다. 송나라 때 한 선비가 이 마을을 지나다가 아주 아름다운 한 여인에 그냥 넋을 잃어버렸다. 집으로 오자마자 앓아누웠다. 상사병이다. 이불을 뒤집어쓰고 해골같이 말라 가는 아들을 바라보는 어머니에게 그는 말한다. 나, 화산의 한 여인을 사랑해요. 그러자 어머니는 그 마을을 찾아가 그녀를 만난다. 제발 우리 아들 살리는 셈 치고 어떻게 좀 해 주오. 그러자 아가씨는 곧 앞치마를 벗어 주면서 선비의 요 밑에 깔아 주라고 말한다. 앞치마와 요 밑이 야한 상상을 떠오르게 하지만, 상사병에 대한 처방으로 이보다 더 적절한 것이 있겠는가. 어머니는 그녀가 하라는 대로 치마를 넣어 준다. 그랬더니 신통하게도 총각이 며칠 뒤 벌떡 일어나 밥을 먹기 시작하는 것이다. 밥상을 물린 뒤 흐뭇해진 어머니는 요 밑의 앞치마 얘기를 한다. 그 얘기를 들은 청년은 깜짝 놀라 치마를 들어 올리더니 순식간에 우걱우걱 씹어서 삼키고 만다. '보고 싶은 낭자'라고 한마디 말을 남기고는 숨을 거둔다.

선비의 관은 화산을 지나가게 되어 있었는데, 그녀의 집 앞에서 상여가 꿈쩍을 하지 않았다. 일주일을 그렇게 있자, 아가씨는 목욕하고 화장을 곱게 한 뒤 상여 앞으로 나왔다.

그녀가 노래를 불렀다.

君旣爲儂死 그대는 나를 위해 죽었는데
군 기 위 농 사
獨活爲誰施 홀로 살아남아 누구를 위해 몸을 바치리
독 활 위 수 시
歡若見憐時 행복해라, 처음 눈길이 마주쳤던 날같이
환 약 견 연 시
棺木爲儂開 관 뚜껑이여 나를 위해 열려다오
관 목 위 농 개

노래를 부르자, 정말 관 뚜껑이 활짝 열렸고 아가씨는 관으로 들어가 버렸다. 사람들이 그녀의 옷자락을 잡아당겼지만 소용이 없었다. 하는 수 없이 두 사람을 합장하고 무덤 이름을 신녀총神女塚이라 불렀다고 한다. 이 낯익은 스토리는 이후 동북 아시아권의 비극적 연애담의 원형으로 자리 잡는다.

화산기의 그 사랑은 그러니까 농담하는 것이 아니라 진짜 목숨까지 건

필사적인 사랑이었다. 이것저것 살필 것 없이, 곧장 한 존재의 벼랑까지 직행하는 저 맹렬하고 사납고 어지러운 사랑, 그것은 고대의 시가에서나 존재하는 마음의 화석일 뿐일까.

몰래 한 사랑

_ 이백

美人捲珠簾 미 인 권 주 렴	아름다운 여인이 주렴을 쥐고
深坐嚬蛾眉 심 좌 빈 아 미	깊이 앉은 채 이마를 찡그리네
但見淚痕濕 단 견 누 흔 습	보이는 건 젖은 눈물 자국 뿐
不知心恨誰 부 지 심 한 수	누굴 마음에 둔 슬픔인지 몰라라

슬픔

원정(怨情) _ 이백(李白, 701-762, 당나라)

시간이 얼음장 아래로 흐른다. 견딜 수 없는 통증이 이맘때면 늘 있다. 한 해를 한 달로 잡으면 지금이 딱 생리통이 올 때다. 잎이 돋는 아픔, 꽃이 피는 아픔, 새로운 시작을 앞둔 뒤숭숭함이 전신만신 아프게 하는 때다. 이럴 때 다시 이백李白의 〈원정怨情〉을 읽는다. 서시의 찡그린 아름다움에서 착안하였을까. 미美는 완벽에서 생겨나는 것이 아니라, 완벽에 드리워져 있는 가볍고 무심한 그늘에 숨어 있다는 통찰. 아름다운 수사修辭로 미인을 그려 내려 했다면 이백이 아니다. 그 미인의 찡그린 이마와 눈물 자국에서 아름다움을 찾아내는 그 감각이야말로 이백이다.

미美에 생기를 불어넣는 아픔이 이 시를 감미롭게 한다. 원정怨情을 슬픔이라고 직역했지만, 요즘 식으로 표현하자면 '몰래 사랑'이다. 미인의 이마를 찡그리게 하는 슬픔의 통증, 미인을 저 깊은 방 속에서 눈물짓게 한 아픔의 내력. 이백은 그걸 붙잡아 내면서 이미 미인으로 형용된 육신보다 더 아름다운 '사랑미인'을 그려 낸다. 아름다움은 정물적인 아름다움이 아니라, 생을 앓아 가는 그 속에서 피어나는 무엇이다. 여인의 마음에 가 닿았을 어떤 사람. 그 사람의 이미지가 그 마음속에 돌아다니며 여인을 환장하게 했으리라. 빈嚬루淚가 미인도圖에 체온을 불어넣고 빈루가 창백한 얼굴에 삶의 화기和氣를 그려 넣는다. 사랑은 이 나른한 퇴폐가 낳는 애잔한 풍경에서 조금도 진화하지 않았다. 아니, 그 미묘를 붙잡는 솜씨는 오히려 퇴행하지 않았던가.

이 시의 맛은, 감추는 솜씨이다. 유혹의 비밀, 흥미와 호기심의 비밀은 감춤에 있다. 여성의 성욕 특질을 '유혹'이라고 분석한 보들리야르의 통찰을, 이백은 벌써 통달하고 있었다. '안돼요, 돼요, 돼요.'로 이어지는 끌어당김의 달아남을 이 시는 꼭꼭 여미듯 감추는 시어로 현란하게 보여 준다. 주렴珠簾은 구슬이 달린 발이다. 주렴 사이로 얼굴이 어른어른 비치는 그런 옛 커튼이다. 그런데 그 주렴을 여인이 손으로 잡고 살짝 들어 올렸다. 여인이 확 쳐들어 올렸을 리는 없으니, 주렴 사이에 만들어진 삼각형의 화면은 그리 크지 않다. 간신히 여인의 얼굴이 드러날 정도이리라. 그리고 여인이 손만 떼면 언제든지 그 얼굴은 사라진다. 그 얼굴을 보는 건 행운이다. 그 잠정적인 '삼각형 속의 미인도'를 바라보는 아슬아슬함 혹은 조마조마함을 이백은 계산하고 있다. 깊이 앉아 있다는 것은 방 안의 어둠을 표현한 것이다. 방 속에 조명이 있다면 여인의 모습은 더 드러날 수도 있으련만, 여인은 주렴 사이로 살짝 고개를 내밀었을 뿐이다. 안 그래도 감춘 것을 다시 이백은 어둠으로 꼭꼭 여민다.

하지만 여미는 데만 치중하는 건 아니다. 그는 감질나는 화면에다가 매혹점을 배치한다. 그게 빈아미嚬蛾眉, 찡그린 이마다. 여인에게 무슨 일이 있구나. 이 뉴스가 살짝 흘려지면서, 간신히 보이는 여인의 얼굴은, 더한 궁금증으로 눈길을 붙잡는다. 그러나 독자가 눈을 부라린다고 그 이상의 정보를 얻을 수 있는 건 아니다. 이백은 다시 진전된 속보續報를 내놓는다. 여자의 뺨에 눈물자국이 아른거린단다. 아하. 어두운 방 속에서 그녀가 울었구나. 주렴을 걷고 밖을 내다본 건 혹시 누군가를 볼 수 있을까 하는 기대는 아닐까.

그러나 마지막 감춤은 더 기가 막힌다. 육신의 감춤이 아니다. 육신을 아무리 살펴봐도 보이지 않는 마음의 감춤이다. 누굴 마음에 둔 슬픔인지 몰라라. 마지막에 '누구 수誰' 한 글자를 미스테리로 남겼다. 대체 누구 때문인가. 마음에도 주렴이 쳐 있고 그녀는 그걸 들어 올려 잠깐 내보였던 마음을 다시 닫을 것이다. 그러면 우린 다시는 이 여인을 못 보게 된다. 그 순간을 이백은 잠깐 보여 주다 만다. 이 환장할, 수誰 한 글자의 일급정보가 새어 나온 찰나의 여운. 여심의 자물쇠를 여는 힌트. 그 힌트들의 내부에 펼쳐지는 상상력이, 이 시를 아름답게 하는 정체다.

미인의 나머지 사랑은, 읽는 사람이 이어 가시기 바란다. 왜 이백은 이렇게 야박하게 중도에서 화면을 딱 중지시켜 놨을까. 아름다움이란 저 찰나 위에 사물거리고 있기 때문이다. 아프고 아린 마음이, 떨어지려 간들거리는 홍매 꽃잎 한 장처럼 아슬아슬할 때, 아름다움은 거기에 잠깐 보였다 마는 게 아니던가. 사랑, 해 보니 그렇지 않던가.

마흔아홉 두목의 비련
_ 두목

대두大杜 두보杜甫와 비교하여 소두小杜라 불리는 두목杜牧은 마흔아홉에 양주를 떠나며 사랑하던 여인과 헤어진다. 당시의 사랑이란 대개 기녀이니, 요즘의 관점으로 보아서 쌍심지를 켜는 사람도 있겠지만, 그 간곡함을 보자면 요즘 서울의 젊은 연애 못잖다. 마흔아홉 살은 사랑의 풋마음을 붙들고 설레는 나이는 아니다. 오히려 이별 주위에 감도는, 사랑스럽고 슬프고 감미로운 뉘앙스를 알아채는 나이가 아닌가 한다. 시드는 나이를 몸에 걸치고 바라보는 사랑의 정교하고 세심한 파문은 두목의 이 시만 한 게 없지 않을까 한다.

지금 시 속으로 들어와 당신도 한번 헤어져 보라.

多情却似總無情 다 정 각 사 총 무 정	다정함이 오히려 모두 무정함처럼 보일까 봐
唯覺尊前笑不成 유 각 존 전 소 불 성	마음만 있을 뿐 당신에게 웃음 짓지 못하네요

蠟燭有心還惜別 납 촉 유 심 환 석 별	촛불이 유심히 우리의 힘겨운 이별을 돌아보더니
替人重淚到天明 체 인 중 루 도 천 명	사람과 번갈아 겹눈물을 흘리네, 새벽이 올 때까지

이별하며

증별(贈別)_두목(杜牧, 803-852, 당나라)

이별을 앞둔 자리에서 너무 살갑게 구는 일이 오히려 진심에서 우러나오지 않은 것처럼 보일지 모른다 싶어서……. 젊은 날이라면 내키는 대로 슬퍼하고 마음 흐르는 대로 사랑을 말했으리라. 그러나, 이젠 그런 행동이 과장스러워 보일지 모른다. 본래 떠들썩한 일이란 대개 진정에서 멀어지는 일임을 이미 알기에, 헤어지는 자리의 슬픔일지언정 너무 드러내지 못하는 마음. 그게 다정각사총무정多情却似總無情이다. 마음의 홑겹과 두 겹 사이를 오가는 망설임으로 사랑의 깊은 배려를 드러낸 이 대목은, 중년 사랑의 절창이라고 나는 생각한다.

오직 생각만 할 뿐이다. 당신 앞에서. 미소를 지어 보이려다 문득 그만둔다. 이 마음의 미묘한 움직임. 혹자는 존전尊前을 준전樽前으로 읽어 '이별의 술잔 앞'이라고 말하기도 한다. 그럴지도 모르겠다. 그게 분위기는 더 난다. 하지만 그냥 '당신 앞'이라고 말하는 게 좋을지 모른다. 그런데 기생을 보고 시인이 존전이라고 말하지는 않았으리라. 그럼 뭘까. 높으신 분은 여인이 아니라 바로 나다. 이 말의 뉘앙스를 살피면, 다정각사총무정과 유각존전소불성唯覺尊前笑不成 모두가, 내 생각과 행동이 아니라 앞에 앉은 여인의 마음속이다. 시인 두목은 여인의 마음이 되어, 나를 바라본다. 어르신 앞에서 오직 다정해야 한다는 생각을 할 뿐이며 정작 웃음은 내놓지 못한다. 시인은 왜 그런 생각을 했을까. 늘 다정하고 웃음 많던 여인이 오늘은 새초롬하게 안색이 푸르다. 가야 할 길이라 하는 수 없긴 하지만, 여인을 바라보는 마음이 안쓰럽고 미안하다. 혹시 화가 난 건 아닐까. 그런 생각을 하지만, 고개를 저으며 마음을 고친다. 아냐. 아마도 너무 내게 살갑게 대하면 진짜 사랑한 게 아니라 형식적으로 사랑하는 척한 것으로 비칠까 봐 침울을 가장하고 있는 거야. 이렇게 생각해 보는 것이다. 헤어지는 마당에, 여인이 웃지 않는 것에 대해 시인이 마음을 쓰는 중이다. 왜? 이 늙어 가는 남자는 그녀가 자신을 더없이 사랑했기를 바라며 그 마음이 변치 않기를 바란다. 그러니 저 무표정이 떠나가는 자신을 잊으려는 마음이 아니라 지극한 사랑의 또 다른 표출임을 믿고 싶은 것이다.

초의 밀랍이 사람처럼 마음을 가졌는가. 헤어지고 싶지 않은 이별을 꿰뚫듯 들여다본다. 여기서 풍경이 하나 나온다. 밤이다. 두 사람은 아마도 어느 청루青樓에 앉아 있을 것이다. 내일 아침이면 헤어질 사람들이다. 두 사람 앞에 촛불이 타고 있다. 여인의 얼굴을 들여다보고 있던 시인은, 마음이 애틋해져서 고개를 돌리고 싶은 김에 문득 촛불을 바라본다. 그런데 촛불이 마치 두 사람의 사연을 아는 듯 가만히 사람의 표정을 살핀다. 유심有心이란 말은, 아까의 다정 무정의 미묘한 낌새를 다 알아채는 마음이다. 잘 가라고, 그리고 걱정 말라고 말해 주고 싶은 그 마음까지도, 혹시 가짜처럼 느껴질까 봐 혀가 굳어 있는, 그 깊은 배려의 마음까지도, 촛불은 그 너울거리는 심안心眼으로 이미 다 알고 있을까.

실은, 다정한 말을 해 주지 못하는 무표정 정도가 아니었다. 그녀는 이미 엉엉 울고 있었다. 그러나 시는 사람이 우는 걸 보여 주지 않는다. 사람이 우는 모습이 나올 듯한 자리에서 얼른 사람 대신 촛불을 가져다 놓는다. 이게 이 시의 절묘함이다. 체인替人. 얼른, 울고 있던 사람과 바톤터치해서 촛불이 울고 있다. 그러나 이미 사람이 많이 울고 난 다음이라 눈물 위의 눈물이다. 그게 중루重淚[1]다. 다시 앞 구절을 새겨 보면 이렇다. 여자는 웃을 듯하다가 울먹였다. 그러다가 결국 눈물을 보였다. 그 눈물을 보지 않으려고 촛불로 눈길을 돌렸다. 그랬는데 촛불마저 굵은 촛농을 뚝뚝 떨어뜨리며 울고 있지 않은가. 여인과 촛불이 함께 운다. 그러나 사실 촛불은 핑계일 뿐이고, 촛불이 번갈아 보고 있는 양쪽 사람이 운다. 그게 다시 체인替人, 두 사람이 번갈아서 운다. 언제까지 그렇게 울 건가. 하늘이 부옇게 밝아 오는 때까지. 그날은 두목이 떠나는 날이다. 중루는 두 사람이 부둥켜안고 뺨을 댄 채 함께 흘리는 눈물이기도 하다. 시인 두목은 이 시를 읊고 난 이듬해에 죽었다. 1200년 전에 꼴딱 밤샌 남녀의 풍경이, 지금 내 눈앞의 어둑한 방안에서 펼쳐지는 이별 같다. 마흔아홉 두목의 비련.

1 수루垂淚라 하기도 하나, 깊은 뜻을 위해 '중루'로 읽음.

퇴계의 봄

_ 이황

서른여섯 이황李滉은, 지금의 나보다 성숙했을까. 그럴 리가 있겠는가. 그가 삶 전체를 통해 나보다 멀리 나아간 점이야 인정하지 않을 수 없지만, 서른여섯 살에게는 서른여섯까지의 세상만 들어와 있는 것이 아닐까. 과거 역사 속의 인물, 특히 위인이 되어 범접하기 어려운 존재의 삶을 읽을 때, 우리가 놓치기 쉬운 것은 이 점이 아닐까 싶다. 서른여섯 이황을 그 삶의 지점에서 이해할 수 있어야 그 심경과 행동의 진상이 보인다.

젊은 이황이 봄날 풍경을 읊은 시 〈감춘感春〉은 그 나이에 쓰인 아름다운 감회이다.

淸晨無一事 청 신 무 일 사	맑은 새벽 아무 일도 없이
披衣坐西軒 피 의 좌 서 헌	옷을 어깨에 걸치고 서쪽 마루에 앉았다

家僮掃庭戶
가 동 소 정 호
寂寥還掩門
적 요 환 엄 문

일하는 아이가 집 마당을 쓸고 나니
닫힌 문에 적막이 다시 돌아왔다

봄을 느끼며

감춘(感春, 일부) _이황(李滉, 1501-1570, 조선)

서른넷에 과거에 급제하여 벼슬을 시작한 이황은 승문원과 예문관에서 일했고, 시를 쓴 1536년(중종31년)에는 요즘의 '대리'쯤 되는 직급 선무랑으로 성균관에서 근무했다. 서른여섯 봄날, 이른 새벽 한양의 집에서 이 시를 읊었다.

업무가 바뀌면서 여유가 생겨난 날이었을까. 무일사無一事, 아무 일이 없다는 말을 썼다. 피의披衣라는 말은 옷의 단추를 제대로 안 낀 채 입은 것이나, 아예 겉옷을 어깨에 그냥 걸친 차림을 말한다. 마음이 여유로움을 보여 주는 행동이다. 이런 차림은 소동파가 〈안국사욕安國寺浴〉에서 읊은 구절 '피의좌소각披衣坐小閣'의 맛을 빌린 것이다. 옛사람의 구절을 빌리는 뜻은 은일隱逸[1]한 삶을 꿈꾸던 소동파의 운치에 편승하고 싶은 마음이었을 것이다. 조용한 가운데 어린 머슴이 마당을 쓴다. 그 모습을 바라보니, 마음을 쓸어내리는 것처럼 고요해진다. 대빗자루가 쓰윽쓱 지나간 뒤 적막함이 아직 열지 않은 문으로 돌아왔다. 이황이 이토록 시의 앞부분을 맑고 고요하게 비워 놓는 까닭은 다음부터 진행될 꽃의 향연을 극적으로 펼치기 위해서이다. 따라가 보자.

1 세상을 피하여 숨음.

細草生幽砌 세초생유체 — 거뭇한 돌계단엔 가는 풀이 돋고
佳樹散芳園 가수산방원 — 아름다운 나무들이 꽃 뜰 곳곳에 있네
杏花雨前稀 행화우전희 — 살구꽃 복사꽃 비 오기 전엔 드문드문 피더니
桃花夜來繁 도화야래번 — 밤새 활짝 피었다

紅櫻香雪飄 홍앵향설표 — 붉은 벚꽃은 향기가 있는 눈송이처럼 흩날리고
縞李銀海飜 호리은해번 — 하얀 자두꽃은 은물결 바다처럼 뒤집히네
好鳥如自矜 호조여자긍 — 귀여운 새들은 뭐가 그리 자랑할 게 있는지
閒關哢朝喧 한관농조훤 — 한가히 닫힌 집에서 지저귀느라 아침이 소란스럽다

삼십 대 시인이 읊은 아름다운 풍경을 행복하게 감상하셨는지. 첫 두 구절은 꽃을 바라보기 전에 밑그림을 그리는 대목이다. 돌계단에 돋아 올라오는 여리고 푸른 풀빛을 바라보는 이황. 고개 숙였던 그 시선을 들어 올려 전체 뜨락을 휘익 살핀다. 나무들이 저마다 꽃을 피워 온통 꽃 대궐이다. 이렇게 그려놓고, 세부 묘사로 들어간다. 퇴계는 매화만 좋아하고 다른 꽃에는 눈도 주지 않는 엄숙쟁이인 줄 알았더니, 그게 아니다. 모든 꽃에 대해 탄성을 아끼지 않는 감수성의 소유자다.

번역자들은 우전희雨前稀에서 많이 헷갈렸을지도 모른다. 행화杏花 살구꽃을 맨 먼저 거론하면서 '비 오기 전이라 성글다.' 이렇게 말하면 분위기가 좀 맥없지 않은가. 이 시는 5언인지라 한 행에 들어갈 글자가 많지 않다. 이황도 그걸 고민했을 것이다. 원래는 이렇게 표현하고 싶지 않았을까 싶다. 도행우전희 화화야래번桃杏雨前稀 花花夜來繁. 복사꽃 살구꽃은 비

오기 전에 드물더니 어젯밤 살짝 비 뿌린 뒤 꽃마다 활짝 피어났구나. 그런데, 꽃나무의 모양을 한 구절에 하나씩 그려 가고 싶은 마음이 있어서 행화는 앞으로 내고 도화桃花는 뒤로 뺀 것이다. 그래야 뒤의 홍앵紅櫻과 호리縞李와 잘 호흡할 수 있다.

매화와 비슷하게 생겼지만, 왜색의 혐의가 짙어 억울하게 경박한 꽃처럼 여겨졌던 벚꽃. 이황은 그 벚꽃을 저리 아름답게 묘사해 놓았다. 홍앵은 향설香雪이 날리는 것 같구나. 벚꽃잎이 향기를 머금은 눈송이라지 않는가. 호리는 흰색 자두꽃이다. 자두꽃 위로 바람이 부니 은빛 나는 꽃잎이 일제히 뒤집혀 흰 바다가 뒤집히는 것 같단다. 이황이 이런 감각의 소유자라는 걸, 아셨는가. 이렇게 시각적인 스토리텔링을 마친 뒤, 다음은 독자의 귀를 공략한다. 눈이 이미 호강하였으니 귀가 고플 것을 짐작한 것이다. 예쁜 새들이 망설임 없이 저토록 지저귀는 것은, 그 바탕이 순수하기 때문일 것이다. 누구 눈치 볼 일도 없고 제소리가 어떤지 고민할 필요도 없다. 자연이 만들어 준 천성대로 제멋에 겨워 지저귄다. 그 또한 이 봄날의 귀에 들려오는 청각의 꽃이라 할 만하다.

감춘은 이 아래에도 16행이 더 있다. 여기서 끝냈어도 좋을 것을 더 늘인 까닭은 그가 아직 젊고 마음속에 들끓는 격정이 있었기 때문이 아닐까 싶다. 그래서 담담하게 마무리할 수 없었다. 교묘한 구성인 것이, 새들이 지저귀는 풍경 뒤에 자신의 스토리를 읊기 시작했다. 사람 또한 새처럼 지저귀지 말란 법은 어디 있는가.

時光忽不留(시광홀불유) 빛처럼 빠른 시간은 잠시도 멈추지 않으니
幽懷悵難言(유회창난언) 쓸쓸함은 말로 다하기 어렵구나
三年京洛春(삼년경락춘) 서울살이 3년에 세 번째 봄을 맞으니
局促駒在轅(국촉구재원) 삶이 옹졸해져 멍에 진 당나귀 같구나

悠悠竟何益(유유경하익) 흐른 세월 무슨 보탬이 됐던가
日夕愧國恩(일석괴국은) 날마다 나랏밥 먹는 일이 부끄러울 뿐
我家清洛上(아가청락상) 내 집은 맑은 낙동강 위에 있고
熙熙樂閒村(희희락한촌) 빛이 반짝이는 한가로운 마을이네

隣里事東作(인리사동작) 마을 이웃들은 봄일 하러 나가고
雞犬護籬垣(계견호리원) 닭과 개들이 울타리와 담장을 지키네
圖書靜几席(도서정궤석) 책들은 책상 위에 고요하고
烟霞映川原(연하영천원) 안개는 개울과 언덕에 어리네

溪中魚與鳥(계중어여조) 개울 속엔 고기와 물새들
松下鶴與猿(송하학여원) 소나무 아래엔 학과 원숭이들
樂哉山中人(악재산중인) 즐거워라, 산사람(山中人)
言歸謀酒尊(언귀모주존) 귀거래와 술잔을 드는 꿈을 말하네

직장생활 3년차가 벌써 은퇴할 생각을 하는 것이 이상해 보일지 모르나, 호에 '퇴退' 자까지 넣은 것을 보면, 이황의 깊은 자의식이나 무의식 같은 게 있었다고 생각한다. 이 시에서 고향 안동에 원숭이가 나오는 대목

은, 잘 이해가 되지 않는다. 이 나라에 이 동물이 야생으로 자라지 않았을 텐데 말이다. 이황이 이런 풍경을 그린 것은, 이미 그 마음이 중국의 도연명으로 '빙의'하고 있기 때문이다. 안동이 중국의 시골로 퇴계 심경 속에서 잠시 출장을 갔다고 생각하라. 마지막 구절의 '산중인'은 바로 도연명이며 귀歸는 귀거래사이다. 벼슬을 버리고 자연에서 천성을 되찾아 진정한 기쁨을 누리는 꿈을 읊은 그 노래. 이황은 문득 '울긋불긋 꽃 대궐 차리인 동네'를 보면서 바로 고향의 봄을 떠올리며, 어머니가 계신 그곳을 바라본다. 그 어머니는 이렇게 말씀하시지 않았던가. "너는 큰 벼슬을 하여 나라를 경영할 그런 인물은 못되니, 작은 고을을 다스리며 조심스럽게 경륜을 펼치다가, 시골에 와서 후학들을 가르치는 게 수분守分[1]이란다." 이황은 그 말을 떠올리고 있었다.

1 분수를 지킴.

이백의 '양반아'

_ 이백

〈양반아楊叛兒〉는 제齊나라의 노래이다. 누가 불렀는지는 알 수 없다. 원래는 궁중의 노래였던 것을 일반 사람들이 흉내 내어 부르면서 퍼진 유행가라 할 수 있다. '양반아'라는 말의 뜻을 풀어보면, '버드나무 배신남'처럼 읽히기도 하고 '버드나무에 숨은 사람'으로 읽히기도 한다. 이백李白은 이 노래를 부르는 상황을 시에 그대로 담았다.

君歌楊叛兒　　그대는 〈양반아〉를 부르고
군 가 양 반 아

妾勸新豊酒　　나는 신풍주를 권하네
첩 권 신 풍 주

남자는 노래를 부르고 여자는 술을 권한다. 남자가 부르는 노래는, 유행가인데 바로 이 노래다.

暫出白門前 (잠출백문전) 흰 문 앞에 잠깐 나오세요
楊柳可藏烏 (양류가장오) 버드나무가 까마귀를 숨길 수 있으리
歡作沈水香 (환작침수향) 기쁘게 물에 담근 향을 만들 테니
儂作博山爐 (농작박산로) 당신은 박산 난로를 피우세요

양반아(楊叛兒) _ 작자 미상

남자는 왜 저런 노래를 부르는 것일까. 향초를 만드는 것은 여성의 성적인 행위를 말하고 난로를 피우는 것은 남자의 성적인 행위를 말한다. 살짝 집에서 나오면 버드나무 뒤에 까마귀처럼 감쪽같이 숨을 수 있으니, 어서 나와서 즐기자는 유혹이다. 이 유혹의 노래를 남자는 왜 부르고 있을까. 아무래도 남자가 이 여인의 마음을 흔들고 싶은 모양이다. 여자는 왜 술을 권할까. 사랑을 나누기에는 현실적으로 부적절한 무엇이 있는 모양이다.

何許最關人 (히허치관인) 어찌 국경의 나으리를 받아들이리
烏啼白門柳 (오제백문류) 까마귀가 우네, 흰 문 버드나무에서
烏啼隱楊花 (오제은양화) 까마귀가 울면 버들꽃이 숨기면 되지
君醉留妾家 (군취유첩가) 그대는 취했으니 우리 집에서 자고 가요

이 분은 여기 와서 이렇게 자고 가선 안될 분이다. 관인關人[1] 중에서도 가장 중요한 관인인데, 어찌 이런 분을 내가 모시겠는가. 이렇게 말하려고

1 국경의 關에 근무하는 벼슬아치.

하는데, 이 분이 자꾸 양반아 노래를 부르며 나를 유혹하네. 노래 가사를 들어보니 흰 문 앞에 나오면 버드나무가 까마귀를 숨길 수 있다고 하네. 여인은 양반아 노래를 부르는 남자를 쿡 찌르며 말한다. "이 양반 정말 못 말리겠네. 흰 문 앞 버드나무에서 자꾸 울어 보채네." 그러면서 다시 말한다. "아유, 하는 수 없지. 우는 까마귀야 내가 버들꽃 치마 속에 숨기면 되잖아. 그리고 많이 취하셨으니까 하는 수 없죠. 그냥 우리 집에 푹 주무시고 가요. 까짓거."

이렇게 스토리를 전개해 놓고, 이백은 멋진 사랑의 향연을 펼친다.

博山爐中沈香火 박산로중침향화 — 박산의 향로에 침향의 불을 붙이니
雙煙一氣凌紫霞 쌍연일기능자하 — 두 줄기 연기가 한 줄기 되어 불타는 하늘로 오르네

이 맛이다. 박산의 향로나 침수향은 바로 아까 남자가 부르던 노래 속에 있는 그 두 물건이다. 남자의 유혹을 여인이 전폭으로 수용한 것이다. 박산로博山爐는 남자이고 침향화沈香火는 여자이다. 남자 속에 여자가 들어온 것이 박산로중침향화이니, 포옹이 시작된 셈이다. 두 사람이 한 사람처럼 되어 뒤엉키니 뭉쳐진 사랑의 기운이 붉은 저녁 하늘을 찌르듯 솟아오른다. 참지 못하고 사랑에 돌진하는 남녀의 격한 몸동작이 열네 자에 동영상처럼 꿈틀거린다.

다시 이백의 〈양반아〉만 정리해서 그 맛을 음미해 보자.

君歌楊叛兒 군 가 양 반 아	그대는 〈양반아〉를 부르고
妾勸新豊酒 첩 권 신 풍 주	나는 신풍주를 권하네
何許最關人 하 허 최 관 인	어찌 국경의 나으리를 받아들이리
烏啼白門柳 오 제 백 문 류	까마귀가 우네, 흰 문 버드나무에서
烏啼隱楊花 오 제 은 양 화	까마귀가 울면 버들꽃이 숨기면 되지
君醉留妾家 군 취 유 첩 가	그대는 취했으니 우리 집에서 자고 가요
博山爐中沈香火 박 산 로 중 침 향 화	박산의 향로에 침향의 불을 붙이니
雙煙一氣凌紫霞 쌍 연 일 기 능 자 하	두 줄기 연기가 한 줄기 되어 불타는 하늘로 오르네

양반아(楊叛兒) _ 이백(李白, 701-762, 당나라)

자나 깨나 그리워

_ 시경

모처럼 고즈넉한 시간을 누린다. 오래전 한 국어학자로부터 선물 받은 《시경》을 문득 펼쳐 들었다. 첫 편인 〈관관저구關關雎鳩〉를 읽는다.

關關雎鳩 관 관 저 구	구욱구욱 우는 저 물수리새
在河之洲 재 하 지 주	물 위의 모래톱에 앉아 있네
窈窕淑女 요 조 숙 녀	어리고 밝고 맑은 여인
君子好逑 군 자 호 구	멋진 남자의 좋은 짝이네

參差荇菜 참 치 행 채	삐뚤빼뚤 솟은 나물
左右流之 좌 우 류 지	왼쪽 오른쪽 헤쳐 보네
窈窕淑女 요 조 숙 녀	어리고 밝고 맑은 여인,
寤寐求之 오 매 구 지	깨나 잠드나 그리워하네

求之不得 구지불득 — 그리워해도 얻지 못하니
寤寐思服 오매사복 — 깨나 잠드나 생각하네
悠哉悠哉 유재유재 — 마음을 앓고 마음을 앓으니,
輾轉反側 전전반측 — 잠 못 이뤄 뒹굴뒹굴 돌아눕네

參差荇菜 참치행채 — 삐뚤빼뚤 솟는 나물
左右采之 좌우채지 — 왼쪽 오른쪽 캐내 보네
窈窕淑女 요조숙녀 — 어리고 밝고 맑은 여인
琴瑟友之 금슬우지 — 거문고 비파로 벗하고파

參差荇菜 참치행채 — 삐뚤빼뚤 솟는 나물
左右芼之 좌우모지 — 왼쪽 오른쪽 뜯어 보네
窈窕淑女 요조숙녀 — 어리고 밝고 맑은 여인
鍾鼓樂之 종고락지 — 종 치고 북 치며 노닐고파

관관저구(關關雎鳩) _ 작자 미상

공자가 그토록 찬미한 시경의 첫 편 관관저구는 순수한 사랑의 노래이다. 물수리새 암수가 서로 울며 부르는 것처럼, 남자가 여자를 찾는다. 그냥 여자가 아니고, 어리고 밝고 맑은 여자이다. 어리다는 것은 순수함을 말하고 밝다는 것은 쾌활함을 말하고 맑다는 것은 행동이 때 묻지 않았다는 것을 말한다. 그런 여자야말로, 군자로 불리는 훌륭한 남자의 좋은 짝이라는 얘기다.

나물을 이리저리 헤쳐 보는 건 바로 저 요조숙녀이다. 그 숙녀를 보고 있는 건 남자이다. 그 숙녀를 밤이고 낮이고 보고 싶어 하지만 보고 싶다고 만날 수는 없다. 만날 수 없으니 자나 깨나 그 생각뿐이고 잠자리도 뒤척인다. 아까 나물을 헤집던 여인이 나타나 나물을 살금살금 캔다. 그 여인과 현악을 연주하며 친구 하고 싶어라. 이번에는 나물 여인이 나타나 그것을 힘차게 뜯기 시작한다. 그 여인과 더불어 타악기를 둥둥 치며 놀고 싶어라.

옛사람들은, 이것이 단순히 보통 남녀의 노래가 아니라, 황제와 그 예비 신부간의 사랑이라고 풀었다. 그렇게 푼들 상관없겠지만, 굳이 길거리에 떠도는 노래를 채집해 와서 그런 의미를 부여할 필요가 있었을까.

한 사람을 알게 되고, 오직 그 사람만이 세상의 전부처럼 되어 버린 때. 그 사람이 하는 모든 행동이 눈부시고 그 사람이 자리한 모든 풍경이 황홀하던 때. 밤이나 낮이나 그가 떠올라 처음엔 웃음 짓다가 나중엔 가슴이 쓰라려 와서 서럽던 날들의 아름다운 생기. 저 노래는 그것 이상의 무엇도 첨가할 필요가 없는 무공해 사랑이다. 나물 캐는 소녀와 멋진 옷을 차려입은 청년 사이 마음의 숨바꼭질. 공자도 반하고 맹자도 반했던 그 장면이다. 아무리 나이를 먹어도 우리 마음의 첫 장에 새겨져 있는 놀랍고 그리운 첫사랑의 '싱숭생숭'이, 옛시의 맨 처음에서 가슴 뛰듯 뛰고 있다는 사실. 읽어 보며, 붓으로 따라 써 보며, 가만히 행복해한다.

고독한 구름 나그네

_ 최치원

우리 역사상 '글로벌 인재'를 꼽으라면, 신라 말기를 살다간 최치원崔致遠이 단연 으뜸일 것이다. 그의 호는 알려지지 않고, 어린 시절의 이름인 자字가 유명한데, '고독한 구름'이란 의미의 고운孤雲이다. 오래전 '구름 나그네'란 유행가가 있었는데 그 가사는 이렇게 흘러간다. "가다 말다 돌아서서 아쉬운 듯 바라본다. 미련 없이 후회 없이 남자답게 길을 간다. 눈물을 감추려고 하늘을 보니 정처없는 구름 나그네." 최치원이야말로 그렇게 길을 갔던 구름 나그네이다. 어린 시절 그에게 붙여진 이름 고운은, 그의 운명이 된 셈이다.

구름이란 높은 나무에도 산등성이에도 걸려 있는 듯하지만, 걸려 있지 않고 지나가는 존재다. 무엇에도 소속되어 있지 않고 가볍게 날아다니지만 제 뜻대로 운행하는 것이 아니라 바람의 흐름을 따를 뿐이다. 구름이

고독한 까닭은 뭘까. 무엇에도 소속될 수 없고 무엇과도 깊이 있게 교류할 수 없는, 다만 잠시 머무르다 떠나는 존재이기 때문이 아닐까. 넓은 세상을 다 내려다볼 수는 있지만, 어느 한 곳에 제대로 정착하지는 못하는 뜬구름 신세이기 때문이 아닐까. 헤르만 헤세는 "구름을 나보다 더 사랑하는 이가 있으면 나와 보라."고 말했다지만, 구름의 자유를 동경하는 자는 구름의 고독까지 읽어 내야 한다.

최치원의 이력에는 이미 구름의 오디세이가 들어 있다. 그는 열두 살 때인 868년 당나라로 유학을 떠난다. 글로벌 인재 육성을 위한 신라의 대대적인 장려책에 힘입은 결행이었다. 그의 부친은 떠나는 아들에게 이렇게 말한다. "10년 공부해서 당나라 과거에 합격하지 못하면 넌 내 아들이 아니니다. 열심히 하여라." 열두 살에게 부자父子 인연을 끊겠다는 엄포까지 놓으면서 당나라 수능修能 대비를 강조한 것은 단순히 극성 아빠였기 때문이 아닌 듯하다. 그의 가문은 육두품 출신이었다. 육두품은 아무리 능력이 뛰어나도 신라 17관등 가운데 6등위에 해당하는 아찬 이상의 벼슬에는 오를 수 없었다. 고국에서 제대로 정치적 뜻을 펴기가 어려웠기에, 부친은 입지立志의 한恨을 그 다짐에다 담았을 것이다. 그의 유학생활은 885년까지 17년간 계속되었다. 돌아올 때 나이는 벌써 스물아홉 살이 되어 있었으니, 최치원의 청춘은 당나라에서 다 보냈다 할 만하다.

최치원은 어린 시절부터 천재 소리를 듣고 살았다. 네 살 때 글을 읽었고 열 살 때 사서삼경을 독파했다. 당나라에 간 그는, 아버지의 당부 시한을 훌쩍 앞당겨 버렸다. 유학 6년 만인 874년 그곳 과거시험인 빈공과에 수석으로 합격했다. 열여덟 살 때의 일이다. 그러나 천재성만으로 해낸 일은 아니다. 그는 "졸음을 쫓기 위해 상투를 묶어 천장에 매달고 가시로 살을 찌르며, 남이 백을 하는 동안 천의 노력을 했다."고 고백하고 있다.

스무 살 때 드디어 당나라에서 첫 벼슬을 얻게 되었다. 율수현위라는 관직이었는데, 그의 뜻에 차지 않았던지 이듬해 사표를 던진다. 이후 회남절도사 고변이 그를 알아보고 관역순관이라는 꽤 높은 자리에 오르도록 해준다. 그 무렵 황소의 난이 일어나 그 세력이 커지고 있었는데, 절도사 고변은 반란을 토벌하러 가면서 파격적으로 최치원을 종사관으로 발탁해 데려간다. 그런데 스물다섯 살의 신라 청년은 무기를 쥐는 대신 붓을 들었다. 881년 그가 쓴 '토황소격문'은 소금장수 출신의 반란대장 황소를 기겁하게 했다. 그 글을 읽다가 너무나 놀라서 침상 아래로 굴러떨어졌다. 대체 무슨 얘기를 썼기에 문장이 무력武力을 이토록 좌절케 했을까. 대강의 얘기는 이렇다.

"광명 2년 7월 8일에 제도도통검교태위 모(某)는 황소에게 고하노니, 무릇 바른 것을 지키고 떳떳하게 행하는 것을 도(道)라 하고, 위험한 때를 당하여 변통하는 것을 권(權)이라 한다. 지혜 있는 이는 시기에 순응하는 데서 성공하고, 어리석은 자는 이치를 거스르는 데서 패하는 법이다. 너는 본래 먼 시골 구석의 백성으로 갑자기 억센 도적이 되어, 우연히 시세를 타고 문득 감히 떳떳한 기강을 어지럽게 하였다. 드디어 불측한 마음을 가지고 신기(神器)를 노리며 성궐을 침범하고 궁궐을 더럽혔으니 이미 죄는 하늘에 닿을 만큼 지극하다. 반드시 여지없이 패하여 다시 일어나지 못할 것은 분명하다. 어느 시대인들

없겠느냐. 멀리는 유요와 왕돈이 진나라를 엿보았고, 가까이는 녹산과 주자가 황가를 시끄럽게 하였다. 그들은 모두 손에 막강한 병권(兵權)을 쥐었고 또한 몸이 중요한 지위에 있어서, 호령만 떨어지면 우레와 번개가 치닫듯 요란하였고, 시끄럽게 떠들면 안개와 연기가 자욱하였다. 하지만 잠깐 못된 짓을 하다가 필경 그 씨조차 섬멸을 당하였다. 햇빛이 널리 비침에 어찌 요망한 기운을 마음대로 펴리오. 천하 모든 사람이 다 너를 죽이려고 생각할 뿐 아니라, 땅속의 귀신도 벌써 남몰래 베기로 의논하였다. 명령은 하늘을 우러러 받았고 믿음은 맑은 물을 두어 맹세하였기에, 한번 말이 떨어지면 반드시 메아리처럼 응할 것이매, 은혜가 더 많을 것이요 원망이 짙게 되지는 않을 것이다. 만일 미쳐서 날뛰는 도당들에 견제되어 취한 잠을 깨지 못하고 마치 사마귀가 수레바퀴에 항거하듯이 어리석은 고집만 부리다가는, 곰을 치고 표범을 잡는 우리 군사가 한 번 휘둘러 쳐부숨으로써 까마귀떼처럼 질서 없고 솔개같이 날뛰던 무리가 사방으로 흩어져 도망칠 것이매, 너의 몸뚱이는 도끼날에 기름 자국이 되고 뼈다귀는 수레 밑에 가루가 될 것이며 처자는 잡혀 죽고 딸린 가족들은 두루 베임을 당할 것이다."

최치원의 토황소격문 중에서

실감나는 설득과 무시무시한 협박들이, 종이를 뚫고 튀어나올 듯한 기세로 꿈틀거리고 있다. 젊은 최치원의 학식과 문예와 의기와 에너지가 유감없이 발휘되고 있는 문장의 교범이라 할 만하다. 881년 난이 진압된 뒤에 사람들은 "황소를 격퇴한 것은 칼이 아니라 최치원의 글이었다."라고 말했다. 당의 황제는 정5품 이상에게만 하사하는 붉은 주머니를 선물로 주었다고 한다.

최치원이 당나라에서 문명文名을 떨치던 시절에 쓴 〈강남녀江南女〉는 그의 풍자적 재능과 시니컬한 시선들을 생생하게 느끼게 한다.

江南蕩風俗
강 남 탕 풍 속 — 강남에는 하고 다니는 모양새가 요상하다네
養女嬌且燐
양 녀 교 차 린 — 갓 스물 여자들 이쁘고 야들야들하지
性冶恥針線
성 야 치 침 선 — 간덩이는 부어서 바느질 따윈 부끄러워하지
粧成調管絃
장 성 조 관 현 — 립스틱 짙게 바르고 최신 유행 음악에 열중이네

所學非雅音
소 학 비 아 음 — 원래 배워 먹은 게 클래식은 아니잖아
多被春心牽
다 피 춘 심 견 — 자주 야한 생각을 하게 만드는 음악이지
自謂芳華色
자 위 방 화 색 — 자칭 꽃보다 이쁜 여자라니
長占艶陽年
장 점 염 양 년 — 마냥 보들보들한 밝은 날만 있을 것 같지

却笑隣舍女
각 소 인 사 녀 — 이웃 동네 공순이를 보고 그만 비웃어라
終朝弄機杼
종 조 농 기 저 — 아침까지 내내 미싱 돌리는 일을 조롱하네
機杼縱勞身
기 저 종 노 신 — 미싱에 붙어 앉아 죽도록 품 팔아 봐도
羅衣不到汝
나 의 부 도 여 — 비단옷을 네 몸에 걸칠 일은 없을 거야

강남 여자

강남녀(江南女) _ 최치원(崔致遠, 857-?, 신라)

우리나라에도 강남이 있지만, 중국에도 양쯔강長江 남쪽에 당나라 때부터 번성한 강남이 있다. 교육과 문화와 경제가 발달했던 양쯔강 중하류지역을 가리킨다. 강남 대치동쯤으로 바꿔 생각해도 그리 어색하지 않다.

가수 싸이가 '강남스타일'이란 노래로 글로벌 히트를 했다. '옵옵옵'을 외치며 추는 말 춤이 웃기고 신나면서도, '싸나이'를 강조하던 예전 시대의 마초 분위기를 은근슬쩍 희롱하는 게 백미다. 나는 그보다 200% 강력한 '말 춤言舞'이 저 최치원의 '강남스타일'이라고 생각한다. 그는 '언닌, 강남스타일'을 외친다.

그가 스무 살 무렵에 눈으로 목격하고 충격을 받았을 텐프로 강남녀들. 쉽게 돈을 벌 수 있는 화류계에 맛들어 이웃 동네의 숭고한 신체노동 여성을 비웃는 풍경까지 '당나라 자본주의'의 천박함을 리얼한 동영상으로 보여 주는 듯하다.

그런데, 이 유학생은 왜 이리 시니컬할까. 나는 이쯤에서 다시 최치원의 '육두품의 한'을 떠올린다. 고착된 신분제 사회의 질곡을 피하여 그는 그곳으로 유학을 가지 않았던가. 저 강남녀들은 대개 권력자와 부유층의 딸들일 것이다. 굳이 노력하지 않아도 먹고사는 데에 지장이 없으니, 주어진 부를 거침없이 향유할 뿐이다. 그런데, 그렇지 못한 태생의 여인들은 뼈빠지게 일을 해도 누릴 수 있는 게 없다. 그런 태생적 차등 사회에 대해 욱하는 기분이 돋아 이 시를 쓰지 않았을까. 강남녀보다 이웃의 공단工團녀 쪽으로 감정이입이 되어, 슬그머니 분개를 섞어 붓을 휘두르고 있는 게 아닐까. 여하튼, 세상을 돌아다니며 여러 삶을 구경하다 보니, 최치원의 눈이 트이기도 했을 것이다.

시 속에서 풍기는 세련된 맛은, 그가 시대를 훌쩍 뛰어넘어 근대인의 사유를 지니지 않았을까 하는 생각을 하게 만든다. 나와 더불어 오늘 강남 어디에 서 있더라도 이 비슷한 시를 읊을지 모른다.

최치원은 884년 스물여덟 살에 귀국을 결심한다. 육촌 아우 최서원이 집에서 보낸 편지를 들고 당나라로 찾아온 뒤에 내린 결정이다. 그런데 배를 타고 떠나다가 풍랑을 만났다. 마침 겨울이 닥쳐와 곡포曲浦라는 곳에서 그해 겨울을 보낼 수밖에 없었다. 이 무렵 최치원은 안타깝게 헤어졌던 여인을 문득 다시 만나게 되는데, 〈해문사의 버드나무〉라는 시에서 그 정황을 담고 있다.

廣陵城濈別娥眉 광 릉 성 반 별 아 미	광릉성 강가에서 헤어진 고운 여인
豈料相逢在海涯 기 료 상 봉 재 해 애	바다 끝에서 서로 만날 줄 어찌 헤아렸으랴
只恐觀音菩薩惜 지 공 관 음 보 살 석	다만 관음보살이 가엾어할까 두려워
臨行不敢切纖枝 임 행 불 감 절 섬 지	길을 떠나며 감히 여린 가지 못 꺾네

해문사의 버드나무

제해문난야류(題海門蘭若柳) _ 최치원(崔致遠)

저 여인 이야기를 읽으며, 갑자기 엉뚱한 생각이 든다. 최치원에게 부인은 있었을까? 그의 처는 의성에 살던 나천업羅千業의 딸이라고 한다. 처가가 있었던 고을이라 그런지, 의성에는 최치원이 누각을 세운 고운사孤雲寺가 있고, 그가 세웠다는 관어대觀魚臺도 있다. 그럼, 그는 언제 결혼했을까. 당나라로 유학 가기 전인 열두 살 이전이라면 너무 어리고, 귀국한 다음에 했다면 서른 즈음이니 그 당시론 상당한 만혼晩婚이었을 것이다. 나 씨와 혼인한 뒤 당나라로 함께 갔거나, 당나라에서 결혼했다면, 아마도 그런 기록이 남았을 터이다. 그러니, 저 시 속의 최치원은 노총각이었을 가능성이 크다는 얘기다.

고독한 싱글, 최치원은 이국異國에서 한 여인과 사랑을 나눴다. 아미蛾眉는 누에나방의 촉수처럼 털이 짧고 초승달처럼 길게 굽은 눈썹을 말한다. 눈썹이 예쁜 여인. 광릉성 물가에서 최치원은 그녀의 이마를 물끄러미 오래 바라보았다. 눈물이 맺히려 하는 두 눈, 젖어드는 속눈썹을 보며, 그는 이제 배를 타야 한다고 말했다. 돌아섰지만 등에 꽂혀 있을 깊고 서러운 눈길이 내내 찔리듯 아팠다. 함께 갈 수 없나요? 그녀의 말에, 그는 고개를 크게 저었다. 왜 데려가지 못했을까. 그건 알 수 없다. 한 남자의 마음속에 든 천만 갈래 물줄기들을 어찌 다 헤아리겠는가. 그가 자청한 이별이지만 아픈 것은 매한가지다. 간신히 등 떠밀어 보냈는데, 바다 끝까지 찾아왔다. 못 견뎌 찾아온 그녀도 딱하지만, 또 한 번 더 이별해야 하는 최치원도 환장할 노릇이다. 그녀는 사랑이라도 한번 해 주기를 바라지만, 이 남자는 그마저 거부한다.

그런데 여기 갑자기 관음보살觀音菩薩이 나온다. 관세음보살을 관음보살이라고 부른 것은 당나라 태종 이세민李世民의 이름에 들어 있는 '세'를 피하여 부르던 그 무렵의 관행이다. 관음보살은 사랑으로 중생을 구제하는 보살로, 대자대비의 화신이다. 관음보살이 가엾어할까 두렵다는 건 무슨 뜻일까. 저 여린 버들 같은 여인을 떠나는 자가 대책 없이 꺾으면, 모든 것을 다 듣고 바라보는 부처가 그녀를 얼마나 가엾게 생각하겠는가. 그런 행위는 내가 얼마나 무책임한 자가 되는 것이겠는가. 그 측은지심이 오히려 최치원의 마지막 매몰찬 태도를 만드는 역설. 그게 이 시의 방점이다. 아마도 관음보살 얘기는 그와 그녀의 대화 중에 나온 얘기가 아니었을까. 최치원이 '눈썹녀'를 설득하기 위해서 말이다.

이 시에는 최치원이 후대에 오랫동안 논란거리를 제공했던 종교 문제가 등장한다. 삼국사기에 나오는 난랑비鸞郎碑[1] 서문에서 최치원은 우리나라의 현묘한 도를 풍류라고 얘기하면서 그것은 유교와 불교와 도교가 섞여 있다고 주장한다. 최치원은 고려 유학의 주춧돌을 놓은 대학자로 보기도 하지만, 불교에 대한 깊은 애정 때문에 뒷날 유학자들에게서 돌팔매를 맞는다. 가장 극렬한 비판자는 퇴계 이황이었다. "최치원의 무리는 문장만 숭상하고 부처에게 몹시 아첨하였다. 그의 문집 중에 '불소佛疎' 따위의 작품을 볼 때마다 몹시 미워 아주 끊어 버리고 싶지 않은 적이 없었는데, 그를 문묘에 두어 제사를 받들게 하니 어찌 옛 성인을 욕되게 함이 아니겠는가." 율곡 이이도 거든다. "고려 시대 문묘에 제사 지낸 사람으로는 정몽주밖에 없다. 설총, 최치원, 안유는 다른 곳에서 제사를 지내는 게 옳다."

그런데도 최치원의 문묘 배향은 계속되었는데, 유학자로서가 아니라 대문장가로서 접대를 받은 것이었다. 반면 불교 쪽에선 그를 몹시 떠받든다. 서산대사 휴정은 말한다. "고운은 유학자요, 진감은 불승이다. 진감이 절을 세워 인간과 하늘의 안목을 열었고, 고운이 비를 세워 널리 유불의 골수를 내었으니, 아아, 두 사람은 줄이 없는 거문고로다." 도교 쪽에서도 엄청나다. 아예 그를 신선으로 모시는 형편이다. 한 사람이 세 가지 믿음을 넘나들며 이토록 갈채와 질타를 동시에 받고 있는 사례도 찾기 어렵다. 그만큼 최치원의 비중이 크다는 얘기도 되리라. 최치원의 종교에 대한 태도는, 기회주의나 줏대 없음이 아니라, 유불선이 넘나드는 대륙에서 터득

---

1 '난랑'이라는 국선도 수도자의 묘비.

한, 하나의 열린 정신이 아닐까 싶다. 무엇에 걸리지 않고 홀연히 그 전체를 파악해 내는 큰 종교가 그를 이끌지 않았나 한다. 그런 점에서 보자면 구름 나그네는 이 대목에서도 의미심장해진다.

종교뿐만 아니라, 당나라와 신라의 경계를 넘나든 생애, 그리고 신라와 고려의 시대적 경계를 넘나든 역할들, 또 신분의 경계에서 고통받은 역정歷程, 이 모두가 구름 나그네의 경계境界 인생이었다. 신라에서 시무책을 상소한 뒤 관직을 내려놓고 홀연히 은둔하여 종적도 없이 사라져 간, 그 마지막까지도 철저히 고독했던 구름이었다.

秋風唯苦吟 추 풍 유 고 음	가을바람에 홀로 괴로이 읊나니
世路少知音 세 로 소 지 음	세상 길 나를 알아주는 이 적구나
窓外三更雨 창 외 삼 경 우	창밖에 깊은 밤 비는 내리는데
燈前萬里心 등 전 만 리 심	등불 앞 마음은 먼 곳에 가 있구나

가을밤 비는 내리는데

추야우중(秋夜雨中) _ 최치원

이 시는 유학생 시절에 당나라에서 읊었다고도 하고, 신라로 돌아와 오히려 당나라 시절을 생각하며 답답해하는 시라고도 한다. 이 시에는 경계 인생의 고독이 절절하다. 유고음唯苦吟[1]은 평생 자기가 쏟아 냈던 주장과 발언들이다. 그것에 대해 세상은 어떠했던가. 소지음少知音이었다. 내 말을 알아듣고 공명해 주는 이가 없었다. 당나라에서도 내 말은 먹히지 않았고 신라에서도 내 말은 적敵만 잔뜩 만들었다. 삼경우三更雨는 현실의 냉담과

좌절이다. 그런데 최치원은 그것을 어떻게 극복해 왔는가. 저 만리심萬里心에 그 비밀이 담겨 있다. 그는 현실에서 이룰 수 없는 것을, 이전투구를 통해 집요하게 쟁취하려 하지 않았다. 그저 구름처럼 훌쩍 떠났다. 그의 마음은 지금 여기에 머물지 않고, 만 리 밖을 떠도는 구름의 마음이다. 천재의 한계였을까. 시대의 절벽 때문이었을까. 〈추야우중秋夜雨中〉에는, 평생을 방황하며 천재를 제대로 발휘하지 못한, 뜬구름 인생의 처연한 고백이 궂은 비처럼 추적거린다.

---

1 홀로 괴롭게 노래함

다산의 일조권 분쟁

_ 정약용

隣人屋角障庭心 인 인 옥 각 장 정 심	이웃집 추녀가 우리 집 뜰 한복판을 가린다
凉日無風晴日陰 양 일 무 풍 청 일 음	서늘한 날에는 바람이 안 불고
	맑은 날에는 그늘이 진다
請買百金纔毀去 청 매 백 금 재 훼 거	백억쯤 주고 저 집을 사서 단숨에 뜯어 버리면
眼前無數得遙岑 안 전 무 수 득 요 잠	눈앞에 저 많은 먼 산봉우리를 볼 수 있을 텐데
不亦快哉 불 역 쾌 재	이 또한 얼마나 즐겁겠는가

이 또한 얼마나 즐겁겠는가 8

불역쾌재행(不亦快哉行) 8 _ 정약용(丁若鏞, 1762-1836, 조선)

다산茶山의 이 시는, 일견 호쾌함을 느끼게도 하지만 그보다는 현실의 답답함이 먼저다. 이웃에 부잣집이 하나 있는데 건물을 새로 올려서 날아갈 듯한 추녀를 잔뜩 높여 놓았다. 그간 잘 보고 지냈던 산봉우리가 그만

안 보인다. 그렇다고 점잖은 사람이 가서 뭐라고 항의할 일은 못 된다. 그냥 참고 늘 지내는데 아무리 생각해도 분하고 억울하다. 내가 정말 돈 버는데 소질은 원천적으로 없지만, 어떤 행운이 굴러와 백억 원쯤이 생긴다면 저놈의 집을 아예 사 버려야지. 그 집을 헐어 버리고 예전처럼 뜨락에서 저 산봉우리를 실컷 봐야지. 그런 생각을 하며 마음을 달랜다.

세상의 일이란 것은, 나 혼자 착하게 살고 나 혼자 바르게 살고 나 혼자 열심히 하고 나 혼자 정확하게 가리고 나 혼자 욕심을 버린다고 다 되는 건 아니다. 원하지 않더라도 이런저런 관계들이 생겨나고 맺어지고, 그런 관계들이 수시로 나를 침범하고 나의 평화를 깨고 나의 불안을 증가시키고 나의 슬픔을 만들어 낸다. 내가 단속할 수 있는 것 밖에서 불쑥 뜻밖의 운명이 침투해, 나를 뒤흔들기도 한다. 그런 것이 일어나지 않았을 때야, 그런 것을 떠올릴 이유도 없고 그런 것들을 미리 걱정할 까닭도 없지만, 일어나고 나면 그것만큼 켕기고 갑갑하고 혼란스럽고 약오르는 일도 없다. 정약용은 시 한 편에 그 기분을 담아 후루룩 식은 뭇국 마시듯 마셔 버렸지만, 그렇다고 현실이 바뀌는 건 아니다.

어디 다산 이웃집 추녀만 그렇겠는가. 수많은 불쾌가 인생의 담장을 넘어오고 지나가는 길의 옆구리를 찌른다. 그것을 불역쾌재不亦快哉라고 노래할 수 있는 마음의 여유와 담백함이나 지녀야 할 텐데, 그런 것도 제대로 기르지 못했다. 당하면 잠시 성내고 열 내다 밥 한 그릇 술 한 잔에 붕어처럼 잊어버리고는 그 불편하고 부당하고 불안하고 불만인 일상 속에 다시 들어앉을 뿐이다. 이 또한 슬프지 아니한가. 불역비재不亦悲哉.

입에서 입으로 전해진 찬란함 #4

만전춘

어름 우희 댓닙 자리 보와

님과 나와 어러주글만뎡

어름 우희 댓닙 자리 보와

님과 나와 어러주글만뎡

정둔 오날밤 더듸 새오시라 더듸 새오시라

만전춘(일부, 고어), 고려가요 _ 작자 미상

젊은 사랑아, 너희가 더 야하다고 말하지 마라. 그 옛날 할아버지 할머니는 더 야했느니라. 젊은 욕망이여, 너희가 더 목마르다고 말하지 마라. 그 시절 연인들은 목숨 걸고 미쳤느니라. 봄날은 돌아온다. 봄날은 지금이 끝이 아니고 지고 나면 다시 돌아오는 계절이다. 백 년 전 천 년 전에도 봄날은 있었고 백 년 후 천 년 후에도 봄날은 있으리라. 봄날에는 봄날처럼 사는 법이 필요하고 봄날에는 봄날처럼 죽는 지혜도 필요하다. 사람이 태어나 세상의 눈치를 보면서 옷을 입기 시작하면서 위선이 시작되고 인위가 시작되었다. 추위를 가리기 위해 처음에는 옷을 입었으면서, 그 안에 있는 것들을 보배롭게 만드는 꾀를 냈던 것이다. 옷을 걸침으로써 사람들은 옷 속에 있는 것들이 드러나는 것을 부끄럽게 생각하고, 옷 속에 숨은 것들을 상상함으로써 진정 어지러워졌던 것이다.

사랑은 짐승처럼 순수하고 사랑은 개처럼 꾸밈이 없으며 사랑은 뒤끝도 후회도 없다. 봄날의 꽃들이 미친 듯이 피었다가 미친 듯이 지듯 그것에는 까닭이 없다. 사랑한다면 짐승처럼 하여라. 사랑한다면 개처럼 하여라. 사랑한다면 낙화처럼 후드득 지면서도 그 사랑이 잘못되었다 말하지 마라.

사랑이 태어나기 전에 음악이 있었다. 사랑을 만드는 가락이 있었다. 사랑을 만드는 아쉬움과 사랑을 만드는 텅 빈 자리의 허기가 있었다. 사랑은 텅 빈 곳을 울리는 공명이며 사랑은 텅 비어 스스로 우는 노래이다. 그것을 옛 여인들은 〈만전춘滿殿春〉이라 불렀다. 궁궐 뜨락에 가득 찬 봄이니, 저 홀로 피어난 봄이다. 사랑이 텅 빈 곳에 저 홀로 피어난 열정이다. 마음이 궁궐이요 생각이 뜨락이다. 제풀에 못 견뎌 오는 노래가 만전춘이다. 사랑은 오지 않고 봄은 가득 찼다. 환장할 봄날에 꽃들과 함께 사랑을 부르는 노래가 만전춘이다. 꽃들처럼 가장 깊은 속살을 드러내 놓고 나비를 부르는 노래이다. 내 속이 봄날이어니 바깥은 겨울이어도 이 사랑은 봄날이다. 내 갈망이 봄날이어니 무덤 위에 피는 꽃처럼 핏빛으로 곱다. 눈물도 꽃이요 한숨도 꽃이니, 눈물과 한숨은 춘정의 향기다. 만전춘은 독수공방이다. 만전춘은 죽어도 괜찮은 본능의 야합이요, 무덤 속에서라도 자리를 보아 뒤엉킬 사랑이다.

만전춘은 꽃의 노래요, 만전춘은 속된 사랑이 시작되기 이전의 원형이다. 네가 나를 사랑하고 내가 너를 사랑한다는. 누가 우리를 말릴 수 있을까. 마당바위 너럭바위 겨울 바위 위에서 온몸이 타 죽든, 꽃잎 속에 꿀을 빠느라 그대로 배 터져 죽든, 너희는 우리를 부러워하라. 언제 너희가 너희 삶을 산 적이나 있었느냐. 우리 죽고 800년, 너희가 무슨 사랑을 했다고 그러느냐.

먼저 아름다운 여인이 노래를 한다.

얼음 위에 댓잎 자리 보아
임과 내가 얼어 죽을망정
얼음 위에 댓잎 자리 보아
임과 내가 얼어 죽을망정
정든 오늘 밤 더디 새우시라 더디 새우시라

내 가슴이 불이요, 당신 가슴이 화약이다. 무슨 얼어 죽을 사랑이냐고 말하지 마라. 얼음 위에서도 생각나면 사랑하리라. 사랑할 자리가 얼음 위라면 얼어 죽으면서도 사랑하리라. 그래도 신방이니 자리는 깔아야지. 사철 푸른 댓잎 몇 장 엉덩이 아래에만 깔았다. 시간이 지나가면 마음도 식는 법, 그 시절이 아니라면 아우성친다 해도 그게 어찌 봄이랴? 사랑은 급하고 욕정은 대책 없으니, 어디 멀리 갈 것 없이 얼른 자리 펴고 시간을 아낍시다. 사랑할 시간이 얼마나 남았는가? 그 시간 다 못 채우고 어디로 가려고 하는가? 오늘 밤 우리 넋에 불붙였으니 다 태우고 가자. 얼음이 녹는지 우리가 어는지 사랑 한번 해보자.

경경 고침상에

어느 잠이 오리오

서창을 열어 보니

도화는 만발했도다

도화는 시름없어 소춘풍하는구나 소춘풍하는구나

경경은 눈알이 또렷또렷하고 사방이 환한 것이다. 도무지 잠 올 분위기가 아니다. 밤은 깊어가도 생각은 더욱 뜨겁다. 고침상은 외로운 베개 위이다. 두 사람이 자야 할 시절에 한 자리가 비었다. 베개 하나 놓인 잠자리, 이리 구르고 저리 구르니 무슨 잠이 오겠는가. 오기로 하지 않았는가. 얼음 위에 댓잎 자리 깔고 그 얼음 녹이자고 하지 않았는가. 무슨 일로 이토록 사람 속을 끓게 하는가. 무슨 일로 잠자야 할 사람의 눈알을 뒤집는가. 초저녁부터 기다렸는데 달이 서쪽으로 갈 때까지 감감무소식이다.

댓잎 자리 보던 때는 동지섣달 한겨울이었는데, 이토록 그리울 때는 정작 꽃들 다 피는 봄날이다. 도화꽃 피는 봄날이다. 달이 서쪽으로 갔으니 서창이 환하다. 뒤숭숭하여 창을 열어보니 복사꽃이 활짝 피었다. 이년아 너는 걱정 없지. 벌나비 너에게로 다 오게 되어 있지? 봄바람 불면 사랑은 다 예약되어 있는 거지? 부럽다 이년아. 소춘풍이라. 봄바람 맞으며 웃는 네 팔자가 나보다 훨씬 낫구나.

넋이라도 임과 함께?

남의 일 보듯 여겼더니

넋이라도 임과 함께?

남의 일 보듯 여겼더니

어기시던 사람 뉘셨더이까 뉘셨더이까

이별의 한숨은 이어진다. 살아서 못하니 죽어서라도 임과 함께. 이런 말 하는 사람들 비웃었는데, 이렇게 되고 보니 내 꼴이 그 꼴입니다. 댓잎 자리 보고 눕자 할 때는 이승의 사랑이 당연지사였는데 당신 소식 뚝 끊기고 달 밝은 밤에 꽃들만 만전춘하니 이게 웬 일입니까? 이제 내가 이렇게 말합니다. 살아서 못하면 넋이라도 당신과 함께 있고 싶어요. 나는 거짓말 한 적 없고 약속 지키지 않은 것 없습니다. 당신이 다 잘못하고 당신이 다 빈 소리를 하였으니 당신이 이 틀린 사랑을 책임지세요. 세상 다른 사람이 다 거짓말하고 세상 모든 남자가 다 돌아서면 잊어버린다 하여도 당신은 아니라고 생각했는데, 나는 살아서도 당신의 것, 죽어서도 당신의 것이라 생각했는데, 이제 보니 살아서는 아니었네요.

오리야 오리야

아름다운 비(飛) 오리야

개울은 어디 두고

연못에 자러 오느냐

연못이 곧 얼면 개울도 좋으니 개울도 좋으니

날아다니는 오리 같은 남자야. 일부다처 오리류의 사내야. 맘에 내키지 않으면 훽 날아가 버리는 잘 생긴 남자야. 당신 올 때부터 알아봤지만 당신은 떠돌이야. 나는 연못이다. 흘러가지 못하는 연못이라고. 그냥 여기서 당신을 기다리는 연못이라고. 세상의 예쁜 여자들 다 어디 두고 여기 숨어 사는 쓸쓸한 여자에게로 날아왔느냐. 지금은 내가 좋다고 하지만 당신 곧 지겹다며 떠날 걸 다 알아. 하지만 여기 왔으니 여기서 자야지. 나를 사랑해 주니 고맙게 사랑해야지. 봄날 나를 그렇게 애태우게 했으니, 이 여름 나를 사랑해 줘야지. 하지만 나 죽으면 당신 떠나가. 이 연못 얼면 개울로 가도 좋다고. 있는 동안만이라도 날 사랑해 줘. 하지만 내가 처음에 한 말을 기억하지? 얼음에 댓잎 자리 깔아 사랑하다가 얼어 죽자던 우리였잖아. 연못이 얼면 그 위에 댓잎 자리 깔아서 죽을 때까지 사랑하자고 했잖아. 다른 여자 찾아서 떠나가라고 하는 말, 빈말인 거 알지? 그래도 내가 싫으면 개울도 좋으니 떠나도 좋아. 얼어 죽기 싫으면 떠나가도 좋아.

화려한 옷을 입은 남자가 답가를 한다.

남산에 자리 보아
옥산을 베고 누워
금수산 이불 안에
사향 각시를 안아 눠어
금수산 이불 안에
사향 각시를 안아 눠어
약든 가슴을 맞추옵사이다 맞추옵사이다

사랑의 겨울, 봄, 여름 지나 가을이 되었다. 남산은 따뜻한 산이니 요처럼 깔고, 옥산은 빛 고운 푸른 산이니 베개 삼아 베고, 금수산은 단풍 져서 울긋불긋한 비단이니 이불로 덮는다. 이 장쾌한 스케일은 아무나 지닐 수 있는 게 아니다. 춥고 외롭고 조마조마했던 여인에게 이제 남자가 제대로 약속을 한다. 그냥 남자가 아니라 궁궐의 주인인 왕이시다. 그분이 드디어 약속을 하신다. 내가 변치 않는 산에 대고 맹세를 하리다. 남산, 옥산, 금수산으로 우리 침실을 꾸미리다. 사향 각시는 향기 나는 당신이지. 그동안 괴로워한 당신을 가만히 안아서 그 침실에 뉘리다. 당신의 향기가 가득 퍼진 침실에서 우린 사랑을 하리다. 당신의 병에는 내가 약이지. 내 가슴이 약이지. 약과 같은 내 가슴을 당신 병든 가슴에 대리다. 그러면 그간에 괴로웠던 당신의 병은 한순간에 다 나으리다. 우리 사향 각시. 그간 고생 많았소. 이제야 이 오리가 백조가 되었소. 일부일처, 일편단심. 당신만 생각하는 백조란 말이오. 당신 가슴과 내 가슴을 마주 대고 내내 포옹하며 삽시다. 끌어안고 정말 당신 말처럼 얼음 위에서라도 해야 할 사랑은 하고 삽시다. 여기까지는 왕의 말씀이시다.

미인과 남자가 함께 부른다.

아소 임아 원대평생에 여읠
삶은 모릅시다

그리고 두 사람이 이중창을 한다. 서로에게 말한다. 아아, 임아. 영원히 평생토록 헤어지는 일은 모르고 삽시다. 죽음보다 서럽고 죽음보다 슬픈 건 사랑하는 사람이 살아서 헤어지는 것이더이다. 다시 돌아오는 겨울, 봄, 여름, 가을을 모두 뜨락에 가득 찬 봄으로 만들어 가요. 사랑해요, 당신.

옛시 속에 숨은 인문학

초판1쇄 인쇄 2015년 4월 15일
초판1쇄 발행 2015년 5월 1일

지은이 이상국

펴낸이 김재룡
펴낸곳 도서출판 슬로래빗

출판등록 2014년 7월 15일 제25100-2014-000043호
주소 (139-806) 서울시 노원구 동일로183길 34, 1504호
전화 02-6224-6779
팩스 02-6442-0859
e-mail slowrabbitco@naver.com
블로그 http://slowrabbitco.blog.me

기획 강보경 편집 김가인 디자인 변영은 miyo_b@naver.com

값 13,800원
ISBN 979-11-953250-9-2 03800

「이 도서의 국립중앙도서관 출판시도서목록(CIP)은 서지정보유통지원시스템 홈페이지(http://seoji.nl.go.kr)와 국가자료공동목록시스템(http://www.nl.go.kr/kolisnet)에서 이용하실 수 있습니다. ((CIP제어번호 : CIP2015011016))」